Wallace Stroby

Zum Greifen nah

Aus dem Amerikanischen
übersetzt von Bernd Gockel

PENDRAGON

1

Sara bremste und lenkte ihren Wagen an die Böschung. Was sie sah, schlug ihr gleich auf den Magen. *Sieht gar nicht gut aus,* dachte sie.

Der Kies knirschte unter den Reifen, als sie den Crown Vic zum Stehen brachte. Der Polizeifunk begann zu knistern.

„Eight-Seventeen, am Tatort eingetroffen?“ Angie. Sie war in der Polizeizentrale für die Nachtschicht zuständig. „Bereits Kontakt aufgenommen?“

Sara griff zum Funkgerät am Armaturenbrett und gab ihre ID ein. „Eight-Seventeen hier. Gerade erst eingetroffen. Melde mich wieder.“

Im gleißenden Licht ihrer Scheinwerfer sah sie Billy, der hinter seinem grün-weißen Streifenwagen stand, die Hände in die Hüften gestemmt, und hinüber zum Sumpf blickte. Gleich dahinter erkannte sie einen grauen Honda Accord jüngeren Baujahrs, dessen Kofferraum geöffnet war. Zusammen mit dem blassgelben Licht der Scheinwerfer tauchte das rotierende Blau und Rot der Streifenwagen die Szene in ein surreales Licht.

Sie hängte ihr Mikro in die Halterung am Armaturenbrett, prägte sich die Szene bestmöglich ein und verfluchte die Tatsache, dass die Gelder für die Dash-Cams noch immer nicht freigegeben worden waren. Sie schaute auf die Uhr: Zehn nach Zwei.

Billy drehte sich zu ihr um und verzog keine Miene, bewegte aber kaum merklich seine Backenknochen: Anscheinend hatte er ein Kaugummi im Mund. Nach einem kurzen Blick in ihre Richtung schaute er wieder zum Sumpf hinüber.

Im Sheriff's Office hatte sie ihn zwar nicht gesehen, war sich aber ziemlich sicher, dass auch er heute Nachtdienst hatte. Als sie seine Stimme im Polizeifunk hörte, war die Vermutung zur Gewissheit geworden. Ein Teil von ihr hatte gehofft, dass sich ihre Pfade vor Dienstende kreuzen würden, während der andere Teil panische Angst vor einer Begegnung hatte. Als sie über Funk die Nachricht erhielt, dass bei einer Konfrontation Schüsse gefallen seien, hatte sie gleich das Schlimmste befürchtet. Und nun stand er da, von Gott und der Welt verlassen, und schaute hinaus auf den Sumpf.

Was hast du bloß angestellt, Billy Boy? Und warum musstet du es ausgerechnet in meiner Dienstzeit tun?

Sie öffnete die Tür, nahm ihr mobiles Funkgerät vom Beifahrersitz und setzte ihren Fuß auf den Schotter. Sie steckte das Funkgerät in den Dienstgürtel und stöpselte das Mikro ein, das an ihrem linken Hemdkragen befestigt war. Mit ihrem rechten Daumen öffnete sie das Holster, das die Glock an ihrem angestammten Platz hielt.

Der Kontrast zum klimatisierten Streifenwagen erwischte sie wie ein Schlag. Die schwüle Luft, für Mitte Oktober alles andere als normal, war so dick, dass man sie hätte schneiden konnen. Der Mond war heute Nacht nirgends zu sehen, doch dafür funkelten über ihrem Kopf Millionen von Sternen.

Laut Nummernschild kam der Honda aus New Jersey.

Billy hatte seinen Wagen gleich dahinter geparkt – ordnungsgemäß in einer leichten Schräge, um nach dem Aussteigen nicht vom entgegenkommenden Verkehr verletzt werden zu können.

Er drehte sich halb um. „Hallo Sara."

„Hallo Billy. Alles okay mit dir?"

Er wandte sich wieder ab und schaute Richtung Sumpf.

Sie hatte ihre Haare zusammengebunden und spürte, wie sich in ihrem Nacken Schweißtropfen bildeten, die nun unter ihre kugelsichere Weste rollten. Sie blieb neben ihm stehen und folgte seinem Blick in die Dunkelheit. Hinter dem Straßenrand war das Gelände zunächst abschüssig, bevor der eigentliche Sumpf begann. Das durchnässte Gras am Rande konnte man noch vergleichsweise gut erkennen, doch im Schatten der Bäume, die von wuchernden Flechten komplett bedeckt wurden, war es stockfinster. Ein Mann, das Gesicht ins Gras gedrückt, lag direkt vor dem Bäumen. Das unnatürlich angewinkelte rechte Bein lag unter dem linken, der rechte Arm war weit ausgestreckt.

„Da ist er", sagte Billy.

Sie ließ ihren Blick um die eigene Achse gleiten. Seit sie den Funkruf erhalten hatte und auf die Country Road 23 abgebogen war, hatte sie kein Auto mehr gesehen. Nur Ortsansässige benutzten diese Strecke – und das praktisch auch nie in der Nacht. Gen Osten reihten sich endlose Zuckerrohrfelder hintereinander, bis man in der Ferne den schwachen Lichtkegel der Stadt erahnte. Im Westen erstreckte sich das flache Marschland bis nach Punta Gorda und der Küste, nur unterbrochen von den gespenstischen Silhouetten der Zypressen. Der Geruch fauler Eier, durch das Sulfur im Sumpf ausgelöst, lag schwer in der Luft.

Die Funkgeräte der beiden Streifenwagen begannen unisono zu krächzen, erzeugten hinter den geschlossenen Türen aber nur unverständliche Geräusche. Dafür meldeten sich in der Dunkelheit Dutzende Ochsenfrösche – als wollten sie die polizeilichen Anordnungen nicht unkommentiert lassen. Dann, in einer deutlich tieferen Tonlage, das dumpfe Röhren eines Alligators. Die rotierenden Blinklichter auf den Streifenwagen schienen die Bäume und den leblosen Körper bunt bemalen zu wollen.

„Ist er tot?“, fragte sie.

Er nickte. „Oder knapp davor. Er hat sich jedenfalls die ganze Zeit nicht bewegt. Die Sanitäter sind unterwegs.“

„Hab ich mitbekommen.“

Sie nahm die schwere Stabtaschenlampe aus der Schlaufe ihres Dienstgürtels und schaltete sie ein. Das helle Halogenlicht fraß sich durch die Dunkelheit am Fuß der Böschung. Sie fuhr mit dem Lichtkegel den Körper des Mannes ab, dann den Kopf, der leicht nach rechts gedreht war. Selbst von hier aus konnte sie sehen, dass seine Augen weit geöffnet waren. Khakihosen, blaues Oberhemd, ein dunkler Fleck zwischen den Schulterblättern, das ganze Hemd von Blut durchtränkt. Es war ein farbiger Mann, noch jung, und viel zu elegant gekleidet, als dass er einer der Einheimischen hätte sein können.

„Ich werd mal runtergehen und ihn mir genauer anschauen“, sagte sie.

„Sei vorsichtig. Wenn du in eins der Löcher trittst und das Gleichgewicht verlierst, kannst du dir leicht das Fußgelenk brechen."

Sie nahm die Taschenlampe in die linke Hand, hielt die rechte auf dem Holster und machte vorsichtig einen kleinen Schritt hinunter. In der Entfernung hörte sie Sirenen.

Immer auf einen sicheren Halt bedacht, fand sie langsam ihren Weg nach unten. Als sie einen Schritt aufs Gras machte, hatte sie das Gefühl, auf einen nassen Schwamm zu treten: Die Sohlen ihrer Schuhe versanken augenblicklich im Wasser.

Sie leuchtete mit der Taschenlampe den Boden vor sich ab und hielt die Augen nach Schlangen auf. Irgendetwas bewegte sich und platschte kurz darauf ins Wasser. Die Frösche verstummten für einen Moment, setzten ihr Quaken dann aber fort.

Sie richtete die Taschenlampe auf die Waffe im Gras – vielleicht dreißig Zentimeter von seiner rechten Hand entfernt. Es war ein bläulich glänzender Revolver, vermutlich ein .38er, mit Hartgummi-Griff. Sie leuchtete die nähere Umgebung systematisch ab, um vielleicht eine andere Waffe oder Fußabdrücke zu finden, doch nichts.

„War sonst noch jemand im Wagen?", rief sie die Böschung hoch. Die Sirenen waren bereits deutlich nähergekommen.

„Nein. Nur er. Ich sagte ihm, er solle stehenbleiben. Ich sagte es laut und deutlich."

Sie ging in die Hocke und vermied es, mit ihren Knien den Boden zu berühren. Halb unter seinem Gesicht sah sie eine Goldrandbrille, die mit einem Bügel noch über dem Ohr hing. Er sah wie ein Teenager aus, hatte kurzgeschorene Haare und einen kleinen goldenen Ring im rechten Ohrläppchen. Seine Augen waren weit geöffnet.

Sie ließ den Schein der Taschenlampe an seinem Körper entlanggleiten. Der linke Arm lag angewinkelt unter seinem Torso, der rechte war weit ausgestreckt, als wolle er mit den Fingern auf den Revolver zeigen. Die hellbraunen Lederschuhe waren frisch poliert, die Sohlen noch neu und glänzend. Mit diesem Schuhwerk wäre er auf dem glitschigen Gras nicht weit gekommen.

Sie berührte die Seite seines Halses, registrierte noch einen Hauch von Wärme, aber keinen Puls mehr.

„Ist er tot?“, rief Billy von oben.

„Ja, er ist tot.“

Irgendetwas bewegte sich in den Bäumen. Instinktiv fuhr ihre Hand zum Holster. Ein Schatten löste sich aus dem Tiefschwarz der Bäume und schwebte geräuschlos davon. Sie fragte sich, um welchen Vogel es sich wohl handelte und verfolgte für einen Moment seinen Flug. Gegen das sternenhelle Firmament sah seine Silhouette fast wie ein schwarzer Scherenschnitt aus.

Sie kletterte wieder die Böschung hoch und achtete auch diesmal darauf, bei jedem Tritt einen sicheren Halt zu haben. Als sie den Schotter erreicht hatte, sah sie Billy am Kofferraum des Hondas stehen.

„Schau dir das mal an“, sagte er. „Der helle Wahnsinn.“

Sie ging zu ihm hinüber und richtete ihre Taschenlampe in den Kofferraum. Er war leer – bis auf eine halb geöffnete

Werkzeugtasche aus Nylon, in der sie metallisch glänzende Gegenstände ausmachte.

„Hast du das vorher schon gesehen?“, fragte sie.

„Ja. Er war nervös und verhielt sich verdächtig. Ich forderte ihn auf, den Kofferraum zu öffnen. Als ich die Tasche sah, machte er die Biege. Er solle anhalten, rief ich ihm hinterher, doch als er da unten angekommen war, richtete er die Waffe auf mich, drückte aber nicht ab.“

Seine Stimme klang fremd. Sie schaute ihn an und bemerkte, dass seine Augen feucht glänzten.

Die Sirenen in der Ferne schienen näherzukommen, wurden dann aber wieder schwächer.

„Kalt hier draußen“, sagte er. „Wann ist es bloß so kalt geworden?“

Er stockte zwischen den Worten und atmete so unregelmäßig, als würde er hyperventilieren. Keine Frage: Er stand unter Schock.

„Setz dich besser in den Wagen“, sagte sie. Sie klemmte sich die Taschenlampe unter den Arm, zupfte die dünnen Kevlar-Handschuhe aus ihrem Gürtel, streifte sie über die Hände und stellte sicher, dass sie hautnah saßen.

„Ich bin okay“, sagte er.

„Du siehst aber gar nicht so aus.“

Sie leuchtete mit der Taschenlampe in die Nylontasche und zog den halb geöffneten Reißverschluss ganz zurück. Sie sah eine kompakte, mattschwarze MAC-10 Maschinenpistole, darunter zwei halbautomatische Revolver: eine silberne Smith & Wesson mit Hartgummi-Griff sowie eine blaumetallische Heckler & Koch, beides 9mm-Waffen. Dazu noch Schachteln mit Munition und zusätzlichen Magazinen für die MAC-10. *Kein Wunder, dass der Junge die Biege gemacht hat.*

Sie hörte ein Geräusch und drehte sich um. Billy stand an der Böschung, die Hände auf die Knie gestützt, spuckte erst sein Kaugummi aus und erbrach dann eine wässrige Flüssigkeit auf den Kies.

„Ich bin okay", sagte er zwischen den Brechanfällen und streckte eine Hand hoch, als wolle er mögliche Sympathiebekundungen gleich im Keim ersticken. „Ich bin okay."

Er spuckte zum Abschluss noch einmal, richtete sich auf und drehte sich weg – um dann wieder seinen Oberkörper nach vorne zu beugen, da sich anscheinend der nächste Anfall ankündigte. Sie hörte, wie er zwischendurch verzweifelt nach Luft schnappte. *Der Junge wird mir noch ohnmächtig werden.*

Er stemmte seine Hände auf die Hüften und atmete mehrfach tief durch, um den Brechreiz endgültig zu überwinden. Sie schaute ihn für einen Moment an, ging dann um den Honda herum und leuchtete ins Innere. Auf dem Fußboden vor dem Beifahrersitz sah sie eine gefaltete Straßenkarte von Florida, auf der Rückbank einen Kindersitz und eine braune Reisetasche.

„Er hat ein Kind", sagte Billy. „Hast du den Sitz gesehen? Er muss ein Kind haben."

Vielleicht auch nicht.

Sie schaute die Straße hinunter. Zwei Streifenwagen und ein Notarzt-Van hatten gerade eine leichte Kuppe hinter sich gelassen und näherten sich dem Tatort.

Sie schaute ihn an.

„Gibt es irgendetwas, was du mir sagen möchtest?", fragte sie. „Bevor der Sheriff eintrifft?"

Er schaute auf die eintreffenden Streifenwagen, dann wieder auf sie und schüttelte den Kopf.

„Nein", sagte er. „Tut mir leid, Sara, aber ich hatte keine Wahl."

„Du hast getan, was du tun musstest. Es wird schon alles wieder ins Lot kommen."

Mit noch immer laufenden Sirenen kamen die beiden Streifenwagen neben ihrem Crown Vic zum Halt. Der Sanitäter fuhr noch ein Stück weiter zum Honda. Sie trat an Billys Seite und wartete.

Noch einmal heulten die Sirenen auf, um dann endgültig zu verstummen. Diverse Wagentüren wurden geöffnet und wieder zugeschlagen. Die beiden standen allein im grellen Scheinwerferlicht.

Sie schaute hoch und sah in weiter Ferne die Silhouette eines Vogels, der gerade eine Ansammlung von Sternen passierte. Als sie noch einmal hinschaute, war er verschwunden. Sie fragte sich, ob es vielleicht nur eine Fata Morgana gewesen war.

„Und", fragte Sheriff Hammond, „was halten wir von dem Schlamassel?"

Sie saßen in seinem Büro und hatten die Tür geschlossen. Die wandhohen Fenster boten einen Blick auf den Rest des Reviers; durch das Fenster hinter seinem Schreibtisch sah sie eine kleine Rasenfläche mit dekorativen Kalksteinbrocken und einem leeren Flaggenmast, der von unsichtbaren Lichtquellen angestrahlt wurde.

Er trug Jeans und ein Flanellhemd und war so früh am Morgen verständlicherweise noch nicht rasiert. Seine Haare waren für einen Sheriff eher zu lang – und die geplatzten Blutgefäße auf seiner vernarbten Nase sprachen auch eine unmissverständliche Sprache. Hammond stammte ursprünglich aus Mississippi und war vor dreißig Jahren nach Florida gekommen, hatte seinen jovial rollenden Südstaaten-Akzent aber nie verloren.

Sara hatte sich eine Flasche Wasser aus dem Getränkeautomaten im Mannschaftsraum gezogen, sie bislang aber noch nicht angerührt. Sie sehnte sich nach einer Aspirin. Es war seit Monaten ihre erste Nachtschicht gewesen – und sie hatte die ganze Zeit lang ihre Müdigkeit nicht abschütteln können. Obendrein machte eine pochende Vene an ihrer Schläfe sie darauf aufmerksam, dass eine Migräne im Anmarsch war.

„Nach allem, was ich gesehen habe, kann ich den von ihm geschilderten Tathergang nur bestätigen", sagte sie. „Die Zeitspanne zwischen dem Vorfall und meiner Ankunft war so knapp, dass ich mir alternative Erklärungen beim besten Willen nicht vorstellen kann."

Er nahm einen neuen, noch nicht angespitzten Bleistift in die Hand und lehnte sich zurück. Sein Schreibtisch ähnelte eher einem Schlachtfeld. Eine entschärfte Handgranate, die er aus Vietnam mitgebracht hatte, diente als Briefbeschwerer, um einen unbändigen Stapel mit Papieren unter Kontrolle zu halten. Metallkörbe regelten den

Post-Ein- und Ausgang. Dazwischen thronte ein gerahmtes Foto seiner Tochter als Teenager.

Auf einer Anrichte hinter ihm stand ein Computer, der um diese Tageszeit aber nicht eingeschaltet war. Daneben lag, in einer Schutzhülle aus Plastik, der traditionelle Sheriff-Hut, den er aber nur bei formellen Anlässen trug. Auch die „Smokey the Bear"-Hüte, wie sie gewöhnlich von Rangern getragen wurden, hatte er ausrangiert und stattdessen schwarze Baseballkappen eingeführt. Dass selbst diese Kappen nicht mehr *zwingend* getragen werden mussten, hatte ihm Sara immer hoch angerechnet.

Er kratzte sich am Kinn und klopfte mit dem Bleistift auf die Schreibtischkante. Sie spürte, dass er sich in seiner Haut höchst unwohl fühlte.

„Der Anwalt der Polizeigewerkschaft ist bereits auf dem Weg", sagte er. „Boone vom Büro des Staatsanwalts in La Belle ist noch am Tatort, wird aber ebenfalls bald hier einlaufen. Er wird auch mit Ihnen sprechen wollen. Könnte ein bisschen unangenehm werden."

„Warum das?"

„Wir werden ihm von der Beziehung zwischen Billy und Ihnen erzählen müssen."

War das nicht längst ein offenes Geheimnis?

Sie schraubte den Verschluss ihrer Flasche auf und trank einen Schluck.

„Verstehe ich, Sheriff. Ich möchte allerdings darauf hinweisen, dass unsere Beziehung bereits über zwei Jahre zurückliegt."

„Ich weiß. Ich wollte Sie ja auch nur vorgewarnt haben.

Wir leben hier nun mal in der Provinz. Landkreis, Kleinstadt, Polizeirevier – alles ist sehr überschaubar. Wenn wir's ihm nicht sagen, wird er es von jemand anderem erfahren. Ist also vernünftiger, dass wir das Kind gleich beim Namen nennen."

„Ich werd's ihm sagen."

„Sie sind nun mal eine Frau in einem rein männlichen Umfeld, Sara. Das macht Ihre Situation nicht gerade leichter. Ich weiß, dass es nicht fair ist, aber Sie sollten realistischerweise damit rechnen, dass es hier einige Leute gibt, die gewisse Vorurteile gegen Sie entwickeln."

„Verstehe ich."

„Das war Ihre erste Nachtschicht seit – wann? – acht Monaten?"

„Neun."

„Und es war die erste Schicht mit ihm, seit Sie beide sich getrennt haben?"

Sie nickte, trank mehr Wasser und stellte die Flasche auf den Boden. Er zog einen Block auf dem Schreibtisch näher an sich heran.

„Haben Sie schon die Identität des Fahrers?", fragte sie. Es war vier Uhr morgens inzwischen – und sie fühlte, wie die Müdigkeit in ihre Knochen kroch. Nachdem sich das Adrenalin verflüchtigt hatte, empfand sie jeden Kontakt mit der Außenwelt als anstrengend und wollte nur noch schlafen.

Er bog den Schreibblock ein wenig, um seine Notizen lesen zu können.

„Derek Willis", sagte er. „Zweiundzwanzig Jahre. Hatte

einen gültigen Führerschein. Wohnhaft in Newark/New Jersey. Eine Haftstrafe – allerdings nur eine Bagatelle: Er hatte in einem geknackten Wagen eine Spritztour gemacht. Ansonsten warf der Computer nichts über ihn aus."

„War auch der Wagen auf ihn angemeldet?"

„Nein, der Besitzer des Wagens ist ein Wendell Abernathy, ebenfalls aus Newark, ebenfalls ohne Eintrag im Strafregister."

„Sind die Feds schon involviert?"

„Noch nicht."

„Gut", sagte sie.

„Kann sich aber schnell ändern. Hängt davon ab, was Boone ausbuddelt. Wenn er etwas Substantielles findet, wird er natürlich die Bundesbehörde informieren müssen."

„In jedem Fall war dieser Willis kein Tourist, der mitten in der Nacht mit einer Tasche voller Waffen durch die Gegend fuhr."

„Gehe ich auch nicht von aus."

„Und was zum Teufel hatte er in dieser gottverlassenen Gegend überhaupt verloren? Wenn man auf dem Weg in den Süden ist, ist die Interstate die schnellste und unproblematischste Lösung."

„Auf all diese Fragen werden wir hoffentlich schon bald eine Antwort bekommen."

Sie trank noch mehr Wasser und massierte mit den Fingern ihre linke Schläfe.

„Wer kümmert sich um Ihren Junior?", fragte er.

„JoBeth. Sie übernachtet bei mir."

„JoBeth Ryan?"

„Sie hat inzwischen den Führerschein. Macht die Sache für sie etwas einfacher."

„JoBeth ist ein gutes Mädchen. Und ihr Vater ist ein guter Mann. Springt sie oft als Babysitter für Sie ein?"

„Sie kommt mit Danny gut klar. Er mag sie."

„Wie geht's ihm denn?"

„Er hat gute Tage und schlechte. Die Chemo hat ihm arg zugesetzt."

„Haben Sie jemals wieder von seinem Vater gehört?"

Sie schüttelte den Kopf und schaute zur Seite.

„Sorry", sagte er, „geht mich nichts an."

„Kein Problem. Aber es gibt nichts zu erzählen. Wir wurschteln uns einfach durch. Geht ja nicht anders."

„Das geht uns wohl allen so."

„Haben sie sonst noch was im Wagen gefunden?"

„Bisher nicht. Howie hat ihn in der Werkstatt. Wir werden ihn morgen in seine Einzelteile zerlegen. Tut mir leid, Sara, ich hätte mir die Frage gerade verkneifen sollen."

„Nicht der Rede wert. Was sagen die Mediziner?"

„Noch nicht allzu viel." Er klopfte mit dem Bleistift auf sein Knie – dankbar, dass sie nicht weiter auf das leidige Thema eingegangen war. „Drei Einschüsse, alle aus Billy Flynns Glock. Zwei im Brustkörper" – er zeigte auf die Stelle an seiner eigenen Brust –, „einer auf der linken Seite. Dazu eine Austrittswunde auf dem Rücken. Sieht ganz so aus, als hätten sie bei den ersten Schüssen noch frontal zueinander gestanden – was für uns natürlich ein positiver Tatbestand ist. Als er zu Boden ging, drehte er sich um seine eigene Achse – was dann die dritte Kugel erklärt. Seine Waffe wurde nicht gefeuert, war aber geladen. Wir versuchen, Angehörige des Toten aufzutreiben. Ich erwarte auch den Rückruf eines Kollegen aus New Jersey, den ich zufällig kenne.“

Draußen am Fenster wurde es fast schon hell.

„Sie sollten sich vom Dienst abmelden und aufs Ohr legen“, sagte er.

Sie griff ihre Flasche, stand auf und spürte die Verspannung in ihren Knien. Sie blickte zu den anderen Räumlichkeiten des Reviers hinüber und sah, dass Angie, der nächtliche Dispatcher, sie von der gegenüberliegenden Seite beobachtete. Sara entgegnete den Blick ihrer wasserstoffblonden Kollegin, bis diese den Kopf wegdrehte.

„Sie haben Dienst von Montag bis Freitag, richtig?“

Sie nickte.

„Gut, dann haben Sie ja das Wochenende für sich. Wollen Sie Montag mit Ihrer Schicht wieder anfangen?“

Sie nickte erneut.

„Sie können aber auch gerne vierundzwanzig Stunden dranhängen. Wir finden schon einen Ersatz. Sagen Sie nur Laurel frühzeitig Bescheid.“

„Ich werde schon wieder auf Vordermann sein.“

„Das können Sie ja noch Sonntagabend entscheiden. Boone wird Sie sicher morgen anrufen – was bedeutet, dass Sie für das Interview reinkommen müssen.“

„Ich weiß.“

Sie streckte sich und drückte ihre Hände gegen das untere Rückgrat. Durch eine offene Tür konnte sie sehen, wie Billy mit Sam Elwood sprach, dem stellvertretenden

Sheriff, der auch für interne Ermittlungen zuständig war. Billy saß in einem Stuhl neben Elwoods Schreibtisch – die Ellenbogen auf den Knien, den Kopf auf die Hände gestützt – und starrte auf den Boden. Das eigentliche Interview würde erst beginnen, wenn Boone und der Anwalt der Polizeigewerkschaft eingetroffen waren.

„Er wird momentan noch vom Adrenalin über Wasser gehalten", sagte Hammond, „doch wenn das abfällt, wird es ihn voll treffen. Bis der Fall geklärt ist, geben wir ihm bezahlten Urlaub, um ihn dann langsam wieder in den Apparat einzuführen – am besten anfangs mit einem Schreibtischjob, um ihn langsam aufzubauen. Ich habe erlebt, wie ausgewachsene Männer auf einen derartigen Vorfall reagieren: Einige können damit umgehen, andere nicht."

Sie beobachtete, wie sich Billy mit der Hand durchs Haar fuhr. Er sah wie ein kleiner Junge aus, der – resigniert und in sich zusammengesackt – auf seine gerechte Strafe wartet. Sie fühlte eine plötzliche Zuneigung für ihn und verspürte den Wunsch, ihn zu berühren, ihn zu trösten, ihm zu versichern, dass schon alles wieder in Ordnung kommen werde. Aber sie konnte nicht – und wollte es eigentlich auch nicht.

Als sie das Revier verließ, sah sie ihn noch einmal kurz durch die offene Tür von Elwoods Büro. Er schaute sie für einen langen Augenblick an und drehte erst seinen Kopf, als Elwood ihm eine Frage stellte.

Auf dem Weg zum Ausgang passierte sie auch die Funkzentrale. Angie nickte ihr zu, ohne ein Wort zu sprechen.

Sara stieß die große Glastür auf und trat in den brandneuen Tag hinaus.

Sie lenkte ihren Chevy Blazer in die Einfahrt, parkte neben JoBeth's Escort und stellte den Motor ab. Die Sonne lugte bereits über den Horizont, die Vögel zwitscherten – doch jeder Muskel in ihrem Körper schmerzte wie Hölle.

Sie stieg aus, verriegelte den Wagen mit der Fernbedienung, warf ihre Multifunktionstasche über die Schulter und ging über die Natursteine zur Haustür. Dannys Dreirad lag noch immer dort, wo er es gestern Abend liegengelassen hatte. Sie griff sich das Rad, vom Tau noch feucht, und stellte es neben den Eingang, damit niemand darüber stürzen würde.

JoBeth schlief auf dem Sofa im Wohnzimmer. Sie hatte sich eine Wolldecke übergestreift, doch da sie auf der Seite lag, baumelte ihr linker Arm fast bis auf den Fußboden. Die TV-Fernbedienung und ihr Handy befanden sich gleich daneben, während ein wissenschaftliches Lehrbuch und ein Spiralheft auf dem Couchtisch lagen.

Es war angenehm kühl im Haus. Die Klimaanlage summte stoisch vor sich hin. Sara ließ ihre Tasche im Wohnzimmer liegen und ging über den Flur zu Dannys Zimmer. Die Tür stand halb offen. Er schlief mit dem Gesicht zur Wand, hatte sich in seine Nascar-Decke gekuschelt und einen grünen Stoff-Dino im Arm. An der Wand hing noch die Winnie-the-Pooh-Tapete, die sie aber bald austauschen wollte: Er war inzwischen einfach zu alt dafür. Auf eine Wand hatten sie eine Pappe mit verschiedenen Sternbildern geklebt, auf eine andere einen Zeitstrahl mit gemalten Dinosauriern, die in Reih und Glied über die ganze Wand marschierten.

Er war jetzt sechs Jahre alt und vergleichsweise klein für sein Alter. Die Haare waren kurz geschnitten – was aber nicht verbergen konnte, dass sie an einigen Stellen komplett ausgefallen waren. Sie lehnte sich gegen den Türrahmen und beobachtete, wie er regelmäßig atmete. Ohne dass es ihr bewusst war, kam sie oft nachts an die Tür und versicherte sich, dass er noch immer unter den Lebenden weilte.

Dass du das alles durchmachen musstest ist einfach nicht fair. Aber manchmal, mein Junge, liebe ich dich so sehr, dass ich Angst habe, mein Herz könnte platzen. Und ich werde nie zulassen, dass irgendwer oder irgendwas dich von meiner Seite reißt.

Nach einer Weile raffte sie sich auf und ging zu ihrem Schlafzimmer am Ende des Gangs. Sie verstaute die Glock und das zusätzliche Magazin in ihrem kleinen Safe im Kleiderschrank, zog ihr grünes Diensthemd aus und riss die Velcro-Verschlüsse ihrer Weste auf. Das weiße T-Shirt darunter war völlig verschwitzt. Sie zog alles aus und ließ es achtlos auf den Boden fallen.

Im Badezimmer löste sie ihre Haare und drehte die Dusche auf. Als das Wasser endlich heiß war, kletterte sie hinein und postierte sich so, dass die heißen Strahlen besonders die verkrampften Muskelpartien bearbeiteten. Nach einer Weile merkte sie, wie sich die Spannung langsam löste. Sie drehte das Wasser ab, griff zum Handtuch und streifte sich anschließend T-Shirt und Jogginghose über. Sie nahm zwei Schmerzpillen und spülte sie mit einem Glas Wasser hinunter.

In der Küche holte sie zwei Zwanziger aus dem leeren Mehlbehälter, fand einen Briefumschlag, steckte das Geld hinein und schrieb vorne drauf: *JoBeth, hatte eine verkürzte Schicht letzte Nacht. Kann aber sein, dass ich heute nochmal ins Revier muss. Melde mich. Nochmals Danke. S.*

Barfuß ging sie ins Wohnzimmer. JoBeth schnarchte leise vor sich hin. Sara steckte den Briefumschlag ins Notizbuch und stellte sicher, dass die Haustür auch richtig geschlossen war. Danach ließ sich ihre körperliche Erschöpfung beim besten Willen nicht mehr ignorieren.

Auf dem Weg zum Schlafzimmer überzeugte sie sich noch einmal, dass er wirklich schlief – und ließ dann ihre Tür halb offen, um jedes seiner Lebenszeichen hören zu können. Sie ließ sich ins Bett fallen und schlüpfte unter eine dünne Decke. Da die Sonne einen Weg durch die Jalousien fand, war es im Zimmer bereits hell. Sie überlegte, ob sie noch einmal aufstehen sollte, um die schweren Vorhänge zuzuziehen, doch ihr Körper lehnte alle weiteren Aktivitäten ab.

Als sie die Augen schloss, sah sie rotierende rot-blaue Lichter und eine dunkle Gestalt, die in unnatürlicher Position auf einem feuchten Grasfleck lag. Der Kopf löste sich langsam vom Boden und drehte sich zu ihr um. Derek Willis schaute ihr direkt in die Augen und sagte nur ein Wort: *Warum?*

Sie verbannte die Szene aus ihrem Hirn, drehte sich

auf die andere Seite und zog ein zweites Kissen an sich heran. Sie nahm es fest in beide Arme und fiel in einen traumlosen Schlaf.

2

Ein paar verlorene Schneeflocken trieben durch die Straßen – es war gerade erst Ende Oktober –, als Morgan seinen klapprigen Chevy Monte Carlo in die Lyons Avenue dirigierte. Die ausgebrannten Brownstone-Häuser gehörten hier ebenso zum Stadtbild wie die verlassenen Autowracks, die bis aufs Skelett ausgenommen worden waren. Als er an einer Baulücke vorbeikam, sah er zwei Männer, die an dem Feuer standen, das sie sich in einer der alten, 200 Liter fassenden Öltonnen gemacht hatten. Sie schauten ihm aufmerksam nach, als er an ihnen vorbeifuhr.

An der nächsten Straßenecke stand ein provisorisches Altärchen, das vor einem Telefonmast aufgebaut worden war. Er sah ein paar flackernde Kerzen, einen Teddybären sowie ein weißes T-Shirt, das an den Holzmast genagelt war. Irgendetwas war darauf geschrieben, doch er konnte es aus der Entfernung nicht entziffern.

Auf der Kassette lief „I Miss You" von Harold Melvin and the Blue Notes – die lange Version –, doch er hielt es instinktiv für angebracht, die Lautstärke nun zu reduzieren. Er bog langsam in eine Seitenstraße ein und schaute sich die Häuser genauer an. Das gesuchte Brownstone –

die einst großzügigen Fenster mit billigem Sperrholz vernagelt – war schräg vor ihm auf der linken Seite.

Er rollte mit seinem ratternden Auspuff langsam vorbei, schaute sich die desolate Fassade an und registrierte die visuellen Duftmarken, die rivalisierende Gangs auf dem Sperrholz hinterlassen hatten. Hoffentlich hatten sie nicht auch noch einen Hund im Haus.

Er fuhr einen Block weiter, drehte und parkte vor einer leeren Schaufensterfront. Als er den Motor abstellte, produzierten die acht Zylinder noch ein paar Fehlzündungen, gaben dann aber Ruhe.

Seine Augen noch immer aufs Haus gerichtet, griff er in seinen Ledermantel und holte eine Flasche Vicodin heraus. Er spürte noch immer die Schmerzen auf der rechten Seite, direkt unter den Rippen. Sie meldeten sich immer zurück, wenn er Stress hatte. Er schüttelte eine Pille heraus, brach sie in zwei Teile, legte eine Hälfte auf die Zunge und schluckte sie runter. Als er sein Gesicht zufällig im Rückspiegel sah, zuckte er zusammen. Sein Gesicht war schmaler geworden und das Haar so grau, dass man es nur noch als *aschgrau* bezeichnen konnte.

Zeit, Nägel mit Köpfen zu machen. Er steckte die andere Hälfte der Pille wieder in die Flasche, die Flasche in den Mantel und öffnete die Tür.

Als er ausstieg, meldete sich umgehend die Arthritis in seinen Hüften zu Wort. Wenn es so frühzeitig kalt wurde, durfte man sich auf einen brutalen Winter einstellen. Er schloss seinen Wagen ab, schaute nach links und rechts, sah aber keine Menschenseele. Alle Häuser hier waren von der Stadtverwaltung als abbruchreif klassifiziert worden, doch die mehrfach versprochene Sanierung war immer nur ein Versprechen geblieben. Die einzigen Leute, die hier lebten, waren Hausbesetzer – junge Drogensüchtige und alte Schnapsleichen, die sich bei Einbruch des Winters ein warmes Plätzchen suchten.

Es war noch früh an diesem kaltgrauen Nachmittag, sein Atem fror bereits in der Luft. Seinen Baumwollhandschuhen zum Trotz hatte er kalte Hände. Als er auf das Haus zuging, knirschten zerborstene Flaschen und Crack-Phiolen unter seinen Stiefeln. In diesem Teil der Stadt waren die Straßen mit Scherben übersät.

Er hielt vor dem Haus an. Es hatte drei Stockwerke und war einmal der Stolz eines wohlhabenden weißen Mannes gewesen. Der verwilderte Vorgarten war winzig, die Treppe hinauf zur vernagelten Tür zerfallen. Ein elektrisches Verlängerungskabel führte von einem Fenster im ersten Stock zum Nachbarhaus.

Er holte sein Handy heraus und öffnete das Kurzwahl-Display. Rohan antwortete nach dem ersten Klingeln.

„Yo."

„Morgan hier. Wie komm ich denn rein in dieses gottverdammte Haus?"

„Du bist früh dran, Mann. An der Seite des Hauses gibt's eine Tür."

Morgan ging ums Haus und passierte einen kleinen Garten. Eine Vogeltränke, in ihre Einzelteile zerfallen, lag achtlos im Unkraut. Er sah die Tür, die in diesem Moment auch prompt von innen geöffnet wurde. Im Eingang stand ein pummeliger Teenager – vierzehn, fünfzehn Jahre alt – in einer roten North Face-Jacke und Schlabberjeans. Unter der Jacke trug er ein schwarzes T-Shirt mit den roten Worten *STOP Snitching.* Morgan schaute an ihm vorbei ins Innere des Hauses.

„Habt ihr einen Hund hier?"

„Einen was?"

„Hund. Einen Pitbull oder sowas?"

„Nein Mann, hier gibt's keine Hunde."

Morgan ging in eine große, kahle Küche, in der alle Anschlüsse aus der Wand gerissen waren. Die Decke, mit Wasserflecken übersät, hing bereits durch und machte den Eindruck, als könne sie jeden Moment runterknallen.

Der Junge schloss die Tür hinter ihm wieder ab. Zwei Sicherungsbolzen und ein massiver Riegelverschluss, der im Fußboden verankert war. Alles nagelneu.

„Wart mal", sagte der Junge.

Morgan drehte sich um und hob die Arme. Der Junge tastete ihn unter dem Mantel sorgfältig ab, ging dann auf die Knie und untersuchte die Hosenbeine. Zum Abschluss glitt er mit beiden Händen über den Mantel, fühlte die Flasche mit Pillen und holte sie heraus.

„Was sind das denn für Dinger?"

„Das sind meine", sagte Morgan.

Der Junge schüttelte die Flasche und steckte sie wieder in Morgans Tasche. Er nickte zum Flur. „Alles klar."

Durch den Flur kam Morgan zu einer alten Holztreppe, deren Geländer bereits arg lückenhaft geworden war. Diverse Verlängerungskabel – allesamt Profiqualität –

schlängelten sich die Stufen hinunter und verschwanden dann hinter der Treppe. Morgan folgte ihnen, bis er in ein Wohnzimmer trat.

Rohan saß auf einem alten Sofa in der Mitte des Raums und hantierte mit ein paar Utensilien, die auf einem klapprigen Couchtisch vor ihm lagen. Seine ganze Aufmerksamkeit galt einer Zigarre, die er gerade mit einer Rasierklinge aushöhlte. Ein Plastikbeutel mit Marihuana lag gleich daneben. Eine Stehlampe neben dem Tisch lieferte das einzige Licht. Ein elektrisches Heizöfchen glühte in der Ecke.

„Ihr Jungs lebt hier?“, fragte Morgan. „Das ist doch nicht euer Ernst.“

Rohan schaute nicht auf. Mit dem Handrücken wischte er den Tabak vom Tisch und stopfte das Gras in den *Blunt.*

„Nein, Mann, das ist nur der Laden“, sagte er. „Hier machen wir die Geschäfte.“

Er war Mitte Zwanzig und trug die identische North Face-Jacke, ein weißes Basketballhemd darunter, schwarze Jeans und Timberlands. Seine langen Haare waren in *Braids* geflochten. An seinem Hals sah Morgan ein Tattoo mit drei Tatzen. Ein verchromter Revolver lag auf einem Kissen zu seiner Rechten.

Der Junge drängte sich an Morgan vorbei und postierte sich neben den Heizkörper, der vor dem alten Kaminsims stand. Er spreizte die Beine und verschränkte die Arme vor der Brust. In seiner Hüfte konnte Morgan den Kolben eines Revolvers sehen.

Rohan feuchtete die aufgeschlitzten Zigarrenblätter mit

seiner Zunge an und presste sie zusammen, sah sich sein Kunstwerk an und leckte noch einmal. Er nahm ein Feuerzeug vom Tisch und fuhr mit der Flamme solange an den feuchten Blättern entlang, bis die Kante versiegelt war.

„Wie alt bist du denn?", fragte der Junge.

Morgan schaute ihn an. „Was geht dich das an?"

„Frag ja nur."

„In der guten alten Zeit mischte Morgan ganz vorne mit", sagte Rohan. „Ein Gangster der alten Schule." Er schaute zum ersten Mal hoch. „Er war der *trouble man*, wie er im Buche steht – oder im gleichnamigen Film sogar zu sehen ist." Er schaute den Jungen an. „Hast du den Film je gesehen, Raj? Mit dem Soundtrack von Marvin Gaye? Wie der Bursche mit seinem Lincoln Continental durch die Gegend rollt und überall die Kacke ans Dampfen bringt?"

„Fehlanzeige." Raj schüttelte den Kopf.

Rohan zündete den torpedoähnlichen Blunt mit dem Feuerzeug an, sog den Rauch tief ein und reichte den Joint gleich weiter. Raj nahm ihn, inhalierte und reichte ihn umgehend zurück. Der beißende Geruch breitete sich schnell im ganzen Zimmer aus. Rohan blies eine volle Ladung zur Seite aus und hielt den Joint in Morgans Richtung. Morgan schüttelte den Kopf.

„Das ist Mörderstoff", sagte Rohan, „nicht der Kinderkram, mit dem Mikey-Mike dieser Tage die Menschheit beglückt."

„Aus welcher Quelle kommt denn der Stoff", fragte Morgan.

Rohan zuckte mit den Schultern und reichte den Joint wieder an Raj.

„Wir leben eben in der freien Marktwirtschaft", sagte Rohan. „Wenn das Produkt nichts taugt oder der Preis nicht stimmt, geht der Kunde halt woanders shoppen. Alle wissen doch, dass Mikeys Stoff nichts mehr taugt, seit die Kolumbianer in den Bau wanderten. Sein Coke ist genauso mies. Und das H auch. Und irgendwann rächt sich so was. Er kratzt nur noch minderwertigen Scheiß zusammen – und alle auf der Straße wissen es."

„Das war ein Engpass, der bald behoben sein wird."

„Vielleicht. Vielleicht aber auch nicht. Beim letzten Mal kam er auch nicht mit Nachschub rüber, wenn ich mich recht erinnere. Ich hab weiß Gott viel von seinem Stoff unters Volk gebracht – und wir haben uns dumm und dusselig verdient. Aber damals war sein Zeug auch noch gut, während heute der Wind aus einer anderen Ecke pfeift."

Raj reichte den Blunt zurück – und Rohan legte ihn zum Abkühlen auf die Tischkante.

„Er weiß genau, dass nicht alles optimal lief in letzter Zeit", sagte Morgan, „aber er wird die Sache auch wieder ins Lot bringen. Er hat exzellente neue Kontakte – was bedeutet, dass schon bald wieder exzellenter Stoff auf den Tisch kommt."

„Wenn er das macht, können wir reden. Wenn der Shit gut ist, machen wir wieder Geschäfte. Wenn nicht, dann eben nicht. So laufen die Sachen nun mal."

„Ihr beiden wart doch wie Pech und Schwefel", sagte Morgan. „Wenn es sich weiter rumspricht, dass ihr nicht mehr an einem Strang zieht, ist niemandem damit gedient."

„Willst du mir etwa das Lied von der Loyalität singen? Es geht nur ums Produkt. Es ist schon schwer genug, momentan über die Runden zu kommen. Man will schließlich nicht irgendeinen Scheiß an den Mann bringen, man will den Leuten kein Geld dafür abnehmen – und dann auch noch meinen, dass sie dir die Füße küssen. Meine Leute haben auch einen Ruf zu verteidigen – und ich hab so was wie eine Verantwortung für sie."

„Versteh ich ja alles. Mikey hat mir eine Kostprobe von dem neuen Stoff mitgegeben. Bläute mir ein, dass du's unbedingt auschecken sollst."

Rohan schaute zu Raj, dann zurück zu Morgan. „Warum machst du's so spannend? Damit hättest du doch gleich rausrücken können."

Raj lachte. „Ja, nun zeig uns endlich den Scheiß."

Morgan schenkte ihm einen vernichtenden Blick, doch Raj ließ sich nicht bluffen und schaute ihm fest in die Augen.

„Morgan hat eben noch immer die alten Sprüche drauf", sagte Rohan. „Ich kann mich noch gut an den Jive von damals erinnern: *Like it is, brother, like it is.* Wo hast du denn den Scheiß?"

„Im Auto. Ein Stück die Straße hoch. Du probierst es – und wenn's dir gefällt, kommt mehr davon. Wenn nicht, ist der Fall abgeschlossen."

„Hast du etwa noch immer deine alte Hämorriden-Schleuder? Ein Cutlass – oder was war's?"

„Monte Carlo."

„Du solltest Mikey mal ernsthaft ins Gebet nehmen. Er sollte dir eine neue Karre spendieren. Mit deiner Gurke kannst du dich doch nirgendwo mehr blicken lassen."

Morgan ging durch den Flur wieder zur Küche, sah einen grauen Schatten über den Boden huschen und in der offenstehenden Vorratskammer verschwinden. Ratte.

Raj kam hinter ihm und begann die diversen Schlösser zu entriegeln.

„Bin in einer Minute zurück", sagte Morgan.

„Kann ich dir auch nur empfehlen."

Morgan ging durch den Garten zurück auf die Straße. Sein Monte Carlo war genau einen Block entfernt. Die Straße war nach wie vor menschenleer. Er ging um den Wagen herum und öffnete den Kofferraum. Raj stand vor dem Hauseingang und schaute ihm nach, verlor ihn aber kurzfristig aus den Augen, da Morgan hinter der hochgeklappten Kofferraumhaube stand.

Morgan griff in eine Army-Decke und zog seine Beretta heraus. Obwohl er Handschuhe trug, lag die Waffe wie ein eiskalter Klumpen in seiner Hand. Er steckte sie in seine rechte Manteltasche und griff dann nach einer Papiertüte, die im Radkasten versteckt war. In der Papiertüte befand sich ein Plastikbeutel mit dem Marihuana. Morgan steckte das Gras in seine linke Manteltasche und schloss den Kofferraum.

Die vereinzelten Schneeflocken, die inzwischen dicker und feuchter waren, wurden vom Wind durch die Straße getrieben. Ein paar lose Seiten einer Zeitung, die durch die Abflussrinne wirbelten, wickelten sich um sein Bein. Morgan streifte sie ab und ließ sie vom Winde verwehen. Mit beiden Händen in den Taschen ging er zurück zu dem Haus. Er spürte das Gewicht der Beretta in seiner Tasche.

Die Schmerzen und Beschwerden, die ihn noch vor wenigen Minuten geplagt hatten, waren mit einem Mal wie weggeblasen. Als er wieder in den Garten bog, trat Raj zur Seite und ließ ihn passieren.

Zurück im Haus, holte Morgan den Plastikbeutel aus der Tasche. Raj nahm ihn an sich, schloss die Tür und verriegelte die Schlösser. Er hielt den Beutel vor seine Augen und schüttelte ihn kräftig durch.

„Sieht genauso aus wie der alte Scheiß", sagte er.

„Testet es an. Dann sehen wir weiter."

Sie traten in den Flur, Raj vorweg. Morgan ließ ihn ein paar Schritte gehen, zog seine Beretta und sagte „Yo".

Der Junge drehte sich um und sah den Revolver. Morgan schoss ihm zwei Mal in die Brust. Die beiden Schüsse, die im engen Flur wie ausgewachsene Detonationen klangen, drückten den Jungen gegen die Wand. Aus den Austrittswunden spritzte das Blut. Morgan stieg zügig über den zusammensackenden Körper und ging Richtung Wohnzimmer.

Rohan, Revolver in der Hand, war bereits vom Sofa aufgesprungen. Morgan drückte ab und traf ihn in der linken Schulter. Rohans Beine verdrehten sich und gaben nach. Er stürzte auf die Kante des Kaffeetisches, während sein Revolver zurück aufs Sofa flog.

Morgan stieß den Tisch zur Seite und richtete die Beretta auf ihn. Rohan rollte auf seine andere Seite und schnappte nach Luft. Er hielt eine Hand in die Höhe, als wolle er einen weiteren Schuss damit abwehren.

„Cash“, sagte Morgan.

„Im Kamin. Da oben. Der Stoff auch.“

Morgan ging zum Kamin, behielt Rohan aber stets im Auge. Er steckte seine linke Hand in den Abzug und fühlte den Filter der Rauchabzug-Klappe. Er drückte sie nach oben, bis er mit den Fingern ein weiches, filzartiges Material berührte. Es war ein Rucksack aus Segeltuch. Er machte einen satten Bums, als Morgan ihn auf den Boden fallen ließ.

„Es ist alles da drin“, sagte Rohan. „Nimm ihn mit.“

Morgan ging mit einem Knie zu Boden und öffnete den Reißverschluss. Geldstapel in Banderolen, ein zum Straßenverkauf vorbereitetes G-Pack mit Mini-Portionen Coke oder H im Wert von eintausend Dollar. Morgan schüttete alles auf den Boden. Rohan hatte seine ausgestreckte Hand zurückgezogen und drückte damit auf seine blutende Schulter. Das weiße Shirt unter seiner Jacke hatte sich bereits rot verfärbt.

Morgan stand wieder auf, richtete die Beretta auf ihn und legte den Finger um den gekrümmten Abzug. Er nickte zum Sofa hinüber. „Wenn du noch einen Versuch unternehmen möchtest, das Ding zu benutzen, wäre der Zeitpunkt wohl jetzt gekommen, mein Sohn.“

Rohan schüttelte den Kopf. „Ich habe nicht die leiseste Absicht, irgendetwas zu benutzen.“

„Auch gut“, sagte Morgan und drückte dreimal ab. Die leeren Hülsen fielen zu Boden, ein paar Fasern aus Rohans gefütterter Jacke flogen durch die Luft.

Morgan schob die Geldbündel wieder in den Rucksack und hob ihn hoch, ließ das G-Pack aber auf dem Boden liegen. Eine Belohnung für den Glücklichen, der die Leichen finden würde.

Er steckte seine Beretta in die Tasche und machte sich auf die Suche nach den Patronenhülsen. Bei der letzten tat er sich etwas schwerer, fand sie dann aber doch unter dem Sofa. Während er wieder aufstand, keuchte er heftig.

Als er mit seiner Arbeit zufrieden war, ging er zurück zum Flur und fand auch dort die gesuchten Hülsen. Raj bewegte sich nicht, doch auf seinen Lippen bildeten sich kleine Bläschen. Offensichtlich atmete er noch. Morgan sah, dass sich sein Brustkörper unter dem blutigen T-Shirt noch immer unmerklich hob und senkte.

Morgan ließ ihn liegen, öffnete die Riegel in der Küche und zog die Tür hinter sich zu. Auf der Straße, noch immer totenstill, blies ihm der Wind ins Gesicht. Er ging zu seinem Wagen, öffnete den Kofferraum und warf den Rucksack hinein. Als er losfuhr, lief die Kassette weiter. Noch immer Teddy Pendergrass, der seine verflossene Flamme beschwört, dass er diesmal wirklich ein neuer Mann sei.

Morgan bog rechts auf die Lyons Avenue und machte sich auf den Rückweg nach Newark. An der nächsten Kreuzung trat eine Schülerlotsin mit blauer Uniform und orangefarbener Weste auf die Straße. Sie hatte ein unübersehbares STOP-Zeichen in der Hand.

Nachdem er gebremst hatte, postierte sich die Lotsin auf der Mitte der Straße und winkte die Kinder hinüber. Vierte oder fünfte Klasse, schätzte er. Die Mädchen hatten Schleifchen im Haar, trugen bereits ihre Wintermäntel und rosarote Ranzen aus Vinyl auf dem Rücken. Die Jungs rannten als erste hinüber, lachten und waren bester Laune.

Ganz zum Schluss kam ein Mädel, das nicht älter war als Neun oder Zehn. Sie drehte sich um, schaute Morgan durch die Windschutzscheibe an und verzog dabei keine Miene.

Schau mich nicht so an, kleines Mädchen, dachte er. *Ich weiß, was ich getan habe.*

Die Schülerlotsin ermahnte sie zur Eile und lächelte Morgan entschuldigend an. Er grüßte mit der Hand zurück und nahm die Fahrt wieder auf.

Der Schnee, den der Wind gegen die Scheibe blies, war inzwischen nass und blieb auf dem Glas haften. Er schaltete die Scheibenwischer an, verfolgte für einen Moment den dumpfen Takt der Wischblätter, drehte dann aber lieber die Musik etwas lauter. Teddy war noch immer am Jammern: *Miss you, miss you, miss you.*

3

Er saß am Tresen der *Tiger Tail-Bar,* als sie ihn sah. Ein Schnapsglas und ein Heineken standen vor ihm, Johnny Cashs „Folsom Prison Blues“ ertönte aus der Jukebox.

„Die Nummer geht garantiert auf dein Konto“, sagte sie. „Stimmt’s?“

Er drehte sich um. „Hey, Sara.“

Sie setzte sich auf den Barhocker neben ihn. Althea, die Barfrau, hatte sie erkannt und kam näher.

„N’Abend, Deputy Cross. Ein Guinness?“

„Bitte.“

Billy nippte an seiner Flasche und spielte mit dem leeren Schnapsglas.

„Was war das denn?“, fragte Sara.

„Peppermint Schnapps.“

„Ich dachte, dass das nur Kinder trinken.“

„Ja, ziemlich schlimmes Zeugs. Aber es erfüllt seinen Zweck.“

Althea kam mit einem Pint Guinness zurück. Billy schob einen nassen Zwanzig-Dollar-Schein über den Tresen. Althea nahm ihn und verschwand.

„Kaum zu glauben, dass du noch immer auf den Beinen bist“, sagte Sara. „Hast du heute überhaupt ein Auge zugemacht?“

„Ein bisschen.“

Althea brachte das Wechselgeld. Das Guinness war kälter, als es Sara lieb war, aber definitiv dunkel und stark. Für eine Weile hatte sie Gefallen an den „Black and Tans“ gefunden, Guinness gemischt mit hellerem Bier. Doch inzwischen griff sie eher selten zum Glas – und wenn sie’s denn tat, konnte ihr das Bier nicht dunkel genug sein. Die Männer, die sie kennenlernte, schienen von Frauen mit einer derartigen Vorliebe wohl nie gehört zu haben.

„Haben sie dich heute Morgen zur Schnecke gemacht?“, fragte sie.

„Boone von der hiesigen Staatsanwaltschaft ist eigentlich ganz okay. Wusstest du, dass er hier in der Gegend mal als Deputy gearbeitet hat?“

„Nein.“

„Ja, er musste ganz unten auf der Leiter anfangen – genau wie du und ich. Unter Hammond schaffte er's bis zum Deputy. Als Winston sich damals als Generalstaatsanwalt bewarb, sorgte Hammond dafür, dass viele Leute bei seinem Namen das Kreuzchen machten. Sollte er gewinnen, musste Winston dann im Gegenzug Boone übernehmen. Aber das sind alles Geschichten, die wohl vor deiner Zeit passierten.“

„War es denn ein Schritt auf der Karriereleiter – oder wollte Hammond ihn bloß loswerden?“

„Vielleicht ein bisschen von beidem. Boone ist schon ein Guter, nur vielleicht etwas …“, er trank einen Schluck Bier, „überambitioniert. Er und Elwood machten das Interview zusammen. Alles auf Video.“

„Wer verfasst denn den Report?“

„Boone, schätze ich.“

„Und, was hat er gesagt?“

„Dass es unvermeidliche Schüsse waren. Was sollen sie auch sonst sagen? Sie *waren* unvermeidlich. Was sie ein bisschen nervt, ist die Tatsache, dass ich der Schütze, aber auch der einzige Augenzeuge bin – zumindest der einzige, der noch lebt. Haben sie mit dir auch schon gesprochen?“

„Nein, aber Elwood rief mich an. Ich treffe sie morgen.

Obwohl ich natürlich nur das zu Protokoll geben kann, was ich nach meinem Eintreffen sah."

„Tut mir leid."

„Was muss dir da leidtun?"

„Dass es gerade dich erwischt hat. Ich wusste nicht mal, dass du Dienst hattest."

„Als du in der Zentrale anriefst, war ich nun mal näher an deinem Standort als alle anderen. Ich wünschte mir nur, ich hätte es schneller geschafft. Vielleicht wäre die ganze Geschichte dann anders ausgegangen."

Er schaute zu der Uhr über der Bar. „Fast Zehn. Ist das nicht schon arg spät für dich? Wer passt denn auf Danny auf?"

„JoBeth. Ich habe mir Sorgen um dich gemacht. Dachte mir, dass ich's einfach mal in deiner Stammtränke versuche. Und sah prompt deinen Truck."

Sie drehte sich auf ihrem Hocker und schaute in die Runde. Zwei Mexikaner – oder wahrscheinlich waren es Guatemalteken – spielten Billard auf der kleinen Empore im hinteren Teil der Bar. Ein paar der Tischnischen an der Seitenwand waren belegt. Sie sah Angie, ihre Dispatcherin, mit zwei Männern, die ihr nicht bekannt waren. Die Drei teilten sich einen *Pitcher* mit Bier. Angie war anscheinend bester Laune und fuchtelte mit einer Zigarette durch die Luft. Ihre Blicke begegneten sich, doch als Angie sah, wer neben Sara saß, schaute sie gleich wieder weg. *Super,* dachte Sara, *war vielleicht doch ein Fehler, hier aufzukreuzen.*

Links und rechts an der Bar saßen ein paar beinharte

Trinkspechte, von denen Sara sogar einige wiederkannte. Sie war den meisten Alkoholikern in St. Charles County in irgendeiner Form begegnet: Entweder hatte sie die Herrschaften wegen Trunkenheit aus dem Verkehr gezogen – oder sie verletzt aus ihrer Kabine gezerrt, wenn sie nachts ihren Pick-up in den Graben gesteuert hatten.

Billy gab Althea ein Zeichen, dass sein Schnapsglas einen Nachschlag vertragen könne.

„Wieviel hast du denn schon intus?“, fragte Sara.

„Das ist mein dritter. *War* mein dritter.“

„Drück besser mal auf die Bremse. Morgen früh musst du für alles zahlen.“

„Ich zahle sogar jetzt schon dafür.“

Althea kam mit der Flasche, füllte sein Glas auf und kassierte gleich ab.

Billy hob sein Glas und prostete Sara zu. Aus der Jukebox erklang Warren Zevons „Lawyers, Guns and Money“.

„Bei diesem Song bin ich mir sogar absolut sicher, dass du ihn gewählt hast“, sagte sie.

„Mehr als einmal.“ Er kippte den Schnaps und sang mit: *„Dad, get me out of this.“*

„Kann Lee-Anne dir nicht helfen? Vielleicht solltest du sie mal anrufen?“

„Sie ist mit Freunden in West Palm Beach. Sie kommt in ein paar Tagen zurück.“

„Weiß sie, was passiert ist?“

„Weiß sie.“

„Und kommt trotzdem nicht früher?“

„Früh genug“, sagte er und griff zu seinem Bier.

Sie nippte an ihrem Guinness. Im Spiegel hinter der Bar konnte sie sehen, wie Angie in ihrer Nische mit den beiden Männern sprach, aber alle paar Minuten zu ihr herüberblickte. Sara verspürte plötzlich den dringenden Wunsch, an einem anderen Ort zu sein.

„Was genau ist eigentlich passiert?“, fragte Billy. Er drehte sich zu ihr um.

„Womit?“

„Mit uns.“

„Ach, Billy.“

„Das ist eins der Dinge in meinem Leben, die ich wirklich aus ganzem Herzen bedauere – dass wir's nicht geschafft haben, unsere Beziehung zu retten.“

„Lass uns damit nicht wieder anfangen.“

„Ich hätte mich besser verhalten können, ich weiß. Manchmal wünschte ich mir, ich könnte mit der Zeitmaschine zurück und mir die Frage beantworten, wie und wann genau es mit uns in die Brüche ging.“

„Vielleicht war das die Zeit, als du plötzlich den Wunsch verspürtest, mit unserer Dolly Parton da drüben ins Bett zu steigen“, sagte sie. „Könnte zeitlich hinhauen.“

Er drehte sich um und schaute zu der Tischnische hinüber, wo Angie mit den zwei Männern saß.

„Das war einfach ein dummer Fehler“, sagte er.

„Soll ich jetzt vor Freude vielleicht in die Luft springen?“

„Tut mir leid.“

„Lass besser mal stecken, Billy.“

Er trank die letzten Tropfen aus seinem Schnapsglas

und schaute sie an. Sie trug trotz der Hitze Jeans und ein langärmliges Harley Davidson-T-Shirt, weil sie ihn – sollte sie ihm tatsächlich begegnen – nicht gleich auf dumme Gedanken bringen wollte. Aber er musterte sie nun so ungeniert, wie er es im nüchternen Zustand nie getan hätte. Für einen kurzen Augenblick empfand sie das sogar als durchaus angenehm, kannte aber auch sein Talent, sich selbst in den Fuß zu schießen. Und genau das tat er denn auch.

„Bist du mit einem anderen Typen zusammen?"

„Nun hör aber auf, Billy."

„Das ist doch eine einfache Frage, oder nicht?"

„Es gibt jemanden", log sie, „gelegentlich."

„Gelegentlich? Wie darf man sich das denn vorstellen?"

Sie trank einen Schluck Guinness und setzte das Glas ab. „Ich mag's nicht glauben", sagte sie. „Nach all dem, was du in den letzten Stunden durchgemacht hast, meinst du wirklich, dass wir darüber sprechen sollten?"

Er schaute über die Quittungen, die vor ihm lagen, machte einen Überschlag und legte einen Fünfer Trinkgeld auf den Tresen. „Du hast recht", sagte er. „Ich glaube, ich sollte jetzt besser den Rückzug antreten."

Als er vom Barhocker stieg, verlor er für einen Moment das Gleichgewicht und musste sich am Tresen festhalten. „Eingeschlafene Füße", murmelte er.

Sie schaute ihn an und verspürte dieses nur allzu bekannte Gefühl. Jahre waren vergangen, seit sie es aus erster Hand kennengelernt hatte, aber hier war es wieder – und sogar noch intensiver als je zuvor: Es war ein Gefühl der Enttäuschung, ja fast schon Resignation. *Immer lässt du mich hängen, Billy Boy, immer! Und es ist dir noch nicht mal bewusst.*

„Mach mal langsam!", sagte sie. „Da draußen nehmen sie dir gleich den Lappen ab – und eine Strafe wegen alkoholisierten Fahrens würde sich in deinem Resümee sicher nicht besonders gut machen."

„Ich bin okay."

„Bist du nicht. Und selbst wenn du's wärest: Warum das Risiko eingehen?"

Er schaute sie an. Seine Augen waren wässrig und die Haut darunter gerötet.

„Du weißt sehr wohl, dass ich recht habe", sagte sie.

Er hob seine offene Hand auf Schulterhöhe – und signalisierte sein Einverständnis.

„Ich fahr dich nach Hause", sagte sie. „Du kannst deinen Truck morgen abholen."

Sie rutschte von ihrem Barhocker. Althea nickte ihnen zu.

„Ich muss noch pinkeln", sagte er und machte sich auf den Weg zu den Toiletten, die sich am Ende des Raumes befanden. Die beiden Männer am Billardtisch schauten den jungen Mann kurz an, der da auf sie zuwankte, kümmerten sich dann aber wieder um ihre Partie.

Sie wartete an der Eingangstür. Als er zurückkam, sah sie einen verräterischen Fleck auf seinen Jeans. *Wie ein kleiner Junge.* Als sie sich kennenlernten, hatte sie sein kindliches Naturell noch süß gefunden, doch inzwischen empfand sie es eher als Belastung.

Sie öffnete die Eingangstür für ihn. Beim Hinausgehen sah sie über die Schulter, wie Angie sie beim Rausgehen genau beobachtete.

Es hatte kurz geregnet – und die Pfützen auf dem Lehmboden reflektierten die Neon-Logos in den Fenstern. Sie hatte ihren Chevrolet Blazer unter einer Kiefer am Rande des Parkplatzes abgestellt. Mit der Fernbedienung entriegelte sie den Wagen.

„Brauchst du noch etwas aus deinem Truck?" Sein schwarzer Ford F-150 stand ein paar Stellplätze weiter an einem Lattenzaun.

Er schüttelte den Kopf und folgte ihr zum Blazer. Sie öffnete die Fahrertür, kletterte aber noch nicht hinein, sondern überzeugte sich erst, dass Billy heil auf dem Beifahrersitz gelandet war.

Sie startete den Motor, erhielt von der Zündung aber mehrfach eine Abfuhr.

„Könnte ein Tuning vertragen", sagte er.

„Er mag das schwüle Wetter nicht."

„Zündkerzen und Verteiler."

„Vielleicht nach dem nächsten Gehalt."

Sie lenkte den Wagen von dem Parkplatz und musste dabei diverse Pfützen passieren.

„Sie sollten das Ding endlich mal asphaltieren", sagte er. „Weil es jetzt genauso aussieht, wie sich Auswärtige den White Trash in Florida vorstellen. Wobei ich durchaus stolz bin auf meine Wurzeln im White Trash." Sie konnte sich ein Lächeln nicht verkneifen.

Auf der Country Road Richtung Osten wurde die Straße beidseitig von Bäumen gesäumt. Als er sein Fenster runterließ, stellte sie die Klimaanlage ab und öffnete ihr Fenster ebenfalls einen Spalt.

Für die ersten fünf Minuten sagten sie kein Wort. Die Scheinwerfer schnitten still einen Pfad durch die Nacht.

„Hast du mal von Roy gehört?“, fragte er schließlich.

„Du bist heute schon der Zweite, der mich das fragt.“

„Dann heißt das wohl, dass du nichts gehört hast.“

„Er kommt nicht mehr zurück. Und selbst wenn er's täte, zerbrech ich mir darüber nicht den Kopf. Drei Jahre sind eine lange Zeit. Wenn er je die Absicht gehabt hätte, wäre er längst gekommen.“

„Konnte das nie verstehen.“

„Was konntest du nie verstehen?“

„Wie man eine Frau wie dich sitzenlässt.“

„Du meinst, die Frau *und* den Sohn?“

„Das auch.“

„Darüber wundere ich mich allerdings manchmal auch“, sagte sie.

„Nichts zum Geburtstag? Rein gar nichts?“

Sie schüttelte den Kopf.

„Du könntest ihn aufspüren, wenn du wolltest. Heutzutage ist das nicht mehr schwer.“

„Und wer sagt, dass ich daran überhaupt Interesse hätte? Und warum werden heute Abend eigentlich all diese Uralt-Geschichten wieder ausgegraben und aufgewärmt?“

„Sorry“, sagte er und lehnte sich zurück.

Er war für eine Weile still, konnte sich eine weitere

Wortmeldung aber doch nicht verkneifen. „Weißt du, was mir die ganze Zeit nicht aus dem Kopf geht?"

„Was?"

„Dieser Kindersitz."

„Darüber würd ich mir nicht den Kopf zerbrechen", sagte sie. „Wenn Drogen oder Waffen geschmuggelt werden, machen sie oft diese Nummer mit dem Kindersitz. Hilft ihnen dabei, die treusorgenden Eltern zu spielen, wenn sie mal angehalten werden."

Er griff nach einem Brontosaurus aus Plastik, der auf dem Boden lag. Er schaute ihn sich von allen Seiten an und legte ihn wieder zurück. „Ich hab das dumpfe Gefühl, dass er kein Requisit, sondern echt war."

Sie sah die Lichter seines Hauses vor sich, auch das reflektierende Rotlicht, das er auf seinem Briefkasten angebracht hatte.

„Warum wohnst du eigentlich noch hier?", fragte sie. „Mit dem, was du inzwischen verdienst, könntest du dir doch schon lange eine bessere Bleibe leisten."

„Warum sollte ich? Mir gefällt's hier. Und es erinnert mich oberdrein an meine Wurzeln."

Sie bog rechts in die lange Einfahrt und fuhr vorsichtig über Furchen und Schlaglöcher. Das Haus lag zur Rechten, auf den Seiten eingerahmt von zwei Waldstücken, während auf der Rückseite ein nicht mehr genutztes Maisfeld lag. Es gab einen überdachten Abstellplatz, einen staubigen Vorgarten und ein paar nackte Betonstufen, die zur Eingangstür führten.

Sie parkte vor dem Eingang, schaltete die Scheinwerfer

ab, ließ den Motor aber laufen. Es war zwei Jahre her, seit sie zum letzten Mal hier gewesen war. Durch die Vorhänge in der Küche drang das Licht einer Lampe. Sie erinnerte sich, wie sie einmal in dieser Küche stand und Geschirr abwusch, das er dort tagelang aufgetürmt hatte. Sie schaute auf die ausgedörrten Maisstängel und den angrenzenden Wald und war heilfroh, dass sie nicht hier leben musste.

„Willst du reinkommen?“, fragte er. „Ist ja schon 'ne Weile her.“

„Halt ich für keine gute Idee.“

Er machte keine Anstalten, den Wagen zu verlassen. Sie hörte das Zirpen der Grillen und den gedämpften Schrei einer Eule.

„Es ist spät“, sagte sie. „Du solltest gehen.“

„Ich weiß.“ Er neigte den Kopf zur Seite und schaute sie mit großen Augen an. Es war dieser entwaffnende, gleichzeitig aber auch herausfordernde Blick, mit dem er sie in der Vergangenheit immer rumgekriegt hatte.

Als er näher an sie heranrückte, ließ sie ihn gewähren. Ihre Lippen berührten sich. Sie wehrte sich auch nicht, als er sie heftig zu küssen begann und seine Zunge in ihren Mund schob. Sie schmeckte die Minze des Schnaps. Doch mit einem Mal überkam sie das Gefühl, im falschen Film gelandet zu sein. Vielleicht war es auch eher ein Albtraum, in den sie hier geraten war. Sie legte eine Hand auf seine Brust und drückte ihn mit aller Macht gegen die Autotür. Er sackte wie ein Häufchen Elend in sich zusammen.

„Sorry“, sagte er.

„Du brauchst dich nicht entschuldigen“, sagte sie, „aber du musst jetzt gehen.“

Er öffnete die Tür. Die Innenbeleuchtung ging an. Was sie in seinem Gesicht sah, war nicht nur Enttäuschung, sondern fast schon so etwas wie Verzweiflung.

Er stieg aus und drehte sich noch einmal um.

„War gut, dich zu sehen“, sagte er. „Manchmal vermiss ich dich eben.“

„Ich vermiss dich auch. Manchmal.“

Er rang sich ein gequältes Lächeln ab – und sie fühlte sich gleich ein wenig besser. Als er um ihren Blazer herumging, klopfte er zweimal auf die Kühlerhaube und ging dann zum Haus.

Sie beobachte ihn, wie er zum Eingang ging, zunächst den Rahmen mit dem Moskitoschutz öffnete und dann den Schlüssel ins Haustürschloss schob. Er drehte sich um und winkte ihr zu. Sie winkte zurück. Er schloss die Tür hinter sich und schaltete im Wohnzimmer das Licht an.

Sie saß noch für ein paar Minuten im Wagen, schaute aufs Haus und fragte sich, ob er noch einmal hinauskommen würde. Und wie sie – sollte er kommen – in diesem Moment wohl reagieren würde.

Nach einer Weile legte sie den Rückwärtsgang ein, wendete, schaltete die Scheinwerfer ein und machte sich auf den Weg nach Hause.

4

Die Plastikstühle im Wartezimmer waren in Vierergruppen geordnet. Morgan hatte bereits seit einer knappen halben Stunde gewartet und dabei die Gesellschaft einer übergewichtigen Frau, ihres schreienden Babys und eines alten weißen Mannes mit Zahnstocher-dünnen Armen und Beinen als nicht gerade erhebend empfunden. An der gegenüberliegenden Wand war ein Fernseher unter die Decke montiert. Dankenswerterweise hatte man der Soap Opera, die gerade dort lief, den Ton abgedreht.

Die Sprechstundenhilfe hatte das Schiebefenster geschlossen. Durch das verspiegelte Glas konnte Morgan allerdings noch sehen, dass sie ständig telefonierte. Auf seinem Schoß lag eine Ausgabe von *Newsweek*, die zwei Monate alt war. Er blätterte lustlos durchs Heft, las ein paar Sätze und schaute sich die Anzeigen an.

Die Tür neben dem Schiebefenster summte und öffnete sich. Eine kurzgewachsene farbige Frau im weißen Kittel trat heraus.

„Mr. Morgan?"

Er nahm seine Lesebrille ab, klappte sie zusammen und steckte sie in seine Hemdtasche. Als er aufstand, verspürte er einen stechenden Schmerz in seinen Knien. Er legte das Magazin auf seinen Stuhl und folgte der Assistentin durch einen Flur zum Sprechzimmer.

„Sie können Ihren Mantel hier aufhängen", sagte sie und zeigte auf einen Kleiderhaken an der Rückseite der Tür. Sie stellte ihn auf die Waage, maß Blutdruck, Puls und Temperatur und notierte alles auf ihrem Klemmbrett. Der Doktor werde bald hier sein, sagte sie abschließend und ließ ihn allein.

Er setzte sich auf den mit Papier bezogenen Behandlungstisch und schaute sich um. Er sah eine Schautafel, die in verschiedenen Etappen eine fortschreitende Herzverfettung durch abnorme Cholesterol-Ablagerungen illustrierte; eine andere Tafel gab sieben Ratschläge, um die ersten Anzeichen von Diabetes zu erkennen.

Nach ein paar Minuten öffnete sich die Tür und ein großer, hagerer Mann trat ein. Mitte Dreißig, Brille, kurzes blondes Haar.

„Ich bin Dr. Kinzler." Er streckte seine Hand aus. Morgan drückte sie. „Dr. Rosman vom Krankenhaus hat heute Morgen Ihre Unterlagen rübergeschickt." Er sah sich die Werte an, die seine Assistentin soeben gemessen hatte.

„Sie haben Dr. Rosman letzte Woche besucht?", fragte er, blickte aber nicht hoch.

„Dienstag." Es war das erste Wort, das ihm über die Lippen kam.

„Ist Ihnen bewusst, dass Sie seit diesem Besuch fünf Pfund verloren haben?"

Morgan schüttelte den Kopf. Er hatte Angst gehabt, dass es sogar noch mehr gewesen wären.

„Die Vitalfunktionen sind gut, die Temperatur normal." Er legte die Tabelle mit Morgans Daten zur Seite. „Haben Sie Schmerzen?"

Morgan drückte auf die rechte Seite seines Magens. „Hier. Gelegentlich."

Kinzler legte seine Hand auf die Stelle und drückte vorsichtig.

„Die Größe der Leber scheint normal zu sein", sagte er, „aber wir werden uns Ihr Blutbild noch etwas genauer anschauen müssen."

Er schob das Stethoskop unter Morgans Sweatshirt und bat ihn tief ein- und auszuatmen. Er wiederholte die Prozedur zwischen den Schulterblättern.

„Seit wann haben Sie die Schmerzen", fragte er.

„Drei, vier Wochen. Aber in den letzten ein, zwei Wochen wurden sie schlimmer."

„Nehmen Sie etwas dagegen?"

„Vicodin. Aber nur, wenn es sich nicht vermeiden lässt."

„Gut."

Er machte ein paar Notizen, drehte sich um, lehnte sich gegen die Ablage und drückte das Klemmbrett mit gekreuzten Armen gegen die Brust.

„Sie werden ja vielleicht schon die Resultate der zweiten Biopsie erfahren haben", sagte er. „Hat Dr. Rosman sie mit Ihnen durchgebrochen?"

„In groben Zügen."

„Karzinome in sogenannten Becherzellen sind vergleichsweise selten: Statistisch gesehen gibt es nur eine Erkrankung auf 100 000 Menschen. Der Krankheitsverlauf ist noch weitgehend unerforscht, doch es gibt einige Maßnahmen, die in jedem Fall angewendet werden sollten. Sie sind ...", er schaute auf sein Klemmbrett, „siebenundfünfzig?"

„Achtundfünfzig nächsten Monat."

„Für Ihr Alter sind Sie noch gut in Schuss. Körperlich fit. Was immer hilfreich ist. Vieles hängt natürlich davon ab, zu welchem Zeitpunkt wir die Erkrankung entdecken. Deshalb müssen wir heute noch zusätzliche Blutwerte untersuchen. Danach können wir unsere Vorgehensweise diskutieren. Haben Sie je eine Kernspin- oder Computertomografie gemacht?"

Morgan schüttelte den Kopf.

„Sind Sie versichert?"

„Nein."

„Medicaid?"

„Nein."

„Das ist natürlich ein Problem. Wenn wir erst einmal eine schlüssige Diagnose haben, gibt es eine ganze Palette von Behandlungsmethoden, die infrage kämen."

„Ich kann das Geld besorgen. Ich zahle für alle notwendigen Maßnahmen."

„Welcher Beschäftigung gehen Sie nach, Mr. Morgan?"

Er rutschte auf dem Behandlungstisch unruhig hin und her. „Handwerker, Bauhandwerker – ich nehme alles an."

„Baugewerbe also. Gewerkschaftler?"

„Nein."

„Eine Pension aus anderer Quelle?"

Morgan schüttelte den Kopf.

„Es gibt verschiedene Möglichkeiten, Hilfsgelder zu beantragen", sagte Kinzler. „Sozialhilfe, spezielle Programme für ältere Personen … Sie sollten sich damit mal beschäftigen. Für Medicaid müssten Sie sich eigentlich auch qualifizieren können."

„Ich werde alles bis auf den letzten Cent bezahlen."

„Sie scheinen ein optimistischer Mensch zu sein."

Morgan zuckte mit den Schultern.

„Wie dem auch sei", sagte Kinzler, „wir sollten nicht unnötig Zeit verlieren. Mit diesen Krebs-Arten sollte man stets proaktiv umgehen. Wann wurde Ihr Blinddarm entfernt?"

„August."

„Danach dürfte es mindestens zwei Wochen gedauert haben, bis die Ergebnisse der anschließenden Biopsie vorlagen. Hatten Sie bereits vor der Blinddarm-OP Beschwerden?"

„Nein. Ich hatte Schmerzen, ging zum Arzt – und der schickte mich ins Krankenhaus."

„Das ist eine der Varianten, mit denen sich Becherzellen manifestieren", sagte Kinzler, „oder sagen wir es so: eine Möglichkeit, die uns auf ihre Spur bringt. Sie lassen routinemäßig Ihren Blinddarm entfernen, im entfernten Organ findet sich ein Tumor – und *bingo:* Schon wissen wir Bescheid."

„Und was wollen Sie mir damit sagen?"

„Ich will sagen, dass eine frühzeitige Diagnose immer besser ist. Und wir sind möglicherweise noch in einem sehr frühen Stadium – was natürlich eine gute Nachricht für Sie ist. Eine Operation ist deshalb nicht ausgeschlossen. Alles hängt davon ab, wie weit sich der Tumor bereits ausgebreitet hat. In diesem Fall schneiden wir alle befallenen Gewebe heraus und runden die Behandlung mit einer Chemotherapie ab. Eine Bestrahlung kommt gegebenenfalls auch infrage – aber nur, wenn echte Erfolgsaussichten gewährleistet sind."

Die Arzthelferin kam zurück und hatte ein in Plastik verschweißtes Päckchen in der Hand, das sie auf der Ablage öffnete.

Kinzler streckte ihm seine Hand entgegen. „Doris wird Ihnen noch etwas Blut entnehmen. Wir melden uns, sobald wir mehr wissen."

„Und das ist alles?"

„Im Moment – ja." Er bot ihm noch immer die ausgestreckte Hand zum Abschied an, bis Morgan sie endlich schüttelte. „Sie werden sich einige Tage gedulden müssen. Wenn wir mehr wissen, arrangieren wir für Sie einen Scan. Sie planen gerade keine längere Reise?"

„Nein", sagte Morgan. Die Assistentin holte eine Spritze heraus, Ampullen sowie einen blauen Gummischlauch.

„Dann darf ich mich hiermit empfehlen und Sie den kompetenten Händen von Doris anvertrauen. Wir sprechen uns bald wieder, Mr. Morgan." Er zog die Tür hinter sich zu.

Die Assistentin zupfte am linken Ärmel seines Pullovers. Nachdem er ihn hochgerollt hatte, band sie ihm den Oberarm ab und rieb die Beuge seines Ellbogens mit Alkohol ab. Als er mit den Fingern eine Faust machte, ließen die Venen nicht lange auf sich warten. Sie suchte sich die dickste aus, stach mit der Nadel hinein, schob eine leere Ampulle in die Spritze und drückte.

Morgan beobachtete, wie das dunkelrote Blut in den Behälter sprudelte. Sein Blut. Sein Leben.

Er wartete vor dem Eingang eines Kosmetikgeschäfts, dessen Fenstergitter mit Graffiti übersät waren. Es war elf Uhr abends – und in der halben Stunde, die er hier bereits stand, hatten sich nur eine Handvoll Autos in die Gegend verirrt. In der Ferne sah er den beleuchteten Prudential Tower, der wie ein Grabstein die Skyline von Newark überragte. Es gab keinen Ort in der Stadt, von dem aus man das Gebäude *nicht* sehen konnte.

Er sah, wie sich ein großer schwarzer Chevy Suburban langsam dem vereinbarten Treffpunkt näherte. Getönte Scheiben, Alufelgen und die rotierenden Chrome-Spinner, ohne die ein echter Gangsta-Schlitten nicht denkbar war. Er trat aus dem Eingang und machte ein paar Schritte nach vorne. Der Suburban rollte heran und parkte an der Bordsteinkante. Die Tür hinter dem Beifahrersitz öffnete sich. Morgan kletterte hinein – und C-Love zog die Tür hinter ihm zu.

Der Wagen war innen so modifiziert worden, dass die beiden Sitzbänke einander zugewandt waren. Mikey-Mike saß auf der hinteren Bank und hatte seine ausgestreckten Arme über die Rückenlehne gelegt. Morgan rutschte auf die andere und nahm gegenüber von Mikey-Mike Platz. C-Love setzte sich neben ihn, hielt sich aber näher an der Tür. Als sich der Wagen langsam in Bewegung setzte, hörte Morgan dezente Hip-Hop-Beats, ohne dass er die Lautsprecher hätte ausmachen können.

Mikey mochte 53 Jahre alt sein, trug aber immer noch ein Michael Jordan-Sweatshirt, ein Adidas-Stirnband sowie eine Jogginghose – auch wenn sich Morgan sicher war, dass er seit zwanzig Jahren kein Baseballfeld mehr aus der Nähe gesehen hatte. Um seinen Hals hing eine halbe Tonne Gold. Morgan konnte mit der ganzen *Gangsta-Bling*-Masche herzlich wenig anfangen, weil man auf diesem Weg ohne Not das Interesse der Staatsgewalt auf sich zog: *Aufgepasst! Drogen-Dealer hier. Suche ein warmes Plätzchen im Knast.*

Morgan trug seinen Ledermantel und hatte die Beretta hinterm Rücken in den Gürtel gesteckt. Er drehte sich nach vorne um und sah auf der Fahrerbank die Coleman-Zwillinge: Dante saß hinterm Steuer, DeWayne – fünfzig Kilo schwerer als sein Bruder und mit einem Silberblick gestraft – auf dem Beifahrersitz. Er war erst vor ein paar Wochen aus Rahway entlassen worden und sah Morgan absolut emotionslos an.

„Yo, DeWayne“, sagte Mikey, „dreh mal den Scheiß aus.“

Die Musik wurde leiser, bis Morgan den Beat nur noch ansatzweise durch seinen Sitz verspürte. Er schaute aus dem Fenster und sah die Goldkuppel, die Marmortreppen und Eisenportale der altehrwürdigen City Hall, an der sie gerade vorbeifuhren.

„Hast ganze Arbeit geleistet“, sagte Mikey.

„Absolut amtlich“, bestätigte C-Love. „Hast den Niggas klargemacht, dass sie unverzeihliche Fehler begangen haben.“

„Aber ich hörte auch, dass nicht alles mit rechten Dingen abgelaufen sei“, sagte Mikey.

„Wie was zum Beispiel?“

„Es hieß, dass der Schweinehund noch erhebliche Vorräte gehortet habe."

Morgan griff in seine Taschen – und spürte, wie C-Love gleich zusammenzuckte und näher an ihn heranrückte. Morgan holte die abgepackten Geldbündel heraus und warf sie auf den Sitz neben Mikey.

„Es gab auch noch Vorräte", sagte Morgan, „aber die hab ich liegengelassen."

„Warum?"

„Weil sie nur Ärger machen. Ein ganzes G-Pack. Ich hatte nicht die Absicht, damit eine Fahrt ins Blaue zu unternehmen."

Mikey schaute auf die Bündel, dann zu C-Love. „Zähl den Scheiß", sagte er. C-Love lehnte sich nach vorne und nahm sich die Bündel.

„Es sind sieben", sagte Morgan. „Ich fand vierzehn und hab die Hälfte gleich abgezweigt."

C-Love war mit dem Zählen durch und nickte. Mikey griff eins der 1 000-Dollar-Bündel und warf es in Morgans Schoß.

„Traue nie einem Menschen, der sich nicht seinen berechtigten Anteil nimmt", sagte er zu C-Love. „Wenn ein Nigga nicht zumindest ein bisschen klaut, kannst du davon ausgehen, dass er dich komplett abzocken will."

Morgan rührte das Bündel nicht an.

„Vielleicht kannst du's in deiner Situation ja besser gebrauchen", sagte er.

„Nah", sagte Mikey, „wenn du wüsstest, wie diese Anwälte dich abzocken, wüsstest du auch, dass du ihnen mit einem Bündel nicht mal ihr Lunch kaufen könntest. Nimm du's – weil wir mit dir auch noch über ein anderes Thema sprechen müssen."

Morgan steckte das Geld ein. „Was?"

„Dieser Deal da unten im Süden", sagte Mikey. „Irgendwas ist da schiefgelaufen. Ich weiß nur noch nicht was."

„Vielleicht solltest du besser einen Rückzieher machen?"

„Wenn's so einfach wäre. Ich brauche die Connection, ich brauche die Einnahmen, um diese Motherfucker zu bezahlen, die mich vor Gericht vertreten. Sie haben eine weitere Vertagung des Prozesses durchsetzen können, aber nach dem 1. Januar sind sie wahrscheinlich machtlos."

„Was ist passiert?"

„Weiß ich eben nicht. Ich schickte einen Typen nach Florida, um die Weichen zu stellen und alles vorzubereiten, aber er tauchte dort nie auf. Die Leute, die er treffen sollte, riefen mich an und sagten: *Was soll der Scheiß?* Ich wusste nicht, was ich ihnen erzählen sollte."

„Wie war der Kerl bewaffnet?"

„Lass uns über diese Scheiße lieber bei einer anderen Gelegenheit reden. Es könnte jedenfalls passieren, dass ich dich schon bald bitte, mal in den Süden zu sausen."

„Warum?"

„Um rauszufinden, was zum Teufel da schiefgelaufen ist. Und wer dafür verantwortlich ist. Und um die Wellen zu glätten, bevor uns die ganze Geschichte völlig aus dem Ruder läuft."

Morgan musste an Kinzler denken und seine Prognosen.

„Hab persönlichen Kram an der Backe“, sagte er. „Kram, um den ich mich selbst kümmern muss.“

„Es gibt nichts, was man nicht verschieben könnte. Ich erwarte gerade noch einen Rückruf, der vielleicht Licht ins Dunkel bringt. Und es könnte passieren, dass ich dich anschließend anrufe. Und darauf solltest du in jedem Fall vorbereitet sein.“

Morgan schaute aus dem Fenster, spürte aber, dass die beiden ihn beobachteten. Der Suburban fuhr gerade an einem Sozialen Wohnungsbau-Projekt vorbei, das einen ganzen Häuserblock in Anspruch nahm.

„Das darf doch nicht wahr sein“, sagte Mikey. „Du musst darüber tatsächlich noch lange nachdenken? Aber was immer es ist, das du für mich verschieben musst: Ich werd mich nicht lumpen lassen. Du kennst mich ja.“

„Ja“, sagte Morgan, „ich kenne dich.“

„Davon abgesehen: Sich für eine Weile unsichtbar zu machen, kann vielleicht gar nicht schaden. Könnte ja sein, dass jemand deinen letzten Job in den falschen Hals bekommen hat.“

„Sollte es dazu kommen, werd ich die Sache schon selbst aus dem Weg räumen.“

„Ich weiß, dass du das kannst. Wollte es nur erwähnt haben.“

„Da vorne an der Ecke würd's mir passen.“

„Dante“, rief Mikey, „lass ihn da vorne am Spielplatz raus.“

Der Suburban kam langsam zum Stehen.

„Und?“, fragte Mikey.

Morgan griff zur Türklinke. „Ruf mich an“, sagte er und stieg aus.

Er wollte zu Fuß nach Hause. Er ging die Washington Avenue hinunter und passierte zunehmend Häuser, deren Türen und Fenster vernagelt waren. Die leeren Grundstücke dazwischen wirkten wie Zahnlücken in einem maroden Gebiss. An der Ecke von West Kinney hielt er vor einem unbewohnten Brownstone an. Die Fenster waren vermauert, die schwarzen Flecke auf der Fassade offensichtlich Resultat eines größeren Brandes. Ein Schild vor dem Haus kündete den Bau moderner Apartments an und animierte potenzielle Käufer, Teil dieses einmaligen Projekts zu werden.

Er hatte sechs Jahre hier gelebt – von der Zeit, als seine Großmutter starb, bis zum fünfzehnten Lebensjahr, das den Beginn seiner kriminellen Karriere markierte. Das Haus hatte ihn und zehn andere Jungs beherbergt. Im Sommer 1967, am zweiten Tag der „Newark Riots“, war er einmal aufs Dach geklettert und hatte die dichten Rauchwolken beobachtet, die an der Kreuzung von Springfield und Bergen hochstiegen. Sirenen und das Krachen der MG-Salven waren allgegenwärtig. Graue Asche, die wie Schnee vom Himmel rieselte, hatte sich bald über die ganze Stadt gelegt. Es waren Bilder aus einem anderen Leben.

Er ging weiter.

5

Die Steigung. Es war immer die Steigung, die ihren Willen auf die Probe stellte.

Ihre Beine wurden bereits zunehmend bleiern, doch Sara lief verbissen weiter – die Augen auf die Straße und die Kuppe des Hügels fixiert. Sie hoffte, dass der Schmerz bald nachlassen würde, war aber noch nicht an dem Punkt angelangt, wo die erhöhte Sauerstoffzufuhr ein körperliches Hochgefühl auslösen kann. Sie musste die Zähne zusammenbeißen. Mehr Straße, mehr Schmerz. Sie hörte nur noch ihr Keuchen und das Klatschen ihrer Sneakers auf dem schwarzen Asphalt.

Sie fing an, ihre Schritte zu zählen, um sich von ihrer Qual abzulenken – und hatte es dann tatsächlich geschafft: Sie war auf der Kuppe angekommen und sah die Straße gerade und eben vor sich. Sie widerstand der Versuchung, das Tempo zu drosseln. Hinter ihr hörte sie Motorgeräusche. Sie wich weiter auf den Seitenstreifen aus und wirbelte dabei eine Handvoll Kiefernadeln hoch. Ein leerer Pritschenwagen vom städtischen Fuhrpark rauschte an ihr vorbei. Howie Twelvetrees saß hinterm Steuer und drückte auf die Hupe, als er an ihr vorbeifuhr. Sie winkte zurück, ließ sich aber nicht aus dem Tritt bringen.

Vor ihr lag der Bach und die Holzbrücke, die ihr immer als Wendemarke diente. Sie hörte das dumpfe Geräusch ihrer Schritte auf den Holzbohlen, machte auf der anderen Seite eine Kehrtwende und lief zurück. Eine Meile hoch, eine Meile zurück.

Auf der nun abschüssigen Straße musste sie ihr Tempo sogar drosseln, um nicht ins Stolpern zu kommen. Als sie am Fuß des Hügels angekommen war, ließ sie es etwas langsamer angehen. Sie keuchte noch immer, wusste aber, dass die größte Tortur hinter ihr lag.

Sie dachte über das Gespräch nach, das Elwood und Boone heute Morgen mit ihr geführt hatten. Es war kürzer gewesen als erwartet – nicht einmal eine halbe Stunde. Nein, sie hatte die Schüsse nicht gehört. Ja, sie kannte den Tathergang nur aus Billys Beschreibung. Nein, sie hatte keinen Anlass zu der Vermutung, dass es sich hätte anders abspielen können.

Die Fragen hatten auch nur kurz ihre Beziehung zu Billy gestreift – und Boone schien peinlich berührt, das Thema überhaupt ansprechen zu müssen. Nichtsdestotrotz hatte der Sheriff völlig recht: In Hopedale blieben Geheimnisse nicht lange geheim.

Sie verfiel in einen leichten Trab, als sie sich ihrem Haus näherte, atmete tiefer und hielt den Sauerstoff länger in ihren Lungen. Danny, von JoBeth gefolgt, kam aus der Haustür gelaufen, um sie zu begrüßen. Sara fühlte, wie ein spontanes Lächeln über ihr Gesicht huschte. Sie hob ihren Arm und winkte gedankenverloren zurück.

Nachdem sie geduscht und JoBeth verabschiedet hatte, war sie mit Danny in den Garten gegangen, hatte das Vogelhäuschen aufgefüllt und die Kaninchen gefüttert. Es waren vier Tiere in einem kleinen Stall, den sie selbst aus Holzresten und Maschendraht zusammengeflickt hatte.

Danny hatte ihnen Namen gegeben, die er aus seinen liebsten Cartoons kannte: Bugs, Wile E., Daffy, Yosemite. Seine Zuneigung zu den Tieren war rührend, machte ihr aber auch zunehmend Sorgen. Es war nur eine Frage der Zeit, bis ein streunender Hund den Weg in das provisorische Ställchen finden würde – und dann waren es vielleicht nur noch drei Tiere, die sie morgens füttern würden. Es wäre seine erste Begegnung mit dem Tod – und sie wollte diese Begegnung so lange wie möglich aufschieben.

Inzwischen saß er auf ihrem Schoß und blätterte durch ein Buch mit Äsops Fabeln, das er nach mehrmaligem Lesen bereits auswendig kannte. Sie war immer davon überraschte, wie schnell er lernte, sich aber gleichzeitig an alles erinnern konnte.

Heute war sie entspannt und ausgeglichen – und hatte auch versucht, das peinliche Intermezzo mit Billy komplett aus ihrem Kopf zu verbannen. Sie fühlte sich wohl zu Hause in ihrem Haus – und das Kind auf ihrem Schoß schien dieses Gefühl nur noch zu verstärken. Dies war ihre Burg, hier fühlte sie sich stark. Sie sah eine frische Schramme auf seinem Arm und hoffte zunächst, es sei Obstsaft oder ein Filzstift. Doch als sie daran rieb, entpuppte es sich als natürliche Rötung seiner Haut.

„Wie hast du dir das denn eingefangen?"

„Weiß nicht. Hab mich wohl irgendwo gestoßen. Darf ich jetzt fernsehen?"

„Aber nur ein bisschen – solange ich Abendessen mache. Sobald wir uns an den Tisch setzen, schalten wir die Flimmerkiste aus. Du kennst ja die Regeln."

„Okay“, sagte er und rutschte von ihrem Schoß. Er holte sich die Fernbedienung vom Couchtisch, schaltete ein und legte sich bäuchlings vor den Fernseher.

Sie stand auf und brachte das Buch zurück auf den Tisch.

„Halloween kommt auch bald“, sagte er.

„Ich weiß.“ Sie hatten diese Diskussion nicht zum ersten Mal.

„Ich weiß noch immer nicht, als was ich mich verkleiden soll.“

Sie schaute ihn an, doch er drehte sich nicht zu ihr um.

„Danny, wir haben schon darüber geredet – hast du das vergessen? Ich weiß, dass du beim *Trick-or-Treating* mitmachen möchtest, aber ich glaube nicht, dass das eine gute Idee ist.“

„Und warum nicht?“

„Weil du sehr schnell müde wirst. Du bist nun mal krank und solltest dich nicht zu lange draußen aufhalten. Es gibt eine Menge von Gründen.“

„Aber all die anderen Kinder machen mit.“

„Du bist nun mal nicht *all die anderen Kinder.*“

Er war still und starrte auf den Cartoon, der aus dem Fernseher dröhnte. Als sie zur Küche ging, sagte er: „Mom?“

„Ja, Junge.“

„Wie bin ich krank geworden?“

Sie blieb in der Tür stehen und schaute zu ihm zurück. Seine Augen waren noch immer auf den Fernseher fixiert.

„Ich weiß es nicht, Danny. Niemand weiß es. So was passiert einfach.“

„Ich möchte aber nicht mehr krank sein."

„Ich weiß." Sie ging zurück ins Wohnzimmer, setzte sich im Schneidersitz neben ihn und fuhr ihm mit der Hand durch sein dünnes Haar. Er reagierte nicht. Sie lehnte sich über ihn und gab ihm einen Kuss auf den Hinterkopf. „Wir werden dich schon gesund kriegen", sagte sie. „Das versprech ich dir."

„Wirklich?"

„Ja, Baby, wirklich."

Sie stand auf und drehte sich zur Seite, um ihre Tränen zu verbergen.

Zurück in der Küche, holte sie eine Pfanne aus dem Küchenschrank und Gehacktes aus dem Gefrierfach. Sie ignorierte die lärmenden Cartoons, die sie bis in die Küche verfolgten, und versuchte sich abzulenken. Sich auf die banalen Handgriffe zu konzentrieren half ihr immer dabei, unerwünschte Gedanken und Assoziationen auszublenden. Sie stellte die Pfanne auf den Gasherd und zündete die Flamme. Als sie die vorgeformten Hamburger in die erhitzte Pfanne legte, fingen sie umgehend zu brutzeln an.

„Mom?", rief er aus dem Wohnzimmer.

„Ja, mein Schatz?"

„Ich bin aber kein Baby. Nicht mehr."

Sie lachte und benutzte den Handrücken, um sich eine Träne aus den Augen zu wischen.

„Ich weiß, Danny", sagte sie, „ich weiß."

Es war am Montag zur Mittagszeit, als sie den spontanen Entschluss fasste, Billy zu besuchen. Sie hätte auch nicht plausibel erklären können, warum sie die längere Route nahm, die sie entlang der Güterbahngleise zunächst in das Stadtviertel Libertyville führte. Stattliche viktorianische Häuser standen hier, die sich aber allesamt im Zustand der Auflösung befanden und teilweise mit Brettern vernagelt waren. Sie passierte verwilderte Gärten mit überwucherten Baumkronen und sah an der Ecke eine verlassene Baptisten-Kapelle.

Das Stadtviertel wurde von Sklaven gegründet, die nach dem Bürgerkrieg in die Freiheit entlassen worden waren. Libertyville mauserte sich schon bald zum Magneten für farbige Geschäftsleute – die fast zwangsläufige Reaktion auf die Rassentrennung, die im Rest von Hopedale praktiziert wurde. Doch weder die Geschichte noch die beeindruckende Architektur waren ausreichend gewesen, um den Exodus aufzuhalten, der Mitte des 20. Jahrhunderts weite Teile des Südens erfasste.

Die meisten Häuser waren zum Abriss freigegeben oder standen zum Verkauf. Doch an eine Gentrifizierung war nicht einmal im Traum zu denken. Es war ein Viertel, das zum Sterben verurteilt war. Wer noch hier wohnte, nahm die erstbeste Gelegenheit wahr, um sich aus dem Staub zu machen. Als sie mit ihrem Streifenwagen durch die verlassenen Straßen kurvte, konnte Sara diese Entscheidung nur allzu gut nachvollziehen.

Sie nahm die Country Road, die von hier aus Richtung Südwesten führte. Nachdem sie das alte Drive-In-Kino passiert hatte, gab es nur noch Farmen und Felder. Zehn Minuten später bog sie in Billys Einfahrt ein und parkte ihren Wagen hinter seinem Truck. Lee-Annes alter Camaro stand auf dem überdachten Abstellplatz. Sara blieb einen Moment sitzen und fragte sich, ob sie nicht lieber gleich wieder umdrehen sollte. *Sie mag ein Stück Scheiße sein, aber deswegen hast du doch noch nie den Schwanz eingezogen.*

Sie stieg aus dem Wagen, schaltete ihr mobiles Funkgerät an und stöpselte das Schulter-Mikro ein – auch wenn der Polizeifunk heute nicht ein einziges Mal gefiepst hatte. *Gegen eine kleine Mittagspause war also nichts einzuwenden.*

Sie ging die Stufen hinauf und klopfte an der Moskitonetztür. Sie hörte, dass innen Musik lief – Reggae. Sie klopfte noch einmal und hörte, wie kurz darauf jemand die Haustür öffnete. Lee-Anne schaute sie durch das Moskitogitter an.

„Du bist es", sagte sie.

„Ich wollte nur schauen, wie's Billy geht. Mach gerade Mittagspause."

Lee-Anne beäugte den parkenden Streifenwagen. Unter dem ärmellosen Jack-Daniel's-T-Shirt waren ihre BH-losen Brüste deutlich erkennbar. Ihre langen blonden Haare waren geflochten und auf einer Seite mit Zierperlen besetzt. Sie trug tiefsitzende Jeans, die den Blick auf den Bauchnabel und einen dazugehörigen Ring freigaben. Ein Stacheldraht-Tattoo rankte um ihren linken Oberarm.

„Bist du in deiner Funktion als Polizistin hier?"

„Nein."

„Billy", rief sie, ohne sich umzudrehen, „diese Frau ist hier."

Sara blickte an ihr vorbei ins Wohnzimmer, sah ein

paar Klamotten auf dem Fußboden und roch das süßliche Aroma von Marihuana. Lee-Anne machte keine Anstalten, zur Seite zu treten und den Türrahmen freizugeben.

„Mit deiner Uniform siehst du inzwischen wie eine Kampf-Lesbe aus“, sagte sie. „Auf diese Weise wirst du dir nie einen Mann angeln. Obwohl – vermutlich gibt's sogar ein paar Typen, die gerade darauf stehen.“

Sara spürte, wie ihr das Blut ins Gesicht schoss.

„Ich warte draußen“, sagte sie und ging die Stufen hinunter.

Sie stand an ihrem Wagen, als Billy herauskam und ein weißes T-Shirt in seine Hose stopfte. Er schien sich ehrlich zu freuen, sie zu sehen.

„Hey, Girl. Ich dachte, du würdest heute blaumachen.“

„Der Sheriff hatte es angeboten, aber ich habe das Angebot dankend abgelehnt.“

„Warum in alles in der Welt lehnt man so etwas ab?“

Du würdest es nicht verstehen, Billy. Du hast es nie kapiert.

„Hinter meinem Rücken würden die Leute nur reden“, sagte sie. „Es würde gleich heißen, dass ich bevorzugt behandelt werde.“

„Blödsinn. Niemand würde dich bevorzugt behandeln. Und wenn sie's doch täten, würdest du's gar nicht erst dazu kommen lassen.“

Er holte eine Packung Kaugummi aus der Hose und bot ihr einen Streifen an. Sie schüttelte den Kopf. Er zupfte sich ein Kaugummi heraus, wickelte die Silberfolie ab und warf sie achtlos auf den Boden.

„Hast du eigentlich einen Drogentest machen müssen?“, fragte sie.

„Für Elwood? Ja, nachdem Boone eingetroffen war, habe ich eine Urinprobe abgeliefert. Warum?“

„Warst du clean?“

„Natürlich. Warum fragst du?“

Sie deutete mit ihrem Kinn zum Haus hinüber.

„Das ist Lee-Anne“, sagte er. „Ich kann sie nicht davon überzeugen, mit dem Zeug aufzuhören. Obwohl sie in letzter Zeit nur noch relativ selten raucht.“

„Auch Passivraucher können positiv getestet werden.“

„Mach dir mal keine Gedanken, Sara. Was hat dich überhaupt hergeführt?“

„Wollte nur mal schauen, wie's dir geht. Gibt's was Neues?“

Er zuckte mit den Schultern und lehnte sich gegen den Streifenwagen. „Der Sheriff möchte, dass ich eine psychologische Beratung mache. Der Mann ist wohl ein Psychiater aus dem Landkreis, der immer für solche Fälle zu Rate gezogen wird.“

„Was sicher eine gute Idee ist.“

„So wie Hammond sich ausdrückte, habe ich wohl auch gar keine andere Wahl.“

„Noch besser“, sagte sie. „Dann musst du nicht mal eine eigene Entscheidung treffen.“

„Und das ist eine gute Sache?“

„Manchmal.“

Er schaute zur Seite und zuckte nervös mit den Augen. „Elwood rief vor einer Weile an“, sagte er.

„Und?“

„Erzählte mir, dass du auf dem Revier warst. Und dass deine Story mit meiner identisch ist.“

„Warum sollte das nicht der Fall sein?“

„Man weiß eben nie, was die Leute in solchen Situationen erzählen.“

„Du hast keinerlei Grund zur Besorgnis“, sagte sie. „Ich habe heute morgen mit dem Sheriff gesprochen. Er meinte, dass noch ein paar Formalitäten erledigt werden müssten, dass es aber ganz danach aussehe, als würden die tödlichen Schüsse als *unvermeidlich* eingestuft werden.“

„Hat er das wirklich so gesagt?“

Sie nickte.

Er atmete tief aus, lehnte sich mit dem Rücken gegen den Streifenwagen und rutschte ein Stück nach unten.

Als Sara in seine Richtung schaute, sah sie Lee-Anne hinter dem Küchenfenster. „Ich glaube, dass sie mich nicht übermäßig mag“, sagte sie.

„Lee-Anne? Ach, du weißt doch, wie der Hase läuft. Nur Frauen können diesen Blödsinn veranstalten.“

„Sieht ganz so aus“, sagte Sara und holte ihre Autoschlüssel heraus. „Ich muss los, noch ein paar Sachen einkaufen.“

„Danke, dass du vorbeigekommen bist.“

Sie standen da für einen Moment und spürten, wie sich eine peinliche Sprachlosigkeit breitmachte. Im Polizeifunk knisterte es.

„Eight-Seventeen?“ Es war Laurel, die tagsüber die Einsätze koordinierte. „Eight-Seventeen?“

Sara schaltete ihr Schulter-Mikro an. „Eight-Seventeen hier."

„Eight-Seventeen, im Bell Hardware-Laden zwischen Tupelo und Main hat es augenscheinlich einen Ladendiebstahl gegeben. Eine Unit ist bereits am Einsatzort eingetroffen."

„Bin unterwegs", sagte sie. „Roger. Out." Sie schaute ihn an. „Ich muss los und ein weiteres Kapitalverbrechen verhindern. Mit meinem Einkaufen wird's heute wohl nichts mehr."

Die Moskitotür öffnete sich. Lee-Anne stand drohend im Türrahmen, die Arme vor ihrer Brust verschränkt.

„Sieht ganz so aus, als wär deine Anwesenheit auch gefragt", sagte Sara.

Billy schaute zum Haus hinüber. „Sieht ganz so aus." Er sah Sara noch einmal an. „War wirklich nett letzte Nacht", sagte er. „Hat mich gefreut, dich überhaupt nochmal außerhalb der Arbeit zu sehen. Fast wie in alten Zeiten."

„Ich weiß", sagte sie, „fast wie damals."

Er drehte sich um und ging zum Haus. Lee-Anne verließ ihren Posten im Türrahmen und zog sich ebenfalls zurück. Er ging die Stufen hinauf und warf Sara noch einmal einen langen Blick zu. Sie hatte bereits die Fahrertür geöffnet, hielt aber für einen Moment inne. Als Billy ins Haus trat, hörte sie, wie Lee-Anne auf ihn einredete. Hinter dem Moskitogitter könnte sie sogar noch ihre Silhouetten erkennen. Dann hörte sie, wie die Haustür von innen mit einem lauten Knall zugeworfen wurde.

Es war kurz nach Fünf, als sie ins Revier zurückkam. Sie ließ den Streifenwagen in der Garage und deponierte Schlüssel und Papiere. Da sie die einzige weibliche Polizistin war, gab es für sie keinen separaten Raum. Sie musste sich entweder auf der Damentoilette umziehen oder in Uniform nach Hause fahren.

Sie ging auf die Toilette, ließ Wasser ins Becken laufen und schaute sich im Spiegel an. *Auf diese Weise wirst du dir nie einen Mann angeln.* Lee-Annes Worte gingen ihr nicht aus dem Kopf.

Sie wusch Hände und Gesicht und zog sich dann ihre privaten Klamotten an: Jeans, schwarzes T-Shirt, Boots. Sie löste die Klammer in ihrem Nacken und ließ die Haare fallen. Uniform, Kevlar-Weste, Schuhe und das Holster mit der Glock wanderten in ihre Army-Tasche.

Draußen im Flur schwang sie sich die Tasche über die Schulter und wollte noch einen Blick in ihr Postfach werfen. Reed, der alte schwarze Hausmeister, säuberte mit einem Wischmopp gerade den Boden und schob einen gelben Plastikeimer auf Rädern vor sich her. Er nickte ihr wortlos zu, als sie vorbeiging.

Im Postfach fand sie die Benachrichtigung, dass ihr letztes Gehalt aufs Konto überwiesen worden sei. Sie riss die Perforierung ab, um sich zu überzeugen, wie viele Stunden ihr gutgeschrieben worden waren. Sie hörte, wie hinter ihr die Tür der Männertoilette geöffnet wurde.

„Und ich dachte schon, du würdest uns nur noch beehren, wenn du auf Freiersfüßen wandelst."

Clay Huff trat neben sie und rieb sich mit einem Papiertuch die Hände ab. Er begann gerade seinen Dienst, war frisch geduscht und rasiert – und hatte sich offensichtlich auch beim Aftershave nicht gerade zurückgehalten.

„Guten Abend, Deputy“, sagte sie.

„Warum so förmlich, Sara? Nach all den Jahren! Ist doch völlig unnatürlich.“

Als sie sich von den Postfächern wegdrehte und weitergehen wollte, blockierte er ihren Weg. Er war jünger als sie und auch einen Kopf kleiner, hatte aber einen gestählten Körper. Als sich im Revier herumsprach, dass Roy sie verlassen hatte, war er der hartnäckigste Verehrer gewesen. Erst als sie eine Beziehung mit Billy eingegangen war, hatte er seine Avancen eingestellt.

„Ich mag deine Haare“, sagte er. „Hast du etwas verändert?“

„Wie, was?“

„Weiß nicht. Vielleicht etwas blonder geworden?“

Ein anderer Kollege ging an ihnen vorbei und verschwand auf der Toilette. Sie faltete ihren Gehaltsstreifen und steckte ihn in ein Seitenfach ihrer Army-Tasche.

„Nicht dass ich wüsste“, sagte sie. „Genauso wenig wie mir bewusst war, dass Sie meinem Äußeren so viel Aufmerksamkeit schenken.“

Er lächelte und trat einen Schritt zurück. „Man möchte doch nur freundlich sein und einer Kollegin ein Kompliment machen.“

„Wofür ich mich bedanke.“

„Ich dachte mir auch, dass wir uns vielleicht gemeinsam einen Drink gönnen könnten – nach allem, was in den letzten Tagen passiert ist."

„Halte ich für keine gute Idee."

„Dann geb ich dir zumindest meine Nummer – nur für den Fall, dass du noch deine Meinung ändern solltest."

„Sie lassen wohl nie locker, oder?"

„Ich hab nicht die geringste Ahnung, wovon du redest."

Sie ging an ihm vorbei Richtung Ausgang und war sich sehr wohl bewusst, dass er just in diesem Moment auf ihren Hintern starrte.

Als sie sich dem Ausgang näherte, fiel ihr Auge auf Laurel, die tagsüber die Funkzentrale dirigierte. Sie saß an ihrem Schreibtisch, leicht erhöht auf einem Podest, und machte Handbewegungen, die sie nicht deuten konnte.

Sara zog fragend die Augenbrauen hoch. Laurel zielte mit dem Zeigefinger auf sie und legte dann den gleichen Finger auf ihre Lippen.

Als Sara zu ihr hinüberging, zeigte Laurel auf die verschlossene Tür des Sheriffs.

„Sie ist schon über eine Stunde da drin", sagte sie. „Sie kam im Taxi und marschierte direkt zu ihm hinein."

Durch die Glasscheibe konnte Sara erkennen, dass es sich um eine junge farbige Frau handelte – Ende zwanzig vielleicht –, die angeregt mit dem Sheriff diskutierte. Er hatte sich in seinem Stuhl nach vorne gebeugt und die Ellbogen auf seine Knie gestützt. Neben ihrem Stuhl stand ein Koffer.

„Wer ist das denn?", fragte Sara.

„Ich weiß nur, als was sie sich ausgeben hat."

Sara schaute sie an. „Was soll das denn bedeuten?“

„Der Mann, der vor ein paar Tagen erschossen wurde? Willis?“

„Was ist mit ihm?“

„Sie behauptet, sie sei seine Frau.“

6

Morgan lag auf dem Bett und nahm einen tiefen Zug von seinem Joint. Er hatte die Augen geschlossen und hielt den Rauch in den Lungen, um ihn dann langsam entweichen zu lassen. Im Ghettoblaster auf der Kommode lief eine Kassette mit *The Best of the Delfonics*. Nach einer Weile schien der unsägliche Schmerz in seinem Bauch nachzulassen.

Da sein Vicodin-Vorrat fast nur Neige gegangen war, wollte er heute nicht auf die Pillen zurückgreifen. Er hatte einen kleinen Beutel Gras im Zimmer, rauchte aber immer nur nachts, wenn er allein und der Schmerz zu groß war. Er verschloss an solchen Tagen die Tür, legte die Beretta auf den Nachttisch und ließ sich vom Marihuana in andere Regionen entführen.

Er drückte den Rest seines Joints aus, legte ihn säuberlich in den Aschenbecher und dämmerte langsam weg. Als er plötzlich aufschreckte, hörte er die gedämpfte Musik, die von dem Club auf der anderen Straßenseite hinüberwehte. Er ging zum Fenster und schaute hinaus. An der Ecke unter ihm stand ein Mann und sprach in sein

Handy. Ein dunkler BMW mit getönten Scheiben parkte einen halben Block weiter.

Morgan wohnte in diesem Langzeit-Hotel seit fünf Jahren, zahlte monatlich siebenhundert Dollar in cash und einen weiteren Hunderter dafür, dass ihn der Manager automatisch benachrichtigte, sollte er unerwarteten Besuch erhalten. Er hatte seine eigenen Sicherungsbolzen installiert und trug den einzigen Schlüssel immer bei sich. Von seinem Zimmer im ersten Geschoss hatte er den Eingangsbereich im Auge und konnte so sehen, wer kam und wer ging.

Sein Mund war ausgetrocknet, die Lippen pappten zusammen – und doch verspürte er einen unerwarteten Hunger. Er ging zum Waschbecken in der Ecke des Zimmers, ließ das Wasser einen Moment laufen, wartete, bis es eine halbwegs gesunde Farbe angenommen hatte, nahm einen Schluck, spuckte ihn aus und trank dann noch mehr. Er holte sein Handy heraus – dreißig Minuten Guthaben noch, danach würde er's ohnehin wegwerfen und ein neues kaufen – und gab eine Bestellung beim lokalen Chinamann durch.

Es war eins der wenigen Zimmer mit eigenem Bad – wobei Toilette und Duschkabine in einem Raum untergebracht waren, der nicht größer war als ein Kleiderschrank. Um in die Dusche zu gelangen, musste man sich erst umständlich um die geöffnete Tür quetschen. Er zog sich aus und schaute sich im Spiegel an. Sein Bauch, einst hart und durchtrainiert, war weich und faltig geworden. Seine Brusthaare waren grau, auch wenn sich noch ein paar schwarze Ausreißer dazwischen mischten. Er tastete mit den Fingern über seine Wunden. Die Narbe an seiner linken Schulter stammte aus dem Jahr 1988, als er sich auf dem Höhepunkt des „Crack-War“ eine Kugel eingefangen hatte. Die vorgestülpte Wunde unter seiner rechten Brustwarze war ein Souvenir aus dem Gefängnis in Rahway, als man ihm bei der Essensausgabe ein Messer in die Rippen stieß. Tiefer auf seiner rechten Seite war die jüngste – der zehn Zentimeter lange Schnitt von seiner Blinddarm-Operation.

Er duschte, zog seine Klamotten an, warf sich den Ledermantel über und schob die Beretta hinter seinem Rücken in die Hose. Als er auf den Flur trat, schloss er die Tür hinter sich ab. Das Treppenhaus roch nach Schimmel und abgestandenem Bratenfett. Die Lobby war leer. Dass niemand hinter der kugelsicheren Glaswand in der Rezeption saß, gefiel ihm gar nicht.

Er trat vor die Tür und scannte die Straße. Der Mann mit dem Handy war verschwunden, der BMW ebenso.

Die Luft war kalt und klar. Auf dem Weg zum Chinamann musste er erst die Straße überqueren, um dann einen Block Richtung Halsey zu gehen. Er ließ seinen Monte Carlo meist in der Garage, die sich zwei Blöcke weiter befand. Er zahlte dafür ebenfalls einen Hunderter, auch wenn er den Wagen kaum nutzte.

An der Ecke ging er nach rechts. Das Restaurant war nicht zu übersehen, weil es als einziges Haus im ganzen Block eine erleuchtete Fassade hatte. Diverse Teenager – wattierte Jacken, überlange weiße T-Shirts, sackartige

Hosen – standen draußen vor den beschlagenen Scheiben und bearbeiteten ihre Handys. Einer von ihnen nahm Morgan genauer unter die Lupe, widmete sich dann aber wieder seiner Unterhaltung.

Innen gab es eine Handvoll Tische, die aber ausnahmslos leer waren. Die Asiatin hinterm Tresen – die 25 oder 55 sein mochte, er konnte es beim besten Willen nicht sagen – schob ihm die Tüte mit seiner Bestellung herüber, ohne ein Wort zu sagen. Er zahlte und verzichtete aufs Wechselgeld, das gleiche Ritual wie immer.

Als er wieder nach draußen trat, war die Tüte noch so warm, dass er die Temperatur an seinem linken Oberschenkel spürte. Sein Magen knurrte. Die Teenager hatten sich in Luft aufgelöst. Die Straße war völlig leer. Er schaute zur Kreuzung Halsey Street hinüber und sah einen Streifenwagen, der mit erhöhtem Tempo an ihm vorbeifuhr.

Er überquerte wieder die Straße, nahm diesmal aber eine andere, etwas längere Route zurück nach Hause. Über ein leeres Grundstück gelangte er auf eine schmale Gasse, die sich im Rücken der Häuser befand. Nicht mehr genutzte Lagerhäuser wechselten sich hier mit Laderampen und mit Graffiti übersäten Metalltoren ab. Eine Ratte sprang aus einer umgestürzten Mülltonne und lief vor ihm die Gasse hinunter.

Er hatte erst ein paar Schritte gemacht, als er anhielt und in die Dunkelheit lauschte. Nichts. Er ging weiter.

Zwei Blocks weiter wurde die Gasse breiter. Inzwischen verlief sie im Rücken älterer Häuser, die mit kleinen Gärten und niedrigen Holzzäunen aufwarten konnten. Er wollte weiter bis zur Mulberry Street gehen, sich dann zweimal rechts halten, um wieder zum Hotel zu kommen.

Doch dann hörte er das Geräusch erneut. Es war ein leichtes Schlurfen, das aus der Gegend der leeren Lagerhäuser kommen musste.

Zu seiner Rechten war ein Haus, dessen rückwärtiges Fenster erleuchtet war. Ein weißes Betttuch hing auf einer Wäscheleine, die zwischen zwei Baumstümpfen aufgespannt war. Er stieg über den niedrigen Zaun, ging in den dunklen Teil des Gartens und versteckte sich hinter dem Betttuch. Im Fenster sah er Halloween-Dekorationen: Eine Katze mit gebuckeltem Rücken sowie die allgegenwärtige Kürbislaterne mit den gefletschten Zähnen.

Da war das Geräusch wieder, diesmal gefolgt von einer flüsternden Stimme. Dann das Fiepsen eines Handys, das man als Walkie-Talkie benutzte.

Er stellte seine Tüte ab, holte die Beretta heraus und hielt sie an seiner Seite. Wieder ein Fiepsen, dann Stille. Er wartete.

Fünf Minuten später sah er den Mann, der ihm offensichtlich in die Gasse gefolgt war. Im Licht des rückwärtigen Fensters konnte er erkennen, dass er eine schwarze Mütze und ausgebeulte Jeans trug. Und er sah drei Hundepfoten, die auf einer Seite seines Halses eintätowiert waren.

Der Mann sah zu dem Haus hinüber, dann zurück auf die Gasse, durch die er gerade gekommen war. Morgan konnte erkennen, dass er in seiner Rechten eine Waffe hatte, in der anderen sein Handy. Er hielt es vor seinen Mund. Es fiepste. Er sprach leise hinein.

„Nee, Mann. Er ist weg. Er muss inzwischen längst auf der Mulberry sein. Hol mich mit dem Wagen ab." Er beendete das Gespräch und schaute nach einmal zu dem Haus.

Morgan folgte seinem Blick und sah einen Jungen – höchstens neun, zehn Jahre alt –, der aus dem offenen Fenster nach unten schaute. Er hatte seine Arme auf der Fensterbank aufgestützt und beobachtete den Mann, ohne einen Ton zu sagen.

Schwarzmütze senkte seinen Revolver und versuchte, ihn vor dem Jungen zu verbergen. „Hallo, junger Mann", sagte er. In diesem Moment trat Morgan hinter dem Betttuch hervor, hob die Beretta und schoss ihm in den Kopf.

Er ging geräuschlos zu Boden – was eigentlich immer der Fall ist, wenn der sofortige Tod eine erstaunliche Elastizität der Wirbelsäule zu Tage fördert. Morgan stieg über den Zaun und schaute zurück in die Gasse. Die Straßenbeleuchtung am hinteren Ende reichte aus, um in der Dunkelheit einen Umriss zu erkennen, der sich in seine Richtung bewegte. Morgan zückte die Beretta, drückte ab und hörte den singenden Ton einer Kugel, die mit dem Pflaster in Berührung kommt und abgelenkt wird. Der Umriss zuckte zusammen und ging zu Boden. Morgan drehte sich um und rannte.

Mulberry war nicht weit, nur einen Block entfernt. Doch als er sich der Ecke näherte, war plötzlich der BMW wieder da. Mit kreischenden Bremsen kam er am

Ende der Gasse zum Halt und blockierte sogar den halben Bürgersteig.

Er sah, wie sich das Fenster hinter dem Fahrer öffnete. Als er den Lauf einer automatischen Waffe erkannte, drückte er zweimal ab und hörte, wie die Kugeln Glasscheiben und Metallverkleidungen zerfetzten.

Morgan sprang durch die Lücke, die sich zwischen der vorderen Stoßstange und der Häuserwand auftat, überquerte die Mulberry Street und verschwand in einer Baulücke. Hinter ihm hörte er, wie ein Motor aufheulte und Reifen quietschten.

Das rückwärtige Gässchen, in dem er sich wiederfand, ähnelte dem letzten, hatte diesmal aber kein Kopfsteinpflaster, sondern eine rissige Asphaltdecke. Er rannte, stürzte und fiel so unglücklich, dass die Beretta aus seiner Hand geschleudert wurde und über den Boden schlitterte.

Er lag auf dem Asphalt, schnappte nach Luft und fühlte, dass sich der Schmerz wie ein eiserner Gurt um seinen Unterleib legte. Das Ende der Gasse war allenfalls zehn Meter entfernt. Er versuchte aufzustehen, war aber wie gelähmt. Er schaute in die andere Richtung, wo die Gasse in eine größere Straße einmündete. Der BMW war nirgends zu sehen.

Er atmete tief durch, verspürte aber umgehend einen stechenden Schmerz in der Brust und legte sich lieber auf die Seite. Durch den Sturz hatte er sich obendrein die Haut seiner linken Handfläche aufgerissen. Die Steinsplitter saßen noch immer unter den Fetzen seiner blutigen Haut.

Er raffte sich langsam auf und schaute sich nach seiner Beretta um. Als er sie entdeckt hatte, stützte er sich an der Wand ab und stolperte zu der Stelle. Er bückte sich, verspürte aber einen plötzlichen Schwindelanfall. Er lehnte sich gegen die Wand, bis er sein Gleichgewicht zurückgewonnen hatte. In der Ferne hörte er Sirenen.

Als er das Ende der Gasse erreicht hatte, war die Straße leer. Er verharrte im Schutz der Dunkelheit und wartete, bis sich sein Atem normalisiert hatte. Ein Taxi fuhr vorbei und hielt an der nächsten Ampel. Er steckte seine Beretta in die rechte Manteltasche und trat auf die Straße hinaus.

Morgan saß in seinem Monte Carlo, hatte die Beretta neben sich gelegt und konzentrierte sich auf den Schmerz, der in seinem Magen wie ein Stück glühender Kohle brannte.

Er hatte den Wagen in der Nähe seines Hotels geparkt und beobachtete den BMW, der mit laufendem Motor an der nächsten Ecke wartete.

Er holte sein Handy heraus und drückte auf eine Kurzwahltaste.

C-Love meldete sich am anderen Ende: „Yo."

„Ich hab ein Problem hier. Kann nicht mehr zurück nach Hause."

C-Love blieb stumm.

„Wo steckst du denn?", fragte er schließlich.

„Tut nichts zur Sache. Ich brauche aber einen sicheren Ort, wo ich mich für eine Weile verkriechen kann."

„Verstehe. Bleib mal dran."

Nach einer Weile meldete sich C-Love zurück. „Der Boss meint, dass er dir helfen kann", sagte er. „Bist du noch mobil?"

„Ja."

„Kennst du das Motel am Flughafen, wo wir manchmal eine Party steigen lassen?"

„Kenn ich."

„Er wird dort ein Zimmer für dich reservieren. Park hinter dem Haus. Der Manager wird dir den Schlüssel bringen, ansonsten aber keine dummen Fragen stellen. Du bleibst dort, bis sich einer von uns beiden meldet. Brauchst du etwas, das wir dir mitbringen sollten?"

Morgan dachte einen Moment nach, was er in seinem Zimmer zurückgelassen hatte: Ein paar Klamotten, die Pillen, den Ghettoblaster und etwa die Hälfte seiner Kassetten – die anderen waren hier im Auto. Das Geld, das er Rohan abgenommen hatte, ebenso die Tausend von Mikey, hatte er bereits bei seiner Bank deponiert. Etwas Anderes besaß er nicht.

Er schaute noch einmal zu dem BMW hinüber.

„Nein", sagte er, „mir fehlt nichts."

„Dann sehen wir dich dort", sagte C-Love und kappte die Verbindung.

Morgan klappte sein Handy zu, startete den Motor, machte einen U-Turn und verfolgte im Rückspiegel, ob der BMW irgendwie darauf reagierte. Nichts. Er rührte sich nicht vom Fleck.

Er schaltete die Stereoanlage ein. Der Kassettenspieler setzte sich in Bewegung. Walter Jackson sang davon, *„that* *my ship is coming in*". Er drehte die Lautstärke auf und lenkte den Wagen mit einer Hand, während die andere auf der Beretta ruhte.

7

Der Sheriff stand am Kaffeeautomaten und hatte seinen Becher mit dem Marine Corps-Logo in der Hand. Sara war gerade ins Revier gekommen, hatte sich aber noch nicht offiziell zum Dienst angemeldet.

„Wer war das denn?", fragte sie.

Er schaute sie an. „Wer?"

„Diese Frau gestern."

Er nippte an seinem Becher.

„Darüber wollte ich gerne mit Ihnen reden", sagte er. „Lassen Sie uns mal in mein Büro gehen."

Sie folgte ihm.

„Schließen Sie bitte die Tür."

Er stand am Fenster, blies in seinen dampfenden Kaffee und schaute hinaus. Die Flagge flatterte im Wind – und das zum Hissen notwendige Metallkabel klackerte gegen den Mast.

„Ich kann nicht mal sagen, dass ich überrascht gewesen wäre", sagte er.

„Worüber?"

Er deutete auf den Stuhl vor seinem Schreibtisch. Sie setzte sich.

„Die Dame heißt Simone James", sagte er, „und behauptet, Derek Willis' Frau zu sein – wenn auch vielleicht nicht im strikt juristischen Sinne. Sie sagt jedenfalls, ein gemeinsames Kind mit Willis zu haben. Einen dreijährigen Jungen. Sie zeigte mir die gemeinsamen Fotos."

„Was hat sie denn hierher verschlagen?"

Er stellte seinen Becher auf den Schreibtisch und setzte sich auch.

„Den Leichnam in Empfang nehmen – sobald wir ihn freigegeben haben. Zumindest behauptet sie das. Ich habe allerdings eher die Vermutung, dass sie uns gehörig die Hölle heißmachen will."

„Was haben Sie ihr denn erzählt?"

„Dass wir eine umfangreiche Untersuchung in Angriff genommen haben. Dass wir bisher Anlass zu der Vermutung hatten, es mit *unvermeidlichen* Schüssen zu tun zu haben, da es sich um Notwehr handelte. Sie sagte, dass Willis im ganzen Leben nie eine Waffe in der Hand gehabt habe. Er hätte nicht mal gewusst, wie er sie hätte bedienen sollen."

„Er hatte aber in jener Nacht eine bei sich. Mehrere sogar."

„Hab ich ihr natürlich auch gesagt. Und dass seine Fingerabdrücke auf der .38er waren. Sie wollte nichts davon wissen. Ich habe ihr Boones Nummer gegeben, auch die des Gerichtsmediziners. Ich nehme mal an, dass sie anrufen wird. Oder gleich mit einem Anwalt anrückt. Angesichts der Tatsache, dass Sie mit Sicherheit als Zeuge aufgerufen werden, sollten Sie besser gewappnet sein."

„Alles was ich sah, steht im Untersuchungsbericht."

„Ich weiß, aber vielleicht will sie trotzdem mit Ihnen reden. Sagt mir jedenfalls mein Bauch. Aber natürlich werden Sie sich darauf nicht einlassen, richtig?"

„Natürlich nicht."

„Sollte es zu einem Prozess kommen, werden wir zunächst einmal mit einem Anwalt der Polizeigewerkschaft sprechen. Mal sehen, was er zu sagen hat. Bis zu diesem Tag halten wir uns völlig bedeckt. Ich habe allerdings versprochen, ihr Einblick in elementare Untersuchungsergebnisse zu geben – aber nicht mehr. Wobei ich durchaus den Eindruck habe, dass man mit ihr Klartext reden kann."

„Wie meinen Sie das?"

„Nun, ich war auf eine amoklaufende Furie vorbereitet, die alles daransetzen würde, uns die Hölle so heiß wie möglich zu machen. Hatte mich schon darauf eingestellt, von ihr zumindest als Rassist beschimpft zu werden. Doch stattdessen stellte sie berechtigte Fragen – und nachdem ich die beantwortet hatte, stellte sie noch mehr. Wobei sie aber nicht gerade leutselig war, als ich ihr meine eigenen Fragen stellte."

„Zum Beispiel?"

„Der Wagen, den Willis fuhr, war auf einen Wendell Abernathy zugelassen – erinnern Sie sich? Es stellte sich inzwischen heraus, dass Mr. Abernathy fünfundsiebzig Jahre alt ist und seinen Führerschein seit sechs Jahren nicht mehr verlängert hat."

„Und was sagte sie dazu?"

„Dass es im Rahmen unseres Falles keinerlei Relevanz habe. Womit sie natürlich durchaus Recht hat."

„Wurden im Wagen noch irgendwelche Spuren entdeckt, die von Interesse sein könnten?“

Er schüttelte den Kopf und trank einen Schluck Kaffee.

„Was war denn in der braunen Reisetasche, die ich auf dem Rücksitz gesehen habe?“

„Klamotten. Wir haben auch einen Drogenhund auf den Wagen angesetzt – nichts.“

„Was noch nichts zu bedeuten hat.“

„Stimmt.“

„Dann wird sie also noch eine Weile hier herumschnüffeln, vielleicht etwas Dampf ablassen – um sich dann aber wieder schmollend nach New Jersey verziehen?“

Oder aber hierbelieben und uns allen noch richtigen Ärger bescheren.

„Vielleicht, vielleicht nicht“, sagte er. „Wir werden sehen. Ich habe mir in der Zwischenzeit noch einmal die Protokolle zum Tathergang angeschaut.“

„Und?“

„Es gibt ein paar Dinge, die mir nicht gefallen. Boone und Elwood hielten sie nicht für substanziell, aber ich bin mir da nicht so sicher.“

„Was?“

„Billy sagt, dass er Willis angehalten habe, weil er mit überhöhter Geschwindigkeit gefahren sei und dabei auch ein unberechenbares Fahrverhalten an den Tag gelegt habe.“

„Und?“

„Man darf also davon ausgehen, dass er schon etwas nervös war, als er den Mann überprüfte. Er hatte keine

Ahnung, in welche Situation er da reingeraten würde. Nummernschild aus New Jersey, die verlassene Straße, mitten in der Nacht, niemand in der Nähe. Er musste also davon ausgehen, dass irgendwas in der Luft lag, als er den Wagen anhielt."

„Versteh ich nicht."

„Es war eine untypische Situation und eine entlegene Location. Hätte er sich an das *Standard Operating Procedure* gehalten, hätte er die Zentrale angerufen und solange gewartet, bis Verstärkung eingetroffen wäre. Stattdessen meldet er sich im Revier, steigt dann aber aus und nimmt die Sache selbst in die Hand. Und prompt haben wir den Salat."

„Passiert eben manchmal."

„Ich weiß. Wobei die meisten Kollegen bei einem Schusswechsel – vor allem wenn es ihr erster ist – grundsätzlich dazu neigen, das ganze Magazin leerzuballern. Ob es nun Panik ist oder ihr Überlebensinstinkt: Sie drücken so lange ab, bis die Gefahrenquelle tot oder verschwunden ist. Billy drückte nur dreimal ab – gerade genug, um das gewünschte Resultat zu bekommen – und traf immer die Körpermitte. Nicht schlecht für einen Mann, der in panischer Angst ist."

„Sie machen ihm also den Vorwurf, *nicht* in Panik ausgebrochen zu sein?"

„Natürlich nicht. Aber es ist ein weiterer Schönheitsfehler in der ganzen Geschichte, ein weiteres Element, das eine simple Erklärung unmöglich macht."

„Was ist das andere?"

Er stellte seinen Becher ab.

„Warum ist Willis getürmt?“, fragte er.

„Weil er nicht im Knast landen wollte.“

„Er hätte sich für unerlaubten Waffenbesitz verantworten müssen, sicher, aber ein, zwei Tage später wäre er auf Kaution wieder frei gewesen. Mit einem passablen Anwalt hätte er vielleicht sogar eine Klage abwenden können – mit dem simplen Hinweis, dass der Wagen nicht ihm gehörte. Gegen ihn lag kein Haftbefehl vor, er war nicht auf der Flucht – fällt aber trotzdem den Entschluss, sich auf eine Schießerei mit der Polizei einzulassen.“

„Vielleicht war *er* es ja, der panische Angst hatte und überreagierte.“

„Mag sein. Ich wünschte mir nur, die ganze Geschichte würde mehr Sinn ergeben.“

Sie dachte daran, was sie Billy erzählt hatte, als sie vor seinem Haus standen: dass der Sheriff überzeugt sei, es mit einem *berechtigten* Schuss zu tun zu haben. Billys Erleichterung war mit Händen greifbar gewesen.

„Ich muss los, meinen Dienst antreten“, sagte sie schließlich.

„Ich weiß. Und ich bin mir sicher, dass ich nicht darauf hinweisen muss: Sprechen Sie mit niemandem – *niemandem* – über den Fall, wenn nicht einer unserer Anwälte anwesend ist. Auch nicht mit Billy.“

„Aber er ist schließlich ein Kollege. Und er hat ohnehin schon schwer mit der Situation zu kämpfen. Wie können Sie sagen, dass ...“

„Glauben Sie mir, es ist nur in Ihrem Interesse. Ich verstehe ja, dass Sie ihn unterstützen wollen, weil er gerade an einem Tiefpunkt angekommen ist. Ich verstehe es und tue ebenfalls mein Bestes, ihm zu helfen. Aber Sie dürfen nun keinen Fehler begehen."

„Das klingt ja fast so, als würden Sie das Schlimmste befürchten."

„Ich rechne immer mit dem Schlimmsten. Es wäre vielleicht eine gute Idee, wenn Sie einen weiten Bogen um ihn schlagen, bis sich der Fall geklärt hat."

Da war's raus. Es war genau die Ansage, auf die du schon seit Tagen gewartet hattest.

„Ich habe aber ..."

Er hob seine Hand. „Sie sollten vielleicht auch in Betracht ziehen, dass Sie vielleicht eines Tages in meinem Stuhl sitzen könnten."

„Was ich mir beim besten Willen nicht vorstellen kann."

„Ich schon. Und es könnte schneller passieren, als Sie denken – vorausgesetzt natürlich, Sie wollen den Job. Aber bis dieser Zeitpunkt kommt, müssen Sie allem aus dem Weg gehen, das Ihnen später einmal das Genick brechen könnte."

„Was meinen Sie?"

Er lehnte sich zurück und schaute sie unvermittelt an. „Es mag kaltherzig klingen – und ist es vielleicht auch. Aber sollte der Tag kommen, an dem uns der Fall um die Ohren fliegt, möchte ich alle Kollateralschäden von Ihnen fernhalten. Sie sind nun mal in einer delikaten Situation – wegen Ihrer früheren Beziehung zu Billy, aber auch, weil nur Sie in der Nacht der Schüsse bei ihm waren. Wenn irgendeiner von uns wegen dieser Geschichte ins offene Messer läuft, möchte ich nicht, dass Sie es sind."

Sie schaute ihn an und hatte den Eindruck, als wolle er seine Gedankengänge noch weiter erläutern.

„Hab ich Ihnen eigentlich mal von meiner Zeit in Vietnam erzählt?", fragte er. „Als wir den Auftrag hatten, den Nachschub für Khe Sanh zu gewährleisten?"

„Nur in groben Zügen."

„Als ich ‚67 dort ankam, gab es nur eine einzige einspurige Straße – den berüchtigten Highway 9 –, der in die Ca Lu Combat Base führte. Sie führte durch die übelste Gegend, die man sich vorstellen kann – nordvietnamesische Truppen hinter jedem Busch. Zwischen Mitternacht und Mittag fuhren die Kolonnen ins Lager, in den nächsten zwölf Stunden wieder zurück. Ein einzelner Mann wurde in einen gepanzerten Truck gesteckt, der 20 000 Liter Kerosin ins Lager bringen musste. Er hatte ein paar Sandsäcke dabei, eine M-16 – und das war's. Ein Mann! Ich habe diesen Trip sicher ein Dutzend Mal gemacht – und jedes Mal laut gebetet."

„Offensichtlich hat's geholfen."

„Kann sein. Doch was ich erst später herausfand, war dies: Unsere Jungs wurden regelmäßig ins Jenseits befördert – von Landminen, Scharfschützen, Panzergranaten. Es war völlig unmöglich, den Dschungel links und rechts der Straße unter Kontrolle zu bekommen. Die Statistiken belegten, dass wir drei bis fünf Prozent von allem verloren, was wir auf den Weg schickten – Material wie auch

Menschenleben. Egal, was wir auch versuchten: Drei bis fünf Prozent mussten abgeschrieben werden. Und wissen Sie, was die Lösung des Problems war?"

Sie schüttelte den Kopf.

„Es wurden einfach fünf Prozent draufgelegt – fünf Prozent mehr Soldaten, Trucks und Vorräte. Auf diese Weise wurden die Verluste ausgeglichen. Schick fünf Prozent mehr Leute auf diese Straße, damit die Effizienz des Camps nicht infrage gestellt wird. Und es machte ja durchaus auch Sinn – wenn man nicht gerade eins der armen Schweine war, die in die Luft flogen. Wobei ihre Familien natürlich auch die Leidtragenden waren."

„Keine wirklich verantwortungsvolle Vorgehensweise."

„Verantwortungsvoll oder nicht: Sie hatte den gewünschten Erfolg. Und wissen Sie, wie man das nennt?"

„Nein."

„Management", sagte er. „Mit anderen Worten: Passen Sie auf sich auf, Sara. Machen Sie keine Dummheiten."

Sie konnte sich nicht mehr erinnern, wie sie auf die Country Road 23 gekommen war, auf der sie nun Richtung Süden rollte. Es war kühler heute – und sie hatte das Fenster geöffnet, um die frische Brise zu genießen, die durch die Zuckerrohrstauden wehte. In einem Kanal zur Linken sah sie einen Alligator, der sich auf einer Sandbank sonnte – was die Tiere instinktiv machten, wenn die Wassertemperaturen sanken. Es war das erste Mal seit den tödlichen Schüssen, dass sie in dieser Gegend unterwegs war.

Als sie über die Anhöhe kam, sah sie ein weißes Kreuz

am Straßenrand – genau an der Stelle, wo die Böschung hinunter zum Sumpf führte. *Was zum Teufel ist das denn?*

Sie bremste ab, fuhr auf die Böschung und hörte den Kies unter ihren Reifen. Sie stellte den Motor ab, stieg aus und steckte ihr mobiles Funkgerät in den Gürtel.

Ein Stück weiter konnte sie die Ruine der alten Highfield-Raffinerie sehen. Die Sonne spiegelte sich in den wenigen noch erhaltenen Scheiben. Das Kiefergestrüpp, das die ehemaligen Felder überwuchert hatte, reichte bis zum Horizont. Nur auf der linken Seite sah sie noch wildes Zuckerrohr, das sich sanft in der lauen Luft wog.

Das Kreuz bestand aus Styropor und war etwa dreißig Zentimeter hoch. Der Schotter war an dieser Stelle zur Seite geräumt worden, um das angespitzte Ende in den Boden zu stecken. Ein Teddybär, mit Draht am Kreuz befestigt, hielt die Totenwache, eine kleine Vase mit Blumen stand davor. Ein kleinformatiges Foto war mit einer Heftzwecke auf die Mitte des Kreuzes gedrückt worden. Man sah einen jungen Farbigen mit einer goldgeränderten Brille in der akademischen Tracht des High School-Absolventen. Ihre Gedanken wanderten zurück an den Tag, an dem sie Derek Willis unten am Sumpf gefunden hatte: sein Gesicht im nassen Gras, die Kleidung blutdurchtränkt, die Augen weit aufgerissen.

Sie stand dort für eine Weile, allein am Straßenrand, schaute auf das Kreuz und hörte nichts als den Wind.

Es gab eigentlich nur ein einziges reguläres Motel in der Stadt – das Starlite auf der Sawgrass Road. Vor dem Eingang hing eine Neonreklame aus den Fünfzigern, die FREE TV und LO RATES versprach. Ein Schild über der Bürotür informierte den Besucher darüber hinaus, dass das Motel AMERICAN-OWNED sei.

Sara parkte den Streifenwagen in einer der Parkbuchten, ließ den Motor aber laufen. Ein halbes Dutzend Autos standen vor dem benachbarten Coffeeshop, darunter auch ein Taxi. Wenn die Frau irgendwo in der Stadt übernachtete, konnte sie eigentlich nur hier sein.

Sie spielte mit dem Gedanken, an der Rezeption zu fragen, ob eine Simone James hier abgestiegen sei. Sie hätte dann hier auf die Frau gewartet, um sich einen ersten Eindruck von ihr zu verschaffen.

Stattdessen zog sie ihr Handy heraus und wählte Billys Nummer. Nach sechsmaligem Klingeln schaltete sich der Anrufbeantworter ein. Als sie Lee-Annes Stimme hörte, brach Sara die Verbindung ab.

Der Parkplatz der *Tiger Tail's-Bar* war fast vollständig belegt. Meist waren es Pick-ups, mindestens zwei von ihnen zierte ein Sticker mit der Südstaaten-Flagge. Im rückwärtigen Fenster einer Fahrerkabine hing auch eine selbstklebende Folie mit den Worten TERRORIST HUNTING PERMIT.

Billys Truck stand an der Seite des Zauns. Sie parkte ihren Blazer dahinter. Sie war schnell noch zu Hause gewesen, hatte geduscht und das Abendessen für Danny gemacht, bevor JoBeth zum Babysitten erschien.

Für einen Dienstag war die Bar erstaunlich gut besucht. Obwohl es bereits acht Uhr am Abend war, sah sie noch immer zahlreiche Stammgäste, die nach Arbeitsende gewöhnlich auf einen schnellen Drink vorbeikamen. Als sie eintrat, umhüllte sie jedenfalls eine unwirtliche Wolke aus Qualm und Lärm. Sie war sich auch heute wieder sicher, dass es Billy gewesen war, der Johnny Cashs „I Still Miss Someone“ in der Jukebox gedrückt hatte.

Er und Lee-Anne saßen an der Bar und hatten den Rücken zum Eingang gekehrt.

Bist du etwa überrascht? Dreh um und mach die Biege. Das ist das einzig Vernünftige, was du tun kannst.

Althea hinter der Bar winkte ihr zu. Billy drehte sich um, dann auch Lee-Anne. Sara reckte ihnen demonstrativ ihr Kinn entgegen und ging ans Ende der Bar, wo sie noch einen freien Platz fand. Althea brachte ihr ein großes Guinness.

„Sam ist hier“, sagte sie.

„Wo?“

„Da drüben.“

Sie nickte mit dem Kopf zu der Billard-Empore im hinteren Teil des Raumes. Elwood war allein am Pooltisch, beugte sich gerade über den grünen Filz und bereitete einen Stoß vor. Die Zigarette baumelte ihm aus dem Mundwinkel. Er trug keine Uniform, sondern Jeans und ein rotes Western-Hemd mit Perlmutt-Knöpfen.

„Soll ich dir einen Deckel anlegen?“, fragte Althea.

„Nein danke.“ Sie zog ein paar Scheine aus der Tasche und legte einen Fünfer auf den Tresen. „Ich bleibe nicht lang.“

Sie nahm ihr Glas und ging zur Empore hinüber. Sie hörte den Stoß des Queues und das Klicken der Kugeln.

„Wer gewinnt denn?", fragte sie.

Elwood drehte sich um und blinzelte sie durch den Zigarettenrauch an. „Hi, Sara." Er klopfte seine Zigarette in einem Aschenbecher ab und griff die Flasche Coors Light, die auf dem Regal griffbereit danebenstand.

„Bin überrascht, Sie gerade hier anzutreffen", sagte sie.

„Wenn ich brav bin, lässt mich der Boss manchmal ein wenig von der Leine. Dachte mir, ich nutz die Gelegenheit und gönn mir ein Bier."

„Der Begriff *Bier* ist sehr dehnbar", sagte sie und warf einen vielsagenden Blick auf sein Coors.

Er lachte kurz auf. „Sie sagen es. Also: Spielen wir eine Partie?"

Sie stellte ihr Guinness aufs Regal und nahm das Rack vom Dübel an der Wand. Elwood ging in die Hocke und fütterte den Geldschlitz mit Quartern. Die Kugeln rollten heraus.

Sie platzierte das Rack auf dem Filz, legte den 1er-Ball ins vordere Dreieck, den 8er-Ball ins Zentrum und zog das Rack vorsichtig nach oben. Er kreidete derweil sein Queue ein.

„8-Ball?", fragte er.

„Nichts dagegen. Mit Ansage?"

„Warum nicht."

Sie holte sich ein Queue aus der hölzernen Halterung, wog es in der Hand, stellte es zurück und griff sich ein anderes Exemplar.

„Spielen wir für den Break?“, fragte sie.

„Nein, fangen Sie ruhig an.“

Sie kreidete ihr Queue ein, legte den Spielball auf den Kopfpunkt und lehnte sich auf den Tisch – ihr Körpergewicht möglichst gleichmäßig verteilt. Sie zielte auf die rechte Seite des 1er-Balls und stieß so schnell und hart zu, wie sie konnte – genau so, wie sie es von ihrem Vater gelernt hatte. Die Kugeln schossen in alle Richtungen. Der 14er-Ball drehte sich um die eigene Achse und plumpste in die Ecktasche.

„Halbe“, sagte sie und ging auf die andere Seite. Überall auf der Bande hatten brennende Zigaretten ihre Spuren hinterlassen. Elwood hielt sich an sein Bier und verfolgte ihre Aufnahme. Sie entschied sich für einen Ball, lehnte sich über den Tisch und peilte mit ihrem Queue eine Mitteltasche an. Mit dem Spielball traf sie den 9er-Ball, der vom 11er-Ball abprallte und dann zielstrebig seinen Weg in die Mitteltasche fand.

„Bin heilfroh, dass wir nicht um Geld spielen“, sagte er.

Schon beim nächsten Stoß war aber Schluss. Sie musste hilflos mitansehen, wie der 12-er Ball, nicht voll getroffen, an der Bande verhungerte.

Elwood legte seine Zigarette ab, blies den letzten Zug durch die Nase aus und umrundete mit seinem Queue den Tisch. Sara nahm die Gelegenheit wahr, einen Blick zur Bar zu werfen. Lee-Anne hatte sich mit ihrem linken Arm bei Billy untergehakt und zog ihn näher an sich heran. Er hörte zu, was sie sagte, und nickte mit dem Kopf. Zwischendurch schaute er allerdings auch über seine Schulter und suchte den Augenkontakt mit Sara. Ihre Blicke kreuzten sich für einen Moment, bis sie wegblickte.

Elwood versenkte einen Ball, war beim zweiten aber schon mit seinem Latein am Ende. Sara schaute auf den Billardtisch zurück und wusste für einen Moment nicht einmal, ob sie mit den halben oder vollen Bällen spielte. Elwood sah sie aufmerksam an.

Sara hatte eine Karambolage mit der 11 ins Auge gefasst, traf den Spielball aber nicht richtig und verzog.

„Sie sind nicht bei der Sache", sagte er.

Sie kreidete ihr Queue ein. „Sieht ganz so aus."

Er ging langsam um den Tisch herum und suchte nach dem vielversprechendsten Stoß.

„Unser Freund ist in letzter Zeit reichlich auf der Piste", sagte er. „Würde ihm besser zu Gesicht stehen, wenn er sich etwas rarer macht."

Er versenkte den 5-er Ball.

„Ist das etwa der Grund, warum Sie hier sind?", fragte sie. „Sollen Sie ein Auge auf ihn werfen?"

Er hatte sich lang gemacht für den nächsten Stoß und lag halb auf der Bande. Er blickte einmal kurz zu ihr hoch, konzentrierte sich dann aber wieder und versenkte den 3-er in einer Ecktasche. „Wäre vielleicht nicht die schlechteste Idee", sagte er.

Sie nippte am Guinness und schaute wieder unauffällig zum Tresen. Billy und Lee-Anne, noch immer Arm in Arm, waren aufgestanden und wollten die Bar offensichtlich verlassen. Elwood hatte einen Fehlversuch, der Sara wieder ins Spiel brachte.

„Ihre Aufnahme“, sagte er, als sie nicht reagierte.

Sie stellte das Guinness ab, versuchte sich erneut an der 11, hatte aber wieder keine überzeugende Strategie.

„Kann mich nicht erinnern, dass Sie je einmal zwei Versuche hintereinander in den Sand gesetzt hätten“, sagte er.

„Sieht so aus, als könne ich mich nicht konzentrieren.“

„Überrascht mich nicht.“ Er beugte sich und verpasste selbst einen leichten Stoß auf die 4.

„Ich glaube, Sie sollten das nicht tun“, sagte sie.

„Was tun?“

„Sie wissen schon, wovon ich rede.“

Er zuckte mit den Schultern und holte sein Bier.

Sie schaute ihn etwas länger an, bevor sie sich wieder dem Tisch widmete. Sie kreidete ihr Queue, ging in Position und nutzte den 10-er, um den 11-er in eine Seitentasche zu befördern. Die mit reichlich Effet gespielte Kugel kam zur Tischmitte zurück und gab ihr nun die Möglichkeit, in der entfernten Ecke die 15 zu attackieren. Nachdem sie auch diese Kugel versenkt hatte, rollte der Spielball zurück in eine perfekte Ausgangsposition, um sich erneut am 10-er zu versuchen.

„Das sieht doch schon ganz anders aus“, sagte er anerkennend.

Sie versenkte die 10 und hatte nun freie Bahn. Der schwarze 8-er Ball lag in der Nähe einer Ecktasche. Sie kreidete ihr Queue noch einmal ein und versenkte die Kugel ohne Probleme.

„Wie schon gesagt“, sagte er, „ich bin dankbar, dass wir nicht um Geld spielen.“

„War aber ein gutes Spiel, Sam."

„Noch eins?"

Sie schüttelte den Kopf. „Ich werd zu Hause erwartet."

Sara stellte das Queue in die Halterung an der Wand. Ihr Guinness war noch immer halb voll, aber sie wollte los. Sie brachte das Glas runter zum Tresen, um Althea einen Weg zu ersparen. Als sie ins Freie trat, fiel die Tür hinter ihr zu und schien die Musik schlagartig zu verschlucken. Sie holte die Schlüssel heraus und machte sich auf den Weg zum Blazer.

Billys Truck war noch immer da. Das Licht der Parkplatzbeleuchtung fiel durch die Windschutzscheibe in einen Teil der Fahrerkabine. Sie sah Billy auf dem Fahrersitz, den Kopf zurückgelegt und die Augen geschlossen – ganz so, als würde er schlafen.

Als sie vorbeiging, öffnete er die Augen und sah sie. Er sagte etwas, das sie nicht verstehen konnte, doch dann hob Lee-Anne, die bisher unter dem Armaturenbrett verborgen war, ihren Kopf und starrte sie an.

Sara fühlte, wie ihr das Blut ins Gesicht schoss. Lee-Anne sah ihren Gesichtsausdruck und lächelte süffisant. Sie schob ihre Perlen-besetzen Zöpfe zur Seite, sprach kurz mit Billy und ließ dann ihr Fenster herunter. Billy saß neben ihr, als sei er vom Blitz getroffen.

Sara war ebenfalls unfähig, irgendeinen Laut über die Lippen zu bringen.

Lee-Anne schaute sie an. „Willst du mal herkommen und zuschauen?", fragte sie. „Und bei der Gelegenheit lernen, wie's gemacht wird?"

Sara drehte sich ruckartig um und ging zum Blazer, ihr Gesicht noch immer hochrot. Sie hörte, wie Lee-Anne hinter ihr lauthals lachte. Sara setzte sich ans Steuer und schob den Schlüssel ins Zündschloss. Fehlanzeige. Sie musste es ein weiteres Mal versuchen, bis der Motor tatsächlich ansprang.

Lee-Anne schaute hinter ihr her, beugte sich dann aber wieder zu Billy hinüber und verschwand aus der Sicht. Sara hörte aus dem Truck noch ein langgezogenes Stöhnen, das ihr nur allzu gut bekannt war.

Sie setzte aus der Parklücke zurück und bemühte sich, den Parkplatz so schnell wie möglich zu verlassen. Sie war bereits eine Meile gefahren, als sie ein Blick auf den Tacho informierte, dass sie das Speed-Limit deutlich überschritten hatte. Sie zwang sich, vom Gas zu gehen, auch wenn sie innerlich noch immer am Kochen war. Aber es waren die Tränen, die sie wirklich überraschten.

8

Als es an der Tür klopfte, griff sich Morgan die Beretta vom Nachttisch und schaute durch den Spion. C-Love und Mikey standen auf der anderen Seite.

„Nun mach schon, Mann“, sagte C-Love. „Ich frier mir den Arsch ab.“

Morgan öffnete Schloss und Riegel und sperrte die Tür auf, die Beretta noch immer schussbereit in der Hand. Als sie eintraten, warf er noch einen Blick auf den Parkplatz hinaus. Der Suburban war neben einem Müllcontainer abgestellt und in dessen Schatten kaum zu erkennen.

„Sind die Zwillinge im Auto?", fragte er. Er schloss die Tür und schob den Riegel davor.

„Ja, warum fragst du?", fragte C-Love. Er hatte eine schwarze Plastiktüte in der Hand. Mikey ging durch den Raum und stieß die Tür zum Badezimmer auf.

„Wonach suchst du denn?", fragte Morgan.

„Nichts."

„Habt ihr die Sachen dabei?"

C-Love warf die Plastiktüte aufs Bett.

„Wir müssen miteinander reden", sagte Mikey. Er zog einen Stuhl vom Fenster näher heran und nahm rittlings Platz. „Der Typ, den du hinter deinem Hotel abgeknallt hast, war Philly Joe. War in der Gegend eine feste Größe."

„Und?" Er legte seine Beretta auf den Nachttisch.

„Seine Leute werden dir die Hölle heißmachen wollen."

Morgan ging zum Bett, öffnete die Plastiktüte und zog einen verschließbaren Plastikbeutel mit grün-goldenem Marihuana heraus. C-Love stand an der Tür und beobachtete ihn.

Ein tief fliegendes Flugzeug donnerte übers Hotel. Die Nachttischlampe begann zu zittern.

„Exzellenter Stoff", sagte C-Love. „Ein Hybrid aus dem Gewächshaus. Was Besseres gibt's nicht."

Unter dem Plastikbeutel lagen zwei Fläschchen mit verschreibungspflichtigen Pillen, aber ohne die üblichen Aufkleber mit dem Namen des Patienten. Er schraubte einen Deckel auf und vergewisserte sich, dass es sich bei dem Vicodin um die gewünschte Fünf-Milligramm-Dosierung handelte.

„Wofür brauchst du die Scheiße eigentlich?“, fragte Mikey. „Hast du mir nie erzählt.“

Morgan brach eine Pille in zwei Hälften, legte eine auf seine Zunge und steckte die andere Hälfte zurück in die Flasche. Im Badezimmer formte er mit der Handfläche eine kleine Kuhle, schluckte die Pille und spülte mit Leitungswasser nach.

„Das Zeugs wird dich noch umbringen“, sagte Mikey.

Morgan trank noch einen weiteren Schluck und kam aus dem Badezimmer zurück.

„Du scheinst ja richtig versessen zu sein auf das Zeugs“, sagte Mikey. „Willst du nicht mal schauen, was sonst noch in der Tüte ist?“

Morgan schaute hinein. Er sah ein Päckchen, das in schwarzem Plastik eingewickelt und mit Duct-Tape zugeklebt war. Er zog es heraus und wusste sofort, um was es sich handelte. „Ist das für meine Mühe?“

„Nur der Vorschuss“, sagte Mikey. „Sieht nämlich so aus, als müsstest du wirklich den kleinen Trip für mich machen. Die Geschichte in Florida, die ich beim letzten Mal erwähnte.“

„Wieviel?“

„Fünf Riesen.“

„Nicht gerade viel.“

„Nur für die Unkosten. Reisespesen. Und eine kleine Reise wird dir nicht schaden, weil dich Phillys Jungs jetzt voll in der Optik haben. Und die Sache mit Rohan kommt noch obendrauf. Wird 'ne ganze Weile dauern, bis sich der Staub gelegt hat."

„Hast du mit ihnen gesprochen?"

„Den Trey Dog-Leuten? Macht im Moment keinen Sinn. Die Leute wollen jetzt Blut sehen – und sie wissen genau, dass du für mich arbeitest. Ich kann zwar über einen Mittelsmann mit ihnen in Kontakt treten, aber ich darf mich nicht zu weit aus dem Fenster lehnen."

Morgan hatte sich auf die Bettkante gesetzt. „Erzähl mir von dem Trip."

„In Grundzügen weißt du ja schon Bescheid. Mein Nachschub ist den Bach runter, seit die Kolumbianer aufgeflogen sind. Selbst wenn sie nicht in den Bau müssen, werden sie sich nicht noch einmal die gleichen Finger verbrennen wollen. Und ich hab obendrein diesen Racketeering-Prozess an der Backe – und diese Anwälte, Mann, die kriegen den Hals überhaupt nicht voll."

„Erzähl mir mehr."

„Ich bekam Wind davon, dass in Florida ein paar Leute aus Haiti sitzen, die gutes Gras anbieten und inzwischen schon so was wie die örtlichen Platzhirsche sind. Sie bekommen das Zeugs auf Umwegen über die Karibik und verdienen sich eine goldene Nase damit. Wir vereinbarten ein Treffen in einem Ort, der Belle Glades heißt. Curtis machte sich auf den Weg." Er nickte zu C-Love hinüber. „Sah alles absolut korrekt aus. Die Jungs waren keine Schaumschläger und hatten zuverlässige Quellen, aber da sie mich nicht kannten, waren sie zunächst noch was zögerlich. Und diese Voodoo-Motherfucker trauen niemandem, der in seiner Kindheit nicht genauso bitterarm war wie sie selbst. Und wenn man nicht barfuß durch die Welt läuft, hat man auch schlechte Karten."

„Also hast du noch was drauflegen müssen, um sie zu locken."

„Du kennst meinen Vetter Leon? Er sitzt inzwischen für längere Zeit im Bau, hat seinerzeit aber den Straßenverkauf in der Baxter Terrace-Gegend organisiert. Sein Sohn Derek wollte sich ein bisschen Geld verdienen und meinte, er könne den Job machen. Ein helles Köpfchen, der Junge! Besuchte Rutgers und wollte Lehrer werden oder so was. Aber dann hatte er plötzlich Nachwuchs an der Backe – und eine Baby-Mama dazu. Brauchte also Geld. Er kam zu mir und bat mich um Unterstützung – also gab ich ihm eine Chance."

„Du hast ihn runter nach Florida geschickt?"

„Alles war bestens vorbereitet. Die Reiseroute, die Kosten – alles bis ins kleinste Detail. Er hatte die Anzahlung für die erste Lieferung in cash dabei. Ich wollte ihnen klarmachen, dass wir keine Schwätzer sind."

„Wieviel?"

Mikey drehte einen dicken Goldring an seinem Finger und zögerte. „Eine Menge, Mann. Mehr als ich mir eigentlich leisten konnte."

„Wieviel?"

„Dreihundertfünfzig Riesen. Ich legte auch noch ein paar Metallspielzeuge obendrauf – als Geschenk. Die Jungs aus der Karibik lieben nun mal ihre Knarren."

„Warum hast du denn nicht die Zwillinge geschickt?"

„Mit ihrem Vorstrafenregister? Wenn ein Cop die anhält, muss er doch denken, er habe die Lotterie gewonnen. Derek war sauber. Keine Vorstrafen."

„Und was passierte dann?"

„Irgendwas lief schief, aber ich weiß noch immer nichts Genaues. Offensichtlich wurde Derek in irgendeinem Redneck-Kaff angehalten. Es heißt, dass er bei dem Vorfall die Waffe gezogen und einen Sheriff bedroht habe, aber das ist Blödsinn. In jedem Fall bliesen sie ihm das Licht aus und verschwanden mit meiner Knete."

„Bist du dir da sicher?"

„Zumindest in groben Zügen. Ich kann mir nicht vorstellen, dass Derek je eine Waffe trug, kann's aber auch nicht ausschließen. Kann auch sein, dass er nervös wurde – das ganze Geld im Auto, dazu undurchsichtige Typen, die er nicht kannte. Aber sich mit einem Cop einen Schusswechsel liefern? Nie im Leben. Dazu hatte er einfach nicht die Eier."

„Vielleicht bekam er den Flattermann."

„Vielleicht. Vielleicht passierte es genau so, wie es in den Medien berichtet wurde. Aber bislang hat noch niemand ein Wörtchen über das Geld verloren. Und alle dortigen Zeitungen haben über den Fall berichtet. Der Wagen wurde sichergestellt und garantiert bis in seine Einzelteile zerlegt. Irgendein Motherfucker muss sich die Kohle unter den Nagel gerissen haben."

„Oder sie sitzen klammheimlich drauf und warten, bis sich jemand für das Geld interessiert."

Mikey schüttelte den Kopf. „Wir haben es hier nicht mit der Drogenbehörde oder dem FBI zu tun. Wenn das der Fall wäre, hätte ich längst davon gehört. Wir reden hier von ein paar gottverdammten Provinz-Rednecks, die ihre gottverdammte Konföderierten-Flagge durch die Gegend schwenken. Ob es nun ein oder zwei Motherfucker waren oder das ganze gottverdammte Kaff, sei dahingestellt. Ich weiß nur, dass mein Geld verschwunden ist."

„Ich kann noch immer nicht glauben, dass du einen grünen Jungen für so einen Job engagiert hast."

„Das war doch die beste Lösung. Wenn ich zwei Niggas dahinschicke, hält sie doch der erstbeste Streifenwagen an. Die Knete war in einem präparierten Container im Kofferraum versteckt. Er brauchte den Wagen nur an der vereinbarten Stelle abstellen, sich einen neuen Wagen mieten und nach Hause fahren. Es gab keinen Grund, dass er mit irgendwelchen Leuten in Berührung kam."

„Mit anderen Worten: Irgendwas lief schief. Und daran kannst du heute auch nichts mehr ändern. Ich würd die ganze Sache vergessen."

„Ich kann so viel Geld nicht einfach abschreiben – und schon gar nicht zum jetzigen Zeitpunkt. Muss mich ohnehin schon mit genug Scheiße herumschlagen. Ich brauch das Geld. Oder ich brauch den Stoff, um auf diesem Weg mein Geld zurückzubekommen. Aber jetzt bekomme ich von den Haitianern natürlich keinen Krümel, weil sie nie mein Geld gesehen haben. Und sie werden mir auch nicht glauben, wenn ich ihnen diese Story auftische. Und selbst wenn sie's mir glauben, macht's keinen Unterschied. Ohne das Geld bin ich aufgeschmissen."

Morgan stand auf. Das Vicodin tat langsam seine Wirkung. Die Krämpfe in seinem Magen waren schwächer geworden. Er ging zum Fenster, bog die Jalousien herunter und schaute nach draußen. Der leichte Regen ließ den Parkplatz im Licht der Straßenbeleuchtung glänzen. Der Suburban stand noch immer an seinem Platz in der dunklen Ecke.

„Falls die Cops das Geld haben", sagte er, „werden sie's in einem Prozess als Beweismittel nutzen. Und natürlich wirst du nichts davon wiedersehen. Wenn es jemand gestohlen hat, ist es ebenfalls weg. In beiden Fällen schaust du in die Röhre."

„Wenn irgendein Nigga bei mir einbricht und 350 Riesen klaut – glaubst du wirklich, dass ich ihn dann einfach so laufen lasse? Meinst du, ich würde dann sagen: *Pech gehabt! Aber weg ist weg. Schwamm drüber!* Und nur weil der Scheiß in Florida passierte, heißt das noch lange nicht, dass ich mich achselzuckend in mein Schicksal ergebe. Wenn ich damit anfange, mich von Leuten am helllichten Tag abzocken zu lassen, dann kann ich den Laden auch dichtmachen. Oder ich lass mir gleich eine Kugel in den Kopf jagen."

„Trotzdem: Ich würde die Sache vergessen."

„Ich kann einfach nicht, Mann. Ich *muss* das Geld haben – und du musst es mir holen."

Morgan schaute erst Mikey an, dann C-Love.

„Ich kann nicht einfach so tun, als sei nichts passiert", sagte Mikey. „Ich brauch das Geld. Es ist *mein* Geld – und ich werde es mir zurückholen. Koste es, was es wolle. Ich habe keine andere Wahl."

„Ich schon", sagte Morgan.

„Mag sein, aber du hast mich noch nicht mal gefragt, was für dich dabei rausspringen könnte."

„Könnte?"

„Wir reden hier über dreihundertfünfzig Riesen", sagte Mikey. „Wer immer sich das Geld unter den Nagel gerissen hat, wird bislang nicht die Möglichkeit gehabt haben, es auch auszugeben. Solange die Medien darüber berichten, wird er sich tunlichst bedeckt halten. Er gräbt sich ein schönes Loch und versteckt die Knete, bis die Luft wieder rein ist. Wenn du sie findest, gehört ein Drittel dir. Findest du die ganzen dreihundertfünfzig, runden wir deinen Anteil auf 120 000 auf. Ist das ein Angebot?"

120 000, dachte Morgan. Zusammen mit dem, was er auf der Bank liegen hatte, würde er damit nicht nur seine medizinische Behandlung begleichen können, sondern vielleicht auch einen frischen Start in einer anderen Stadt finanzieren. Es war mehr, als er je in seinem Leben in der Hand gehabt hatte.

„Und?", fragte Mikey.

„Ich kenn mich mit den Südstaaten nicht aus. Bin nie weiter als Washington DC gekommen."

„Die Südstaaten können dir auch gestohlen bleiben. Wie schon gesagt: Das ist ein gottverlassenes Kaff, wo sie noch immer Kreuze verbrennen und ihre Schwestern ficken. Ich hab schon jemanden runter geschickt, der sich an Ort und Stelle ein Bild macht."

„Wen?"

„Dereks bessere Hälfte. Sie fuhr runter, um seine sterblichen Überreste abzuholen. Natürlich ist sie nicht gerade glücklich mit der ganzen Geschichte – aber was will man machen? Es war nun mal Dereks Entscheidung. Sie will mit mir eigentlich nichts zu tun haben, aber sie hält da unten die Augen und Ohren auf – und kann uns vielleicht auch ein paar Namen liefern."

„Und dann?"

„Du fährst runter, sorgst für Recht und Ordnung, schnappst dir mein Geld und kommst zurück. Dann greifst du dir deinen Anteil und machst die Biege."

„Klingt wie ein Kinderspiel, wenn man dich reden hört."

„So was hast du schließlich auch schon tausendmal gemacht. Letztlich ist es immer der gleiche Fall: Jemand will sich unrechtmäßig bereichern – und muss wieder auf den Pfad der Tugend zurückgeführt werden. Das ist alles."

Morgan kratzte sich am Ellbogen und schaute zu C-Love hinüber.

„Du bist der Einzige, dem ich in dieser Situation vertrauen kann", fuhr Mikey fort. „Wenn *du* die Sache nicht geregelt kriegst, wird sie niemand regeln. In diesem Fall zahl ich dir pauschal die Unkosten."

„Wieviel?"

„Zwanzig Riesen."

„Lass mich mal drüber schlafen."

„Okay. Aber eine Sache wäre da noch: Wenn du den Motherfucker findest, der mir das Geld gestohlen hat …"

„Ja?"

„… ist es Teil deines Jobs, diesen Wichser unter die Erde zu bringen. Ob Polizist, Sheriff, Richter, Bürgermeister – ist mir scheißegal. Ich will ihn unter der Erde sehen."

Die geheimnisvolle Apparatur klickte und summte, als Morgan in die Röhre geschoben wurde. Er fühlte, wie die Kälte der Unterlage durch den dünnen Krankenhauskittel drang. Dank der Sicherheitsbrille, die man ihm aufgesetzt hatte, konnte er wenig erkennen, glaubte aber zu spüren, dass sich die Wände der Trommel immer näher zusammenschoben. Das Summen wurde lauter, verstummte dann aber. Die Unterlage ruckelte und schob ihn tiefer in die Röhre. Wieder das Summen. Er hatte das Gefühl, in einem Science-Fiction-Film gelandet zu sein.

Er versuchte, seinen Atem zu normalisieren und die wachsende Panik unter Kontrolle zu bringen. Er zählte seine Atemzüge, als die Liege wieder zu ruckeln begann und das Summen stärker wurde. Vier Mal noch wiederholte sich diese Prozedur, bis er endlich aus der Röhre geschoben wurde. Er war in Schweiß gebadet.

„Lassen Sie sich ruhig Zeit mit dem Aufstehen", sagte eine Stimme. „Könnte sein, dass Ihnen leicht schwindelig ist."

Er blinzelte, als ihm jemand die Sicherheitsbrille abnahm. Eine farbige Frau in einem geblümten Krankenhauskittel stand neben ihm an der Liege.

„Sie haben's geschafft", sagte sie. „Wie fühlen Sie sich?"

Er richtete sich auf. Der Raum war dunkel und wurde nur durch eine Lichtquelle erhellt, die an der entfernten Wand durch ein Fenster kam. Durch eine Glasscheibe konnte er zwei Techniker sehen, die ihm aber keine Beachtung schenkten.

„Alles bestens", sagte er.

„Dann können Sie sich jetzt anziehen."

Er ging auf nackten Füßen in die kleine Umkleidekabine. Die Fliesen waren kalt, wenigstens perlte keimfreie Popmusik aus dem Lautsprecher. Ein weißes Mädchen sang von den Regentropfen, die just an ihrem Hochzeitstag gefallen seien.

Als er sich wieder angekleidet hatte, ging er nach vorne zum Empfangsbereich. Die Frau im geblümten Kittel tippte etwas in den Computer.

„Sie dürfen gehen, Mr. Morgan", sagte sie. „Dr. Kinzler wird sich melden, sobald er die Resultate auf dem Tisch hat."

„Wie zahle ich?"

„Wir werden Ihnen eine Rechnung schicken." Sie schaute auf ihren Monitor. „Haben Sie noch immer die gleiche Anschrift?" Sie nannte den Namen des Hotels.

„Könnte sein, dass ich umziehe", sagte er.

„Wir werden Sie schon auftreiben", sagte sie, ohne dabei aufzublicken. „Das war noch nie das Problem."

Vor dem Krankenhaus bestellte er sich mit seinem Handy ein Taxi. Er hatte sich fest vorgenommen, zumindest tagsüber nicht mit seinem Monte Carlo durch Newark zu paradieren. Neben ihm standen fünf, sechs Leute, zum Teil nur in Krankenhauskitteln, die an ihren Zigaretten pafften und sich vergeblich warmzuhalten versuchten. Niemand von ihnen schenkte ihm einen Blick.

Es war neun Uhr am Abend. Er lag auf seinem Motelbett und verfolgte mit einem Ohr die Abendnachrichten. Neben der Beretta, die wie immer auf dem Nachttisch lag, begann sein Handy zu surren. Er drückte auf Empfang.

„Mr. Morgan? Dr. Kinzler hier."

Morgan richtete sich auf und schaltete mit der Fernbedienung den Laustärkeregler aus.

„Tut mir leid, dass ich so spät anrufe, aber die Kernspin-Resultate kamen schneller als erwartet. Und da ich ohnehin noch im Büro zu tun habe, dachte ich mir, dass ich Sie lieber noch heute anrufe."

„Wie sehen die Resultate denn aus?"

„Ich gehe mal davon aus, dass Dr. Rosman Ihnen im Groben bereits erklärt hat, was es mit Becherzellen auf sich hat. Zunächst einmal: Diese Tumore wachsen sehr langsam. Wenn wir sie frühzeitig erwischen und alle entfernen, haben wir eine erfreulich hohe Erfolgsaussicht."

„Was heißt das konkret für mich?"

„Die Schmerzen, die Sie in ihrem Unterleib verspüren? Die Kernspin-Aufnahmen zeigen, dass sich in Ihrem Dünndarm diverse Tumore gebildet haben. Soweit wir das beurteilen können, treten sie aber alle nur in einem bestimmten Bereich des Darms auf. Was in jedem Fall als positiv zu bewerten ist."

Im Fernseher formte die Nachrichtensprecherin mit ihrem Mund lautlose Worte. Die surreale Wirkung wurde noch durch die Börsenkurse verstärkt, die auf dem Ticker am unteren Bildrand über den Bildschirm huschten.

„Mr. Morgan, sind Sie noch da?"

„Wie viele?"

„Was?"

„Tumore."

„Vielleicht sieben – soweit ich das sehen kann. Sie sind klein, maximal einen Zentimeter im Durchmesser. Obwohl wir das erst definitiv quantifizieren können, wenn wir sie unters Mikroskop legen. Angesichts dieser Größenordnung können wir jedenfalls davon ausgehen, dass sich noch keine Metastasen gebildet haben."

Er legte seine Hand auf den Bauch und versuchte sich vorzustellen, was sich da unter seiner Haut und Muskulatur abspielte. Eine dunkle Kraft in seinem Körper hatte es offensichtlich darauf angelegt, ihn von innen zu zerstören.

„Wie sieht der nächste Schritt aus?", fragte er schließlich.

„Wir operieren – so schnell wie möglich. Wir schneiden die Wucherungen heraus und schauen sie uns unter dem Mikroskop genauer an. Wenn wir sie alle erwischen und es keine zeitnahen Rückfälle gibt, sind Sie aus dem Schneider. Es lässt sich aber nicht ausschließen, dass unentdeckte Gewebepartikel erst nach Jahren aktiv werden und neuen Ärger machen. Wir werden Sie deshalb konstant beobachten müssen und die entsprechenden Tests machen."

„Und dann?“

„Wenn sie erneut auftreten sollten, kommt die Chemo zum Tragen. Aber das, Mr. Morgan, ist alles nur Spekulation, solange wir uns nicht an Ort und Stelle die Tumore anschauen können. Haben Sie vielleicht in jüngster Zeit Durchfall gehabt? Atemprobleme? Hautrötungen?“

„Nein.“

„Lassen Sie es mich wissen, wenn eins dieser Symptome auftreten sollte. Aber wir sollten uns so schnell wie möglich auf einen Termin verständigen. Erst wenn ich die Tumore untersuchen kann, werden wir wissen, wie die weitere Behandlung aussehen sollte. Ich kann gar nicht genug betonen, wie wichtig in diesem Fall der Faktor Zeit ist.“

Morgan hörte einen Warnton: Das Guthaben für sein Handy würde in ein paar Minuten erschöpft sein.

„Ich muss die Stadt für eine Weile verlassen“, sagte er. „Bin geschäftlich unterwegs. Zwei, vielleicht drei Wochen.“

„Können Sie es nicht verschieben?“

Morgan holte einmal tief Luft. „Nein.“

„Dann reden wir also von Mitte November. Wie gesagt: Wir sollten nicht unnötig warten. Vor der OP müssen auch noch Tests gemacht werden – und den ganzen Papierkram sollten wir auch rechtzeitig vom Tisch bekommen.“

„Ich weiß. Sagen Sie mir einfach, wie und wann wir den Prozess starten.“

„Haben Sie sich inzwischen mit der Frage beschäftigt,

die ich beim letzten Mal angesprochen hatte – nämlich, wie es mit Ihrem Versicherungsstatus aussieht?"

„Nein."

„Sollten Sie aber. Es könnte eine lange und kostspielige Behandlung werden."

Noch ein Warnton, diesmal waren nur noch wenige Sekunden auf dem Konto.

„Bereiten Sie alles vor", sagte Morgan. „Wenn ich zurück bin, melde ich mich – und dann machen wir's so, wie Sie's beschrieben haben. Ich habe das Geld."

„Rufen Sie meine Praxis an, sobald Sie zurück sind, Mr. Morgan. Und zwar noch am gleichen Tag!"

„Werd ich machen", sagte Morgan. Er hörte noch einen letzten Warnton – und dann war das Telefon stumm.

9

Sara war in der Küche und trocknete das Geschirr ab, als ihr Handy klingelte. Sie schaute aufs Display: Es war Billy.

Es war schon kurz nach Elf. Danny war am Schlafen, JoBeth bereits wieder zu Hause. Nachdem sie den *Tiger's*-Parkplatz verlassen hatte, war sie ziellos durch die Gegend gefahren, bis die Tränen getrocknet waren. Sie wollte unter allen Umständen vermeiden, in diesem Zustand von JoBeth gesehen zu werden. Sie war erschöpft und innerlich völlig leer.

Das Handy klingelte erneut. Sie trocknete sich die

Hände und nahm es in die Hand. Sie spielte mit dem Gedanken, den SILENCE-Knopf zu drücken und den Anruf zu ignorieren, drückte dann aber doch auf SEND.

„Hey, Sara. Ich bin froh, dass ich dich noch erwische."

Sie lehnte sich gegen die Anrichte und schloss die Augen.

„Sara, bist du da?"

„Ich bin hier. Was willst du?"

„Es tut mir wirklich leid. Ich weiß nicht, was ich sagen soll."

„Du musst nichts sagen."

„Lee-Anne ist … Manchmal ist sie … Ich kann's einfach nicht beschreiben."

Sie fühlte, wie ein undefinierbares Gefühl in ihr hochstieg. Als sie die beiden im Truck gesehen hatte, war es nur Scham gewesen. Jetzt kam die Wut.

„Billy, ich habe kein Interesse daran, diese Unterhaltung zu führen."

„Es war beschämend, ich weiß, und es tut mir aufrichtig leid. Ich hätte es nie so weit kommen lassen dürfen."

„Das ist deine Sache."

„Ich versuche doch nur, mich zu entschuldigen, Sara. Kannst du mir nicht zumindest einmal die Möglichkeit geben, mich zu entschuldigen?"

Da war er wieder, dieser fast flehende Ton, der sie immer wieder weich werden ließ. Sie nahm das Handy in die andere Hand.

„Ich weiß nicht, was ich sagen soll, Billy. Und ich weiß nicht, was du von mir hören willst."

Die Leitung blieb stumm.

„Billy?"

„Weißt du noch, wie ich dich früher immer zum Lachen brachte?", sagte er schließlich. „Ich liebe dein Lachen."

„Billy, bitte …"

„Es tut mir leid, dass es so enden musste."

Sie fühlte einen Anflug von Kummer, der wie eine schleichende Müdigkeit in ihren Körper kroch. *Du wirst jetzt nicht heulen. Nicht jetzt.* „Mir tut es auch leid", sagte sie.

„Ich merke, dass ich's dir nur unnötig schwer mache. War nicht meine Absicht."

„Billy, ich habe in meinem Leben genug an der Backe. Ich habe nicht die Energie, mich auch mit dir auseinanderzusetzen. Wir haben beide unsere Entscheidung getroffen – und sollten nun auch damit leben. Ich lebe mit meiner. Warum kannst du nicht auch mit deiner leben?"

„Ich versuch's ja." Seine Stimme war belegt, als er nach Worten rang. „Ich versuch wirklich mein Bestes, Sara."

„Es ist spät. Ich muss das Gespräch beenden."

„Es tut mir alles unendlich leid", kam es noch einmal aus ihm heraus.

„Gute Nacht, Billy", sagte sie, doch er hatte bereits aufgelegt.

Um Zwei am Morgen war sie immer noch wach. Sie schaute auf die roten Ziffern ihres Weckers und schlug die Bettdecke zur Seite. Trotz Klimaanlage war es noch immer unnatürlich warm. Sie lag in der Dunkelheit, dachte an Billy und wie er sie früher mit seinen Händen berührt hatte.

Du hast den Schlussstrich gezogen. Es war deine Entscheidung – und sie erwies sich letztlich als die richtige.

Nachdem sie von seiner Affäre mit Angie erfahren hatte, war sie ihm monatelang aus dem Weg gegangen. Er werde sich ändern, hatte er immer wieder beteuert, hatte gejammert und am Telefon geheult. Aber die Kränkung war zu frisch gewesen, die Wunde zu tief. Sie hatte ihn auf dem Revier gesehen oder im *Tiger's*, aber immer nur in Begleitung von anderen. Später, als sich ihr Ärger verflüchtigt hatte, war sie nachts oft nicht zum Schlafen gekommen. Sie vermisste ihn. Doch er hatte nie angerufen. Und dann war Lee-Anne auf der Bildfläche erschienen.

Sie rollte sich auf die Seite und zog das zweite Kissen näher an sich heran. Es war angenehm kühl auf ihrer Haut. *In vier Stunden musst du raus. Du brauchst jetzt endlich Schlaf!*

Sie schloss die Augen und versuchte sich zum Schlafen zu zwingen, wusste aber sofort, dass es ein aussichtsloses Unterfangen war. Sie spürte den Schweiß auf ihrer Haut. Ihre Hand bewegte sich unmerklich zum Bund des Pyjamas und lockerte den Knoten des Gummibands. Ihre Brustwarzen waren bereits hart und pressten sich gegen das dünne T-Shirt.

Nachdem sie die Pyjamahose über die Hüfte gestreift hatte, fuhr ihre Hand zwischen die Schenkel. Sie stellte sich vor, wie Billy dort drüben in der Dunkelheit stand, eine schwarze Silhouette vorm Fenster, um dann langsam an ihr Bett zu treten. Sie konnte ihn fast fühlen, das Aroma seiner Haut riechen, den quietschenden Lattenrost hören, als er sich neben sie legte und den Arm nach ihr ausstreckte.

Doch dann hörte sie plötzlich Lee-Annes gackerndes Lachen, sah ihr Gesicht hinter dem Fenster des Trucks und erinnerte sich an dieses grässliche Gefühl, das wie ein Blitz durch ihren Körper gefahren war. Sie zog ihre Hand zurück und schämte sich ihrer selbst. Für eine Weile lag sie da und fühlte sich desillusioniert und hoffnungslos allein. Schließlich raffte sie sich auf, zog ihre Pyjamahose hoch und ging zum Fenster. Der Blazer stand dort im faden Licht der Einfahrt. Auf der Motorhaube hatte sich Tau gebildet. In der Ferne hörte sie einen Güterzug.

Vier Stunden.

Sie ließ sich auf den Boden gleiten und begann, Liegestützen zu machen. Pro Übung atmete sie einmal ein und aus. Ihre Arme begannen zu schmerzen, doch sie zog ihren Rhythmus durch – wurde nicht schneller, aber auch nicht langsamer. Sie verfolgte, wie sich der Teppich ihren Augen näherte, um ihn dann wieder energisch von sich zu stoßen.

Als sie fünfundzwanzig gemacht hatte, stand ihr der Schweiß auf der Stirn. Sie verweilte mit durchgestreckten Armen in ihrer Position, ließ sich dann aber doch auf den Rücken fallen und schnappte nach Luft. Nach einer Weile richtete sie sich auf, war etwas schwindelig, atmete dafür aber regelmäßig und tief. Sie kroch wieder unter die Bettdecke und zog das Kissen an sich heran. Sekunden später spürte sie, wie sich ihre Verspannungen lösten und einer tiefen Ruhe Platz machten. Sie ließ es geschehen und fiel in einen traumlosen Schlaf.

Sara parkte den Streifenwagen vor dem Starlite-Motel und sah die Frau bereits durchs Fenster des Coffeeshops. Sie saß allein an ihrem Tisch und war einer der wenigen Gäste um diese Zeit.

Es war elf Uhr und die Temperaturen hatten bereits die dreißig Grad Celsius geknackt. Sara stellte den Motor ab und fragte sich, was sie hier eigentlich verloren hatte.

Als sie den Coffeeshop betrat, wurde sie von Shirley Osteen hinterm Tresen freundlich begrüßt. „Hallo Sara. Wo immer du sitzen willst: Du hast die freie Wahl."

Simone James saß in einer Nische mit dem Rücken zum Eingang. Sara setzte sich in Bewegung und stellte mit Befremden fest, dass ihre Bewegungen im leeren Café erstaunlich geräuschvoll waren: Ihre Lederkluft knarzte bei jedem Schritt, ihr Funktelefon generierte ein statisches Knistern, das schon von weitem auszumachen war.

Die Frau drehte sich nicht um. Sie hatte einen Tee vor sich stehen und die Reste ihres Frühstücks. Neben ihr lag ein zusammengefaltetes Exemplar des *Sunbeam*, der wöchentlichen Regionalzeitung, sowie ein Handy.

„Miss James?"

Die Frau schaute zu ihr hoch. Sie sah jünger aus, als Sara sie in Erinnerung hatte. Ihre Haare waren glatt zurückgekämmt und wurden von einer grünen Spange aus Jade zusammengehalten, die farblich anscheinend auf ihre

Augen abgestimmt war. Ihre Haut hatte die Farbe von Milchkaffee und sie trug eine ärmellose blaue Bluse. Auf ihrer Schulter sah Sara ein Tattoo mit zwei griechischen Buchstaben, deren Bedeutung ihr aber unbekannt war.

„Darf ich mich setzen?“

Die Frau sah sie für einen Augenblick an, nickte aber dann. Sara rutschte auf die gegenüberliegende Sitzbank.

Unter ihrer Bluse trug Simone James ein mit Diamanten besetztes Herz, das an einer dünnen Goldkette hing. Es war schlicht, aber definitiv geschmackvoll. Saras wusste, dass sie selbst es nie hätte tragen können – selbst wenn sie das nötige Kleingeld gehabt hätte –, aber auf der Haut dieser Frau sah es so aus, als wäre es eigens für sie angefertigt worden.

„Tut mir leid, dass Sie das durchmachen müssen“, sagte Sara.

Die beiden Frauen schauten sich an – und Sara fühlte, wie sich ihr Selbstbewusstsein in kürzester Zeit verflüchtigte.

„Miss James“, begann sie.

„Warum sind Sie hier?“

„Ich sah Sie, als ich zufällig vorbeikam. Mein Name ist …“

„Ich weiß, wer Sie sind.“

Sara lehnte sich zurück. „Gut“, sagte sie, „dann wissen Sie sicher auch …“

„Ich weiß alles über Sie. Über Sie und den Mann, der Derek umbrachte. Ich weiß, dass Sie auch am Tatort waren.“

„War ich nicht", sagte Sara, „zumindest nicht, als es passierte." Sie bedauerte ihre Worte augenblicklich, weil sie indirekt wie ein Eingeständnis klangen.

Die Frau schlug die Zeitung auf und schob sie ihr rüber.

„Kam gerade raus", sagte sie. „Haben Sie die Story schon gelesen?"

Sara schüttelte den Kopf. Sie hatte zwar ein Abo, doch oft genug wanderte die Zeitung ungelesen in den Müll.

„Es heißt hier, Derek sei *ein verdächtigter Drogenhändler* gewesen. Warum schreiben sie das?"

„Miss James …"

„Weil er schwarz war?"

„Es wurden Waffen in seinem Wagen gefunden."

„Aber keine Drogen. Wieso ist er dann plötzlich *ein verdächtigter Drogenhändler?*"

„Zeitungen schreiben manchmal, was sie wollen."

„Nein, in einer kleinen Stadt wie dieser schreiben sie, was die Polizei ihnen zusteckt. Hab ich nicht recht?"

„Da fragen Sie die Falsche."

Sara fragte sich, ob sie nicht lieber aufstehen und herausgehen sollte, doch sie wollte sich keine Blöße geben und Schwäche signalisieren.

Simone James griff zu ihrer Handtasche und holte ein gerahmtes Foto heraus, das sie vor sich auf den Tisch stellte. Derek Willis trug ein gelbes T-Shirt, hatte ein breites Lächeln auf den Lippen und ein Baby auf dem Arm, das offensichtlich wild strampelte, um sich die Kamera genauer anzuschauen. Im Hintergrund sah man Bäume,

Menschen in Shorts und T-Shirts – anscheinend aufgenommen bei einem Picknick.

„Sie können das Foto gerne in die Hand nehmen und genauer anschauen."

„Ich kann auch so genug sehen."

„Derek hat in seinem ganzen Leben nie einer Menschenseele wehgetan. Er hat auch nie eine Waffe besessen. Wir haben uns auf dem College kennengelernt – Rutgers. Wussten Sie das?"

„Nein."

„Ich machte im letzten Jahr meinen Abschluss, Derek wäre im nächsten Jahr an der Reihe gewesen. Er war kein kleiner Straßendealer. Sie hatten keinen Grund, ihn wie einen räudigen Köter abzuknallen."

„Das waren keine Schulbücher in seinem Wagen."

„Sie wollen nicht zuhören, oder? Was immer dort im Wagen lag, gehörte ihm nicht. Derek hatte mit Waffen nichts am Hut. Er war anders als die Jungs, mit denen er aufwuchs. Er hatte eine Zukunft."

Sara schaute sich das Foto noch einmal an. Sie sah das Lachen in den Augen des Kindes, sah einen jugendlichen Vater, dessen Liebe diese Augen zum Leuchten brachte. Sie sah auch einen kleinen goldenen Ring in seinem Ohr. Es war der gleiche Ring, den sie schon einmal im Licht ihrer Taschenlampe gesehen hatte.

„Es tut mir so leid", sagte sie und meinte es aus ganzem Herzen.

„Er war ein guter Mann – und wurde geschlachtet wie ein Tier."

Sara rutschte unruhig auf ihrem Sitz hin und her. „Ich hätte nicht herkommen sollen."

„Derek war zweiundzwanzig Jahre alt. Unser Baby ist drei. Wer wird ihm sagen, was mit seinem Vater passiert ist? Wie soll ich ihm das je erklären?"

„Wo ist Ihr Sohn jetzt?"

Sie steckte das Foto in die Handtasche. „Bei meinen Eltern. Angesichts der Sachen, die ich hier zu erledigen habe, konnte ich ihn beim besten Willen nicht mitnehmen." Ihre Stimme verlor an Schärfe und begann leicht zu zittern. „Sie händigen mir Derek nicht aus, bis sie mit ihrer sogenannten *Untersuchung* fertig sind. Erst bringt ihr ihn um – und dann legt ihr ihn auf einen Leichentisch und schnipselt an ihm herum. Und ich sitze hier und muss warten, bis man mir die Erlaubnis gibt."

Ihre Augen waren inzwischen feucht geworden. Sara war unangenehm berührt und schaute auf den Parkplatz hinaus, wo die Hitze den Asphalt bereits zum Dampfen brachte.

„Ich habe auch einen kleinen Jungen", sagte sie. „Er ist sechs."

„Hat er einen Vater?"

„Ja."

„Wo ist er?"

„Ich weiß es nicht. Wir leben allein."

„Warum erzählen Sie mir das?"

„Ich bin mir nicht sicher", sagte Sara. „Ich hatte wohl das Bedürfnis, Ihnen meine eigene Situation zu schildern."

„Wird sein Daddy zurückkommen?"

„Vielleicht. Ich weiß es nicht."

„Aber es ist nicht auszuschließen, dass er es tut. Er kann morgen in der Tür stehen, um seinen Sohn zu sehen."

„Theoretisch."

„Derek wird mit Sicherheit nie dort stehen. Er sagte mir, dass er für eine Woche weg sei, vielleicht etwas länger – aber jetzt kommt er nie wieder zurück."

Ihr Handy summte auf der Tischplatte.

„Tut mir leid, Sie belästigt zu haben", sagte Sara und erhob sich von ihrer Sitzbank. „Und es tut mir leid, dass diese Geschichte überhaupt passiert ist."

Das Handy summte erneut.

„Ich bin mir nicht sicher, dass Ihnen die Sache heute wirklich leid tut", sagte Simone James, „aber eines garantiere ich Ihnen: Heute wird's Ihnen vielleicht nicht leidtun, aber der Zeitpunkt wird kommen."

„Was wollen Sie damit sagen?"

Die Frau schaute sie wortlos an – und Sara wusste, dass ihre Anwesenheit nicht mehr erwünscht war. Ihr Kopf begann zu glühen.

„Mir tut einfach nur leid, was mit Ihrem Mann passiert ist", sagte sie. „Nur das war der Grund, warum ich Sie sprechen wollte."

Sara schaute ihr noch für einen Moment in die Augen, drehte sich dann aber um und ging zum Ausgang. Da ihr nicht mehr nach reden zumute war, nickte sie Shirley nur kurz zu, stieß die Tür auf und trat in die Hitze hinaus.

10

Als sich Sara vom Dienst abmeldete, hatte Sheriff Hammond sein Büro bereits verlassen. Noch immer in Uniform, machte sie sich auf den Weg zu seinem Haus, das im äußersten Westen des Landkreises stand. Die Straße schlängelte sich durch flimmernde Zuckerrohrplantagen. Der süßliche Duft abgefackelter Felder lag schwer in der Luft.

Als sie in seine Einfahrt einbog, stand er auf der Veranda und war damit beschäftigt, Kunstköder zu präparieren – den offenen Angelkasten gleich neben sich. Der Streifenwagen und sein privater Pick-up standen an der Seite des Hauses. Sie parkte ihren Blazer dahinter und zog den Zündschlüssel ab.

Hammond folgte ihr mit den Augen, als sie über den Rasen kam. Er hatte seine Uniform bereits abgelegt und trug Jeans und ein blaues Arbeitshemd.

„Ich ging einfach mal davon aus, dass ich Sie hier antreffen würde“, sagte sie. Ein Windspiel auf der Veranda klimperte in der lauen Brise.

„Ja, hab heute schon früh die Biege gemacht“, sagte er. „Verraten Sie es nur ja nicht dem nichtsahnenden Steuerzahler.“

Er legte einen Haken mit dem präparierten Köder in den Angelkasten, stand auf und wischte sich mit einem Taschentuch den Schweiß von der Stirn.

„Stimmt irgendwas nicht?“, fragte er.

Sie schüttelte den Kopf.

„Dann kommen Sie mal rein. Die Hitze macht keinen Spaß mehr."

Er hielt ihr die Moskitotür auf und ließ sie in die kühle Diele eintreten. Über ihrem Kopf kreiste ein überdimensionaler Deckenventilator.

„Ich hatte gerade etwas Sweet Tea gemacht", sagte er.

Sie folgte ihm in die Küche. Durch die Wohnzimmertür sah sie eine Fernsehkommode, die genau vor einem bequemen Liegesessel postiert war. Der Fernseher war angeschaltet, der Ton aber abgestellt.

„Ich lass ihn manchmal einfach laufen", sagte er. „Leistet mir ein bisschen Gesellschaft."

Er öffnete den Kühlschrank und holte den gläsernen Krug mit Tee heraus. „Die Gläser stehen da oben."

Vor der Wand stand ein Tellerregal mit traditionellem China-Porzellan – weiß mit blauen Rändern. Dazwischen sah sie zwei gerahmte Fotos, von denen eins ein professionelles Porträt war. Es zeigte eine junge Frau mit schwarzen Haaren und unverkennbar asiatischen Gesichtszügen. Sara wusste, dass es Hammonds Tochter Laura war. Das andere Bild zeigte seine Frau Lien-Thi, die an Gebärmutterkrebs gestorben war, kurz bevor Sara ihre Arbeit im Sheriff's Office begonnen hatte. Auf dem Foto trug Lien-Thi ein typisch hawaiianisches Kleid mit Blumenkette und stand an der Reling eines Kreuzfahrtschiffs. Sie sah etwas verlegen aus, gleichzeitig aber auch wunschlos glücklich.

Sara griff sich zwei Gläser aus dem Küchenschrank.

„Nehmen Sie Platz", sagte er.

Er schüttete ihnen Tee ein und stellte den Krug auf dem Tisch ab.

„Haben Sie in letzter Zeit noch was von Laura gehört?", fragte sie.

Er schüttelte seinen Kopf. „Sie lebt inzwischen ihr eigenes Leben und kommt nur noch nach Hause, wenn es sich wirklich nicht umgehen lässt. Hat wohl zu viele schlechte Erinnerungen an ihre Kindheit hier."

„Tut mir leid."

„Im nächsten Jahr wird sie ihre Zulassung als Anwaltin bekommen. Sie wollte eigentlich zu Thanksgiving mal reinschauen, war dann aber zu beschäftigt. Sie hat wohl auch einen festen Freund – und es sieht ganz danach aus, als stände früher oder später auch eine Hochzeit ins Haus."

„Sie müssen stolz auf sie sein."

„Ich habe viel Glück gehabt – so würde ich das eher beschreiben. Der Herrgott hat mit Trunkenbolden und Armleuchtern schon immer ein besonderes Nachsehen gehabt – vor allem, wenn sie gleichzeitig noch Väter sind. Hier aufzuwachsen war bestimmt kein Zuckerschlecken für sie. Ich hatte meine eigenen Probleme – und dann kam auch noch die Erkrankung ihrer Mutter dazu …"

„Ich hab trotzdem den Eindruck, als hätten Sie einen verdammt guten Job gemacht."

„Ich weiß nicht. Manchmal denke ich, sie sei nicht *wegen*, sondern *trotz* aller Umstände so weit gekommen. Das scheint mir jedenfalls die plausibelste Erklärung zu sein. Nach Lins Tod hatte ich dieses Haus auch nur behalten, weil ich dachte, Laura möchte es vielleicht eines Tages übernehmen. Aber danach sieht's momentan überhaupt nicht mehr aus."

Sara trank einen Schluck Tee. Er schmeckte nach Honig und Minze.

„Ich war heute im Starlite", sagte sie.

„Nur zum Lunch, hoffe ich."

„Ich traf diese Frau."

Er trank wortlos seinen Tee.

„Ich fuhr gezielt dorthin, um mit ihr zu sprechen", sagte sie. „Hätte ich vielleicht besser nicht tun sollen."

„Und?"

„Sie glaubt, dass ihr Mann ermordet wurde. Dass Billy ihn erschoss, ohne einen Anlass zu haben."

Er schwenkte nachdenklich den Tee in seinem Glas. „Nun ja, davon konnte man eigentlich ausgehen. Oder nicht?"

„Da mögen Sie recht haben."

„Was hat sie sonst noch gesagt?"

„Dass es mir heute vielleicht *nicht* leidtun würde, dass dieser Zeitpunkt aber mit Sicherheit kommen werde."

Er runzelte die Stirn. „Hat sie gesagt, wie oder warum?"

„Nein."

„Haben Sie es als Drohung aufgefasst?"

„Ich war mir nicht sicher, wie ich es verstehen sollte."

„Nun, soweit ich weiß, hat sie bislang noch keinen Anwalt eingeschaltet. All ihre Recherchen betreibt sie auf eigene Faust. Aber dass sie Ihnen so offen droht, stört mich schon."

„Wobei ich es war, die das Gespräch mit ihr suchte."

„So oder so: Es stört mich."

„Sie zeigte mir auch das Foto ihres dreijährigen Sohns."

„Ja, das zeigte sie mir auch. Aber mal ernsthaft, Sara: Was genau ist der Grund, warum Sie mich heute besuchen?"

Sie schaute an ihm vorbei durchs Küchenfenster. Die Sonne war dunkelrot und hing schwer über den Wipfeln der Bäume.

„Ich traf Elwood neulich im *Tiger's*", sagte sie. „War überrascht, ihm an einem derartigen Ort zu begegnen."

„Sam trinkt gerne mal ein Bier."

„Das sagte er mir auch, aber ich hatte eher den Eindruck, als wolle er ein Auge auf Billy werfen."

„Das ist nicht auszuschließen."

„Dann heißt das, dass Sie Billys Story – *unsere* Story – nicht mehr für bare Münze nehmen?"

Er stellte sein Glas ab. „Ich sagte Ihnen ja bereits am Anfang, dass ich meine Bedenken hatte", sagte er. „Aber es waren eben auch nicht mehr als vage Bedenken."

„Aber mehr, als Sie es offiziell verlautbaren lassen."

Er verschränkte seine Arme. „Nichts von dem, was ich jetzt sage, verlässt dieses Haus. Das ist Ihnen ja wohl klar, Sara?"

Sie nickte. *Jetzt packt er aus.*

„Es stellte sich heraus, dass Elwood nachträglich ebenfalls seine Zweifel hatte. Er und Boone führten ja das Interview, aber Boone schrieb das Protokoll. Boone bot sich dafür an – und Elwood hatte keine Einwände."

„Und?"

„Auf dem Papier passt alles zusammen. Und alles, was nach Ihrem Eintreffen passierte, ist ohnehin über jeden Zweifel erhaben. Aber Elwood ist ein alter Hund, der unweigerlich durchdreht, wenn er keinen Knochen hat. Verbeißt er sich aber erst einmal in eine Sache, lässt er nicht wieder los."

„Das Ergebnis ihrer Untersuchung war ja, dass Billy eindeutig aus Notwehr schoss."

„Und es gibt nach wie vor kein Indiz, das gegen diese Theorie spricht."

„Abgesehen von Elwoods Bauch. Und Ihrem offensichtlich auch."

„Elwood kam zu mir und sagte, dass er keine Regelverstöße feststellen könne. Boone und das Büro des Staatsanwalts waren der gleichen Meinung. Doch dann kreuzt diese Simone James auf – und gibt uns beiden zu denken."

„Dann glauben Sie ihr mehr als einem Ihrer Untergebenen?"

„Überhaupt nicht. Das wollte ich damit nicht gesagt haben."

„Vielleicht wusste sie ja nicht, warum Willis überhaupt in Florida war."

„Durchaus möglich. Wahrscheinlich sogar. Aber lassen Sie mich das noch einmal klarstellen, Sara: Was zwischen Sam und mir besprochen wird, schlägt sich nicht in unseren offiziellen Unterlagen nieder. Dieses Revier wird sich nicht an der Unsitte beteiligen, schmutzige Wäsche in aller Öffentlichkeit zu waschen. Wir nehmen sogar Abstand davon, derartige Informationen mit anderen Behörden zu teilen."

„Was bedeutet?"

„Ich habe heute morgen den Untersuchungsreport abgezeichnet. Flynn ist uneingeschränkt entlastet. Sollte es einen Prozess geben, der neue rechtliche Probleme aufwirft, mag das anders aussehen, aber was dieses Revier, diesen Landkreis und den Bundesstaat Florida angeht, waren es Schüsse, die zu hundert Prozent gerechtfertigt waren."

„Aber trotzdem haben Sie Elwood gebeten, die Augen offenzuhalten."

„Wenn ich's nicht täte, würde ich meine Aufsichtspflicht vernachlässigen. Und sollte sich herausstellen, dass Flynn uns nicht die ganze Wahrheit erzählt hat, werde ich sicherstellen, dass er dieses Revier verlässt – und in seinem ganzen Leben nie wieder einen ähnlichen Job bekommt."

„Das klingt ja fast so, als seien Sie überzeugt, *dass* etwas faul ist."

„Überhaupt nicht", sagte er. „Ich möchte Sie nur auf dem Laufenden halten, wo wir stehen – und dass es dabei um ausschließlich interne Gespräche zwischen Ihnen, mir und Elwood handelt. Und für die absehbare Zukunft wird sich daran nichts ändern."

„Ich verstehe."

„Was wissen Sie eigentlich über Flynns Freundin?"

„Lee-Anne? Nicht viel. Sie war Tänzerin im Sugar Shack in der 17th Street, bevor es schließen musste. Dort lernte Billy sie jedenfalls kennen. Er konnte von dem Laden einfach nicht genug kriegen."

„Ich kann mir gut vorstellen, dass sie nicht unbedingt Ihre Kragenweite ist."

„Sie ist mir egal."

„Man stellt sich allerdings die Frage, wie es wohl um Billys Beurteilungsvermögen bestellt ist."

„Es geht mich nichts an, was er heute in seinem Privatleben tut", sagte sie.

„Sam war neugierig und fütterte den Computer mit ihrem Namen. Sie hatte ein paar kleinere Gesetzesverstöße in den Neunzigern, alle in der Umgebung von Orlando. Drogenbesitz, Ladendiebstahl – nichts Besonderes. Aber interessanterweise tauchte ihr Name auch im Rahmen eines aktuellen Falls auf. Offensichtlich war sie ein paar Tage vor den tödlichen Schüssen ist der Gegend von West Palm unterwegs."

„Ich weiß. Billy erzählte mir davon."

„Sam kennt einen Sheriff aus dem Palm Beach County-Revier und erfuhr von ihm die Details. Offensichtlich stolperte man über sie im Rahmen einer großangelegten Überwachung. Ihr Nummernschild wurde fotografiert und führte zu ihrer Identifizierung."

„Um was ging's denn bei der Überwachung?"

„Eine Drogengeschichte. Eine Gang aus Haiti. Sie sind heute das, was früher einmal die Jamaikaner waren. Sind dick im Gras- und Coke-Geschäft. Sie haben offensichtlich ein großes altes Haus in der Nähe von Belle Glade, wo sie den ganzen Tag nichts als Party machen. Mehrere Behörden sind ihnen auf den Fersen, aber bislang wurde noch niemand verhaftet."

„Und sie sind sich sicher, dass es Lee-Anne war?“

„Genaugenommen: Nein. In jedem Fall war es ihr Auto, das fotografiert wurde – das St. Charles County-Autokennzeichen ist eindeutig erkennbar. Sam rief dann bei den Kollegen in Orlando an, die tatsächlich noch ein altes Fahndungsfoto fanden, das Sam dann weiter nach West Palm faxte.“

„Sam ist ja richtig am Rotieren.“

„Kann man so sagen. Jedenfalls schaute sich ein Mitarbeiter des Fahndungstrupps das Foto an und war sich ziemlich sicher, dass es die gleiche Person ist. Eine weiße Frau inmitten all dieser Gangstas – so etwas fällt einem natürlich auch auf. Aber anscheinend ist sie in letzter Zeit nicht mehr vor Ort gesehen worden.“

„Und was hat sie da unten getrieben?“

„Vielleicht ja nur eine Party nach der anderen gefeiert. Keine Ahnung. Sie können ihr bislang jedenfalls nichts nachweisen. Vielleicht ist sie ja nur ein Fan von Haiti und seinen Bewohnern. Und Sie sagen, dass Flynn von ihrer Reise wusste?“

„Ja.“

„Weiß er auch, mit wem sie zusammen war und was sie dort tat?“

„Er sagte nur, sie sei bei Freunden gewesen.“

„So kann man's wohl auch nennen.“

Eine unmerkliche Brise wehte durch die Küche und trug den Geruch von verkohltem Zuckerrohr ins Haus. Auf der Veranda setzte sich das Windspiel in Bewegung und gab zerbrechliche Laute von sich.

„Ich weiß nicht, was ich denken soll", sagte sie. „Ich weiß nicht, was ich von der ganzen Angelegenheit halten soll."

„Sie sollten sich mal keine Gedanken machen. Sie haben absolut nichts zu befürchten. Doch da Sie mich konkret auf diese Frage ansprachen, musste ich wohl oder übel mit der Sprache raus."

Aber da gibt's noch Sachen, die Sie mir gezielt verschweigen. Und Sie verschweigen sie mir, weil Sie nicht sicher sind, ob Sie mir wirklich trauen können.

„Ich sollte mich auf den Weg machen. Danke für den Tee."

Sie gingen zusammen durchs Haus zurück zur Veranda.

„Ich kann mir gut vorstellen, was Sie im Moment durchmachen", sagte er, „und diese neuen Entwicklungen machen Ihr Leben sicher nicht einfacher."

„Ich werd's überleben."

„Da bin ich mir sicher."

Im Westen versank die Sonne gerade hinter den Bäumen, umrahmt von einer schmutzigen Rauchwolke, die von den abgefackelten Zuckerrohrfeldern emporstieg. Sie holte den Schlüssel heraus, als sie sich ihrem Blazer näherte.

„Ist schon eine ganze Weile her, seit ich zum letzten Mal hier war", sagte sie. „Ich hatte vergessen, wie still und friedvoll es ist."

„Manchmal ein bisschen zu still – was aber für mich völlig okay ist. Mein Leben verläuft inzwischen nach simplen Vorgaben: Ich stehe morgens um Sechs auf, auch am

Wochenende, und habe für jeden Tag eine goldene Weisheit, der ich folge."

„Was ist denn die Weisheit für Heute?"

„Finger weg vom Alkohol! Es gibt sonst absolut nichts, das ich mir verboten habe, aber das Trinken ist vom Teufel. Und wissen Sie, was die goldene Weisheit für morgen ist?"

„Was?"

„Es gibt keine Weisheit für Morgen, weil immer nur das Heute zählt. Und wenn ich morgen aufwache – *falls* ich Morgen aufwache –, dann habe ich mich nur an die goldene Weisheit des Tages zu halten."

„Und die wäre?"

„Finger weg vom Alkohol!"

Als sie die Tür öffnete, gab er ihr einen freundschaftlichen Klaps auf den Ellbogen. Sie schwang sich hinters Steuer und startete den Motor. Er sah ihr nach, als sie wendete und zurück zur Straße rollte.

Was immer du angestellt hast, Billy Boy, du hast uns beide ganz schön in die Scheiße geritten.

Ihre Finger umklammerten das Lenkrad, während sie fuhr. Sie verpasste die Abkürzung, die sie auf direktem Weg nach Hause geführt hätte und fand sich ungewollt auf der Country Road 23 wieder. Sie dachte über die Worte nach, die ihr die Frau gesagt hatte: *Heute wird's Ihnen vielleicht nicht leidtun, aber der Zeitpunkt wird kommen.*

Als sie die Kuppe Richtung Süden passierte, sah sie von weitem bereits das Kreuz. Die Worte gingen ihr durch den Kopf, die sie in diesem Moment der Frau sagen würde, wenn sie ihr Gespräch noch ein zweites Mal führen könnten: *Warum lassen Sie uns nicht einfach in Ruhe? Warum mussten sie hierherkommen und dieses grausige Spiel beginnen. Der Mann ist tot und wird nicht mehr zurückkommen – egal, was Sie tun oder wen Sie verletzen wollen.*

Als sie kurz vor dem Kreuz war, stieg sie plötzlich hart auf die Bremse und steuerte den Wagen auf den Schotter. Sie stieg aus, machte sich aber nicht die Mühe, die Tür hinter sich zuzuschlagen. In der Luft vermischte sich der Geruch des verbrannten Rohrzuckers mit dem stinkenden Sulfur aus dem Sumpf.

Die Plastikvase lag am Boden, die Blumen waren verschwunden, das Foto von der Sonne gebleicht. Der Teddybär – durch Dreck und Regen bis zur Unkenntlichkeit verschmutzt – war nur noch mit einem einzigen losen Draht am Kreuz befestigt.

Sie trat gegen das Kreuz, verfehlte es aber, verlor ihre Balance und wäre fast gefallen. Sie bückte sich und riss es kurzerhand aus dem Boden. *Lassen Sie uns gefälligst in Ruhe.*

Sie brach es in zwei Teile und schleuderte sie in hohem Bogen weg. Kreuz samt Teddy segelten durch die Luft und landeten auf dem nassen Gras am Rand des Sumpfes. Es war fast die gleiche Stelle, an der das Leben von Derek Willis ausgehaucht wurde.

Sie war drauf und dran, die Böschung hinunterzusteigen, um sie noch weiter in den Sumpf zu werfen und so endgültig aus ihrem Gedächtnis zu verbannen, besann sich dann aber doch und ging zurück zum Wagen.

Sie startete den Motor, begann noch auf dem Schotter einen halsbrecherischen U-Turn und drückte aufs Gas. Eine halbe Meile weiter bremste sie ebenso abrupt ab und parkte den Wagen auf dem Seitenstreifen. Und fing an, hemmungslos zu heulen.

11

Die Inderin hinter dem Ladentisch grüßte ihn nicht, verfolgte aber jeden seiner Schritte, als er suchend durch die Regalgänge schritt. Es sah ein paar elementare Grundnahrungsmittel, sah Dosen mit vergilbten Banderolen und Herstellernamen, die ihm gänzlich unbekannt waren. Dazwischen sah er sogar ganze Regalbretter, auf denen nur dicker Staub lag. Morgan musste an den A&P-Supermarkt in der West Market Street denken, den er als Kind mit seiner Mutter besucht hatte. Er war so lang wie ein ganzer Straßenblock, gefüllt mit einer Regalreihe nach der anderen. Alles war hell, sauber und blitzeblank. Ein Kind konnte sich geradezu verlaufen in diesem märchenhaften Konsum-Labyrinth. Er griff sich zwei überteuerte Plastikflaschen Motoröl und eine Handvoll Schokoriegel. Da es keine Einkaufskörbe gab, trug er alles in seiner Armbeuge.

In der Nähe der Kasse stolperte er über einen altmodischen Drehständer, der mit Musikkassetten bestückt war. 3 FOR $5, hieß es auf einem handbeschriebenen Schild. *Muss wohl der Nachlass eines früheren Besitzers sein,* dachte er sich. *Niemand kauft noch Kassetten.*

Er überflog die Titel und versuchte sich zu erinnern, was er in seinem Hotel zurückgelassen hatte. Er wählte eine Sam Cooke-Compilation, O.V. Wright und die Greatest Hits der Impressions. Die Schutzhüllen waren ausnahmslos mit einem dünnen Staubfilm überzogen. Insgesamt fand er sechs Exemplare, die seinen Geschmack trafen, und brachte sie zur Kasse.

Die Prepaid-Karten der Telekomfirmen hingen hinter der Kasse, gleich neben den Rubbel-Losen der örtlichen Lotterie. Er zeigte auf die Telefonkarten: „Zwei von denen."

Sie scannte alles, ohne einen Ton zu sagen. Er zog eine Rolle Banknoten aus dem Ledermantel und blätterte drei Fünfziger auf den Tisch. Sie runzelte die Stirn und überprüfte ihre Echtheit, indem sie einen fluoreszierenden Stift über jede Note zog. Zu guter Letzt öffnete sie die Kasse, gab ihm das Wechselgeld und steckte alles in eine dünne Plastiktüte.

Er trat in die einsetzende Dämmerung hinaus, überquerte die Elizabeth Avenue und ging zu dem Platz, wo er seinen Monte Carlo abgestellt hatte. Er war diesmal bewusst das Risiko eingegangen. Angesichts der Tatsache, dass er noch diverse Besorgungen machen musste, wäre ein Taxi zu umständlich gewesen. Er trug die Tüte in der linken Hand, um seine rechte für den Notfall freizuhalten. Sein Mantel war geöffnet, die Beretta steckte hinten im Hosenbund. Er deponierte die Tüte im Kofferraum und setzte sich hinters Steuer.

Sein nächster Stopp war nur drei Häuserblocks entfernt. Es war ein alter Eisenwarenladen, der von einem Chicken-Fastfood-Imbiss und einer mit Rollgittern verschlossenen Schuhreparatur eingerahmt wurde. Er ging über ein enges Treppchen hinauf in den ersten Stock, wo er eine Glastür mit einem altmodischen OPEN-Schild öffnete.

Otis stand hinter dem Ladentisch und schliff gerade einen Schlüssel. Seit Morgan ihn zuletzt gesehen hatte, waren seine Haare merklich ergraut. Um den Hals trug er eine Kordel, an der eine Lesebrille baumelte.

Er sah Morgan und stellte umgehend seine Schleifmaschine ab.

„Mein Mann!“, sagte er. „Lange nicht gesehen.“

„Wie geht’s dir, Otis?“

„Man schlägt sich so durch – wie alle anderen auch.“

Morgan griff seine ausgestreckte Hand und initiierte den dreiteiligen *Soul Shake,* der in überwiegend farbigen Stadtvierteln längst das gängige Begrüßungsritual geworden war.

„Hab zwar ’ne Weile gebraucht“, sagte Otis, „aber inzwischen sollte ich alle Sachen beisammen haben, die du bestellt hast.“

„Weiß ich zu schätzen.“

Otis kam um die Ladentheke herum, ging zur Tür, verriegelte die beiden Sicherungsbolzen und drehte das OPEN-Schild herum. „Lass uns nach hinten gehen“, sagte er.

Morgan folgte ihm in den hinteren Teil des Ladens. Es war offensichtlich, dass Otis humpelte – ein Souvenir aus dem Five Wing-Knast, wo ihm ein Mitglied der Aryan Brothers eine angespitzte Bettfeder sechs Mal in den Körper gerammt hatte. Zwei Tage später hatte sich Morgan den Täter vorgeknöpft und ihm mit einem präparierten Löffel beide Augäpfel entfernt.

Die Luft war heiß und stickig hier hinten und angereichert mit dem Geruch von Metall, Öl und Staub. Ein altersschwacher Heizkörper ratterte vor sich hin. Morgan sah die abgesägte Doppelflinte, die an einem Haken gleich neben der Tür hing. Er wusste, dass sie geladen war.

Otis ging zu einem hohen Regal, das mit Klempner-Utensilien gefüllt war. Er setzte sich die Brille auf die Nase und studierte die Beschriftung diverser Kisten. Er zog die Kiste mit dem Namen „Absperrventile" heraus und stellte sie auf die Werkbank.

„Bitte schön", sagte er.

Morgan öffnete die Kiste und sah fünf graue Schachteln mit je fünfzig Schuss Winchester Super-X-Kugeln, Kaliber 9mm. Er öffnete eine Schachtel und überzeugte sich vom Inhalt.

„Willst du frühzeitig deine Weihnachtskäufe erledigen?", fragte Otis.

„So was in der Art."

„Du wolltest dir auch mal anschauen, ob ich was Kleines und Handliches für den Hausgebrauch habe. Ich hätte da ein paar neue Modelle. Stammen zwar aus Russland, sind aber tipptopp. Ich könnte sie dir preiswert abtreten."

„Schrott."

„Mag sein, aber sie verkaufen sich wie geschnitten Brot.

Die kleinen Straßendealer hier lieben das Ding – wobei natürlich keiner von ihnen das Schießen erfunden hat."

„Was hast du sonst noch?"

Otis holte eine andere Kiste aus dem Regal und stellte sie auf den Tisch. Im Inneren sah Morgan ein Wachstuch, in das eine kleine schwarze Vollautomatik eingewickelt war.

„Walther PP", sagte Otis. „Wurde früher von der deutschen Polizei verwendet. Neun Millimeter, wie deine Beretta."

Morgan nahm die Waffe in die Hand und drückte das leere Magazin heraus. Die Pistole war anscheinend erst unlängst geölt worden. Keine Spur von Rost. Er schob das Magazin wieder hinein.

„Ist zwar leicht, liegt aber gut in der Hand", sagte er.

„Und erfüllt trotzdem ihren Zweck."

„Gefällt mir."

„Ich hab auch noch was anderes, das du dir anschauen solltest. Hab's schon eine Weile und muss immer an dich denken."

Er ging zu einem Regal auf der anderen Seite des Raums und holte eine längere, unbeschriftete Kiste heraus. Als er sie aufklappte, sah Morgan eine kurzläufige Remington Pumpgun in Schwarz und Chrome, die auf einer Unterlage aus Lumpen lag.

„Modell 870", sagte Otis. „Das war doch dein Favorit, als du damals für Poot O'Neal gearbeitet hast – zu der Zeit, als er sich mit den Johnson Brothers in den Haaren lag."

„Zeitweise zumindest."

Morgan konnte sich einen nostalgischen Anfall nicht verkneifen. Er holte das Gewehr heraus, begutachtete es von allen Seiten und wog es in der Hand. Er überprüfte den Repetiermechanismus, schaute ins leere Röhrenmagazin und bemerkte auch, dass die Seriennummer säuberlich abgeschliffen worden war. Nach einem Moment schüttelte er aber den Kopf, nahm einen Lumpenfetzen und wischte die Partien ab, die er angefasst hatte.

„Diesmal nicht", sagte er und legte das Gewehr zurück in die Kiste. „Ich bin gut bestückt."

Er holte die Rolle mit Banknoten heraus und legte vier Hunderter auf den Tisch.

„Zu viel", sagte Otis.

„Inklusive des Eil-Aufschlags."

„Wenn du mich denn dazu zwingst …" Otis steckte das Geld ein. „Ich geb dir noch was, womit du die Sachen transportieren kannst."

Er ging in den vorderen Laden und kam mit einer billigen Segeltuchtasche zurück.

„Hab in letzter Zeit auch viel über dich gehört", sagte er.

„Zum Beispiel?"

„Dass du dich mit den Jungs aus der Gegend hier angelegt hast. Zwei ihrer Leute gingen wohl auf dein Konto."

„Was hörst du sonst noch?"

„Dass sie dir an den Kragen wollen. Wenn ich sehe, womit du dich heute hier eingedeckt hast, frage ich mich, was du wohl vorhast. Du wirst auf verlorenem Posten stehen, wenn du es mit der ganzen Gang aufnehmen willst."

„Meine Gang-Tage sind vorbei."

„Sieht aber gar nicht so aus."

Morgan verstaute die Munition in der Sporttasche, legte die mit Lappen umhüllte Walther obendrauf und schloss den Reißverschluss.

„Aber ich hab auch 'ne Frage für dich", sagte er.

„Nämlich?"

„Hast du je Kanonen an diese Three Paws-Jungs verkauft?"

„Manchmal. Warum?"

„Spielt keine Rolle."

Morgan nahm die Tasche und streckte die Hand aus. Otis ergriff sie und ließ sie für einen Moment nicht los.

„Wir haben einen langen gemeinsamen Weg hinter uns", sagte er. „Müssen mindestens dreißig Jahre sein."

„Könnte hinkommen."

„Und du warst immer einer meiner besten Kunden. Also pass auf dich auf und mach keine Dummheiten."

„Dummheiten gehe ich grundsätzlich aus dem Weg", sagte Morgan.

Wieder am Auto, stellte er die Tasche in den Kofferraum und machte sich auf den Weg zum Motel. Unterwegs riss er das Cellophan der Sam Cooke-Kassette ab und schob sie in den Player. „A Change Is Gonna Come" durchflutete den Wagen. Es klang fast nach Kirche. Nach Himmel. Nach Tod.

„Alles unter Kontrolle?", fragte Mikey.

„Sieht ganz so aus", sagte Morgan. Sie hatten sich zu einem letzten Meeting in einer Tiefgarage in der Innenstadt verabredet. Morgan lehnte gegen die Kühlerhaube des Monte Carlo, Mikey saß auf dem Beifahrersitz des Suburban und hatte die Tür geöffnet. Dante saß hinterm Steuer, C-Love stand in der Nähe, rauchte eine Zigarette und hielt die Augen auf.

„Wann fährst du los?", fragte Mikey.

„Morgen. Und zwei, drei Tage werd ich dann wohl brauchen."

„Du könntest auch an einem Stück durchfahren – geht schneller, als man denkt. Ich kann dir etwas Koks für die Fahrt besorgen, damit du immer schön frisch bleibst."

Morgan schüttelte den Kopf. „Ich will einen klaren Kopf haben, wenn ich dort ankomme. Ein paar Sachen gibt's aber noch, die ich wissen muss."

„Als da wäre?"

„Die Frau von Willis wusste, warum er in Florida war?"

„Vielleicht. Zumindest ansatzweise, denke ich mal. Ich weiß nicht, wieviel er ihr erzählt hat."

„Wusste sie, wieviel Geld im Auto war?"

„Bist du wahnsinnig?", fragte Mikey. „Nicht mal Willis wusste das. Es gab auch keinen triftigen Grund. Das Paket war bereits sicher in der Karosserie versteckt, als er den Wagen übernahm. Er musste ihn nur zum verabredeten Ort fahren und dort abstellen. Alles andere hatte ihn nicht zu interessieren. Natürlich muss ihm bewusst gewesen sein, dass er Geld transportierte. Er konnte sich schließlich denken, dass ich ihm nicht vier Riesen zahle, nur um eine x-beliebige Karre nach Florida zu kutschieren."

„Vier Riesen? Das war alles?"

„Um einen Wagen nach Florida zu fahren und irgendwo stehen zu lassen? Bist du übergeschnappt? Ich würde das verdammt großzügig nennen. Überdies wusste er ja, dass er nach erfolgreicher Heimkehr weitere Jobs von mir bekommen würde. Und ja – wir haben ihn auch über die Risiken informiert.“

„Was seine Frau betrifft: Sie wirbelt ja anscheinend reichlich Staub auf und stellt Gott und der Welt Fragen. Wenn sie rausfindet, wieviel Geld im Auto war: Glaubst du nicht, dass sie auch einen Teil beansprucht?“

„Wie will sie das rausfinden? Wer sollte ihr das verraten?“

„Keine Ahnung. Aber sie hat jetzt ein Baby an der Backe und braucht Geld. Wenn sie's rausfindet, wird sie garantiert ein Stück vom Kuchen wollen.“

„Vergiss es. Sie weiß nichts und wird es auch von niemandem erfahren. Du wirst sie aber treffen, wenn du dort angekommen bist. Sie wird dir alles erzählen, was sie bisher in Erfahrung gebracht hat. Ich kümmere mich um sie, wenn sie wieder zurück ist. Zahle für die Beerdigung, den Flug und die ganze andere Scheiße. Und sie sollte mir verdammt dankbar dafür sein. Der kleine Nigga hat sich selbst das Grab geschaufelt und obendrein mein ganzes Geld verdödelt. Sie kann sich glücklich schätzen, dass ich mich nicht an ihr schadlos halte.“

Morgan schaute weg. C-Love schnipste seine Kippe auf den Boden und drückte sie mit dem Schuh aus.

„Ich ruf dich an, wenn ich angekommen bin“, sagte Morgan. „Sobald ich weiß, was dort abgeht.“

„Wenn du Unterstützung brauchst, kann ich dir auch die Zwillinge runterschicken."

Morgan schüttelte den Kopf.

„Dann mal los", sagte Mikey. Er streckte seine geballte Faust aus. Morgan tat das Gleiche und tuschierte Mikeys Knöchel. Dante ließ den Motor an, Mikey schloss die Tür, C-Love kletterte auf die hintere Sitzbank.

Als der Suburban rückwärts aus der Parklücke rollte, nickte ihm Mikey durch die getönten Scheiben noch einmal zu. Morgan schaute ihnen nach, bis der Wagen verschwunden war.

Cassandra war nackt, als die durchs Zimmer ging, um die massiven Kerzen auf der Kommode anzuzünden. Morgan folgte ihr mit den Augen. Er hatte ein Kissen unter den Kopf gelegt und das Betttuch zur Seite gerissen. Ihm war so heiß, dass er fast schon Fieber zu spüren glaubte.

Als die vier Kerzen brannten und den kleinen Raum mit exotischen Düften füllten, legte sie das Feuerzeug zur Seite. Das warme, flackernde Licht, von den gerahmten Fotos auf der Kommode noch gespiegelt, schien die Wand zum Leben erwecken zu wollen.

„Gefällt dir das, Baby?"

Er nickte. Sie schmiegte sich wieder an ihn und legte ihm eine Hand auf die behaarte Brust.

„Ich kann dein Herz hören", sagte sie.

Er drehte seinen Kopf und schaute durch die offene Tür ins andere Schlafzimmer, wo das Kinderbett stand – von einem Nachtlicht nur notdürftig erhellt.

Sie fuhr mit den Fingern vorsichtig an seinen Narben entlang und blieb bei der noch frischen Wunde hängen.

„Wann wirst du das nächste Mal kommen?“, fragte sie.

„Bald. Aber vorher muss ich noch ein paar Sachen erledigen.“

„Du hast mich wirklich verwöhnt in jüngster Zeit. Nicht nur das Geld, sondern auch die Spielzeuge, die Aaron so viel bedeuten. Aber ich habe das Gefühl, als seist du seit Ewigkeiten nicht mehr hier gewesen.“

„Hatte alle Hände voll zu tun.“

Er hatte ihr von seinen gesundheitlichen Problemen nichts erzählt und sah dafür auch keinen Anlass – auch wenn er sie nun bereits seit drei Jahren kannte. Sie war neunzehn gewesen, als sie sich kennenlernten. Ihr Lover hatte für Mikey gearbeitet, wurde aber von der Polizei auf der Flucht erschossen, nachdem er mit einer Lieferung erwischt worden war. Als Morgan sie zum ersten Mal traf, überbrachte er ihr eine milde Gabe von Mikey. Es waren genau fünfhundert Dollar – nicht mehr und nicht weniger. Morgan hatte Fünfhundert von seinem eigenen Geld draufgelegt – und ihr eine Woche später noch einmal Zweihundert gebracht. Und eine Woche danach ebenfalls. An diesem Abend hatte sie ihn übernachten lassen, doch als er mitten in der Nacht aufwachte, weinte sie. Er hatte beim besten Willen nicht gewusst, wie er sich verhalten sollte, und war mehr als dankbar, dass sie sich langsam beruhigte und wenig später wieder einschlief. Seitdem hatte er sie monatlich ein oder zwei Mal besucht. Niemand wusste davon, auch Mikey nicht.

Er beobachtete die Schatten an der Decke, schloss aber schließlich seine Augen und fühlte nur noch die Wärme ihres Körpers. Draußen pfiff der Wind und rüttelte an dem einzigen Fenster, das ihr Schlafzimmer hatte.

Er fühlte sich sicher hier. Es war inzwischen der einzige Ort, an dem er dieses Gefühl noch kannte. Sie atmete langsam und tief – und er spürte, wie sich sein Herzschlag schrittweise ihrem Rhythmus anpasste. Er wehrte sich auch nicht, als er immer weiter in ein dunkles und warmes Nirwana wegdriftete.

Als er aufwachte, waren seine Sinne augenblicklich geschärft. Ein leichter Luftzug hatte die Kerzen zum Flackern gebracht. Sie murmelte etwas im Schlaf, wurde aber nicht wach. Nach einer Weile löste er sich aus ihrer Umarmung, ging zum Fenster und schaute auf die leere Straße hinunter. Eine Plastiktüte flog in den Lichtkegel einer Laterne, wurde nach oben gewirbelt und verschwand wieder aus seinem Blickfeld.

Er kleidete sich an und legte Wert darauf, sie nicht zu wecken. Als er fertig war, zog er zweitausend Dollar aus der Tasche, faltete sie einmal und schob sie unter ihre Schmuckdose auf der Kommode. Dann beugte er sich nach vorne und blies eine Kerze nach der anderen vorsichtig aus. Er schlüpfte lautlos aus ihrem Apartment und benutzte seinen Schlüssel, um die Tür von außen wieder zu schließen.

Um die Mittagszeit hatte er bereits ein ordentliches Stück zurückgelegt. Er hatte die Route 78 zum gebührenpflichtigen Highway genommen und war dann Richtung Süden gefahren. An einer Tankstelle hatte er sich noch eine Landkarte gekauft, wusste aber, dass es von nun an nur geradeaus ging: die I–95 bis Jacksonville, danach weiter auf der 301 Richtung Westen. Er hatte die Beretta und die Walther in ihre Einzelteile zerlegt und zusammen mit der Munition, dem Marihuana und den Pillen in den Leerräumen unter dem Einstiegblech verstaut. Das Risiko, sie offen im Wagen zu haben, sollte er von einem State Trooper angehalten werden, war einfach zu groß.

Sein Monte Carlo, nach einem Check-up bestens in Schuss, lief rund und stark. Er hatte die Heizung nur leicht aufgedreht und die Impressions-Kassette in den Player geschoben. Als „People Get Ready" im Wagen ertönte, sah er seinem Florida-Trip bereits erheblich gelassener entgegen.

12

Es war halb Elf, als sie ein leises Klopfen an der Tür hörte. Sie hatte es sich auf dem Sofa bequem gemacht, die Haare hochgesteckt und sich in einen historischen Liebesroman von Jude Deveraux vertieft. Das Klopfen, ganz sacht, war wieder zu hören.

Sie legte das Buch zur Seite, ging zum vorderen Fenster und zog die Jalousien auseinander. Billy stand vor der Tür. In der einen Hand hielt er eine Pizzaschachtel, in der anderen eine Plastiktüte.

Sie zog den Sicherheitsriegel zurück, öffnete die Haustür und schaute ihn durch das Moskitogitter an.

„Hi", sagte er, „hoffentlich hab ich dich nicht geweckt."

Sie strich sich eine Locke aus den Augen. „Was machst du hier?"

Er hob die Schachtel in die Höhe. „Dachte, du wärst vielleicht hungrig."

„Hast du getrunken?"

„Überhaupt nicht. Ich wollte nur reinschauen und dir Guten Tag sagen. Das ist alles. Dachte mir, dass ein kleines Friedensangebot vielleicht hilfreich sein könne."

„Ich esse nie so spät. Das weißt du doch."

„Hast du denn was dagegen, wenn ich mir schnell ein Stück Pizza reinschiebe? Ich hab heute Abend noch nichts gegessen."

Sie entriegelte die Moskitotür und stieß sie ein Stück auf.

„Danke", sagte er. Sie hielt ihm die Tür auf, während er eintrat.

„Danny schläft", sagte sie.

„Ich werd ganz leise sein. Aus dem Grund hatte ich auch nur vorsichtig geklopft, fragte mich aber schon, ob du das Klopfen überhaupt hören konntest."

Sie schloss die Tür hinter ihm.

„Schon eine Ewigkeit her, dass ich hier war", sagte er.

Sie nahm ihm die Pizza ab, ging in die Küche und stellte sie auf den Tisch. Er folgte ihr.

„Pappteller sind da oben auf dem Kühlschrank", sagte sie.

Er stellte die Plastiktüte auf den Boden, griff sich zwei Pappteller, Servietten und den Salzstreuer und brachte alles zum Tisch.

„Ich esse nichts", sagte sie.

„Nur für den Fall, dass du's dir anders überlegst."

Auf dem Kühlschrank, mit Magneten befestigt, hing eine der Zeichnungen, die Danny für Sara gemalt hatte. Das frühe Meisterwerk zeigte einen bulligen Streifenwagen und ein lachendes Gesicht hinter dem Steuer. Daneben hatte er in überdimensionalen Buchstaben das Wort MOM geschrieben.

Billy schaute es an und lächelte. „Er wird immer besser", sagte er.

„Er wird eben älter."

„Lässt du ihn denn diesmal zu Halloween raus, damit er beim *trick-or-treating* machen kann?"

„Ich glaube nicht."

„Solltest du aber. Ich wüsste nicht, wie ihm das schaden könnte."

„Nun, das ist noch immer meine Entscheidung. Oder nicht?"

„Du hast Recht." Er setzte sich, öffnete die Schachtel und sog den Duft der noch dampfenden Pizza ein. Er zog sich ein Stück auf den Teller.

„Eins fiel mir aber schon auf", sagte er. „Dein Haus ist das einzige im ganzen Block, das nicht für Halloween dekoriert ist."

„Ich wollte es nicht noch schlimmer machen für ihn. Die Dekorationen hätten Danny nur ständig daran erinnert, dass er nicht mit den anderen Kids auf die Straße darf."

„Macht auch wieder Sinn. Vor allem, wenn du es sagst."

Sie setzte sich an die gegenüberliegende Seite des Tisches. „Woher wusstest du, dass ich heute Abend keinen Besuch hatte?"

„War einfach ein Bauchgefühl. Ich kann aber auch gehen, wenn du mich loswerden willst."

„Iss erst deine Pizza."

Er legte ein weiteres Stück auf einen Teller und schob ihn in ihre Richtung. Sie ignorierte es.

„Hast du vielleicht was zu trinken?", fragte er.

„Bier ist im Kühlschrank. Hab aber nur Bass. Sonst Eiswasser oder Soda."

„Dann nehm ich ein Bass. Willst du auch eins?"

„Warum nicht."

Er stand auf, holte zwei Flaschen aus dem Kühlschrank und öffnete sie. „Willst du ein Glas?"

Sie schüttelte den Kopf. Er stellte die Flaschen auf den Tisch und setzte sich wieder. Ihr blieb nicht verborgen, dass er erst unlängst sein Aftershave benutzt haben musste.

„Wo hast du geparkt?"

„An der Straße. Ich wollte meinen Truck nicht in die Einfahrt stellen. Weckt nur die Neugier der Nachbarn. Ich hab die Pizza mit dem italienischen Schweinehack genommen. Hoffe, das ist okay für dich."

„Willst du etwa gewaltsam meine Fettpolster aufpäppeln?"

„Ach was, du bist doch tipptopp in Form."

„Für mein fortgeschrittenes Alter?"

„Du weißt genau, wie ich es meine." Es streute noch etwas Salz auf sein Stück, klappte es einmal um und biss hinein.

Sie war selbst überrascht gewesen, dass sie ihn ins Haus gelassen hatte, musste nun aber feststellen, dass sich ihr anfänglicher Widerstand in Wohlgefallen aufgelöst hatte. Es fühlte sich gut an, ihm hier in ihrer kleinen Küche gegenüberzusitzen – und erinnerte sie an längst vergangene Zeiten, als sie naiverweise noch glaubte, dass sie eines Tages vielleicht eine intakte Familie sein könnten.

Sie nippte an ihrem Ale. Es war kalt und süß. Er griff zu der Plastiktüte, die er neben dem Tisch abgestellt hatte.

„Sah ich heute zufällig", sagte er. „Dachte mir, dass es Danny gefallen könnte."

Er zog eine quadratische Schachtel heraus, auf der sich das Bild eines Tyrannosaurus befand.

„Es sind Plastikteile, die man ineinanderstecken muss. Es gibt eine ganze Dino-Familie, die man so bauen kann."

Sie schaute sich die Schachtel an. „Das sind aber reichlich Einzelteile."

„Ich weiß. Schreckte mich zunächst auch ab. Es heißt hier *Acht Jahre und älter,* aber er ist nun mal ein cleveres Kerlchen und sollte damit klarkommen. Glaubst du, dass er's mag?"

„Er wird hellauf begeistert sein."

Er war still für eine Weile, wischte seinen Mund mit der Serviette ab und trank einen Schluck Bier.

Sie beäugte das Pizzastück vor ihr, pickte mit den Fingern etwas von dem Belag ab und steckte es sich in den Mund.

„Das war wirklich eine schlimme Geschichte gestern“, sagte er. „Es tut mir leid.“

„Du hast dich bereits entschuldigt.“

„Ich möchte aber, dass du wirklich verstehst, wie ich in die Situation reingerutscht bin.“

Sie nickte, schaute ihn aber nicht an.

„Wenn ich es irgendwie ungeschehen machen könnte – glaub mir, ich würde alles in der Welt dafür tun.“

Sie drehte sich weg und schaute in den Flur.

„Ich hab eine bessere Idee“, sagte sie. „Du wirst die ganze Geschichte von nun an nie wieder erwähnen.“

„Okay.“

Sie zog sich ein weiteres Häppchen von der Pizza herunter.

„Die Pizza ist echt gut, oder?“, fragte er. „Aus dem Sabatico's. Ich war schon seit Ewigkeiten nicht mehr dort. Als ich beim letzten Mal etwas bestellte, fragte mich der Alte, wie's dir ginge. Er muss wohl an meinem Gesichtsausdruck gemerkt haben, dass das Thema nicht mehr aktuell war.“

„Kommt jetzt wieder die Stelle, wo du in Tränen ausbrichst und um Mitleid bettelst?“

„Keine Angst, das hab ich mir endgültig abgeschminkt.“

Sie zog das Stück Pizza nun entschlossen an sich heran und zerlegte es mit den Händen in zwei halbwegs gleiche Hälften. Sie legte eine Hälfte auf seinen Teller und wischte sich anschließend die Finger ab.

„In punkto Tischmanieren bist du noch immer unschlagbar“, sagte er.

„Halt die Klappe und iss.“

Sie faltete ihre Hälfte zusammen und schob sie in den Mund. Der Teig war noch immer warm, der Käse dick und die Kruste so dünn und knusprig, wie sie es schätzte. Mit drei Bissen hatte sie ihre Hälfte vertilgt.

„Das ist eher die Sara, die ich kenne“, sagte er.

„Was bedeutet, dass ich morgen dreißig zusätzliche Situps machen darf.“

„Da musst du dir mal keine Gedanken machen.“

„Es ist kein Zuckerschlecken, sich halbwegs in Form zu halten, wenn man den ganzen Tag nur Junkfood und schlechten Kaffee in sich hineinkippt. Es ist wirklich eine Tortur.“

„Ich weiß. Aber du warst auch immer weitaus motivierter als alle Leute, die ich sonst kenne. Das ist eine Eigenschaft, die ich an dir immer bewundert habe.“

Er öffnete die Schachtel und zog sich ein weiteres Stück auf den Teller.

„Hast du ein Messer zur Hand?“, fragte er. „Wenn wir schon teilen, sollten wir's auch richtig machen.“

„Ich bin aus dem Rennen.“ Sie stand auf. „Bin gleich wieder zurück.“

Sie ging über den Flur und schaute in Dannys Zimmer, in dem nur das Nachtlicht brannte. Er schlief – wie so oft mit dem Gesicht zur Wand. Sie zog die Tür fast vollständig zu. Die alte Uhr in der Küche schlug leise: Es war elf Uhr.

Sie ging zurück in die Küche und wusch sich die Hände. Das letzte Stück Pizza auf seinem Teller hatte Billy nicht angerührt.

„Und, was treibt Lee-Anne heute Abend?“, fragte sie.

„Keine Ahnung. Sitzt wahrscheinlich zu Hause.“

Sie trocknete ihre Hände ab und drehte sich wieder zu ihm um. „Wie kommt’s, dass du nicht bei ihr bist?“

Er zuckte mit den Schultern und schaukelte auf dem Stuhl, indem er sein ganzes Gewicht auf die hinteren Beine legte.

„Mach das nicht“, sagte sie. „Der Stuhl geht aus dem Leim.“

„Sorry. Hatte ich vergessen.“

Er setzte sich wieder nach vorne. „Ich räum ab“, sagte er. Er schob das unangetastete Stück zurück in die Schachtel, stand auf und warf Teller und Servietten in den Abfalleimer unter der Spüle.

Sara ging ins Wohnzimmer und schaute durch die Jalousien. Sie erkannte seinen Truck, der ein Stückchen weiter unter einer riesigen Weide geparkt war.

Sie hörte, wie Billy in der Küche das Wasser an- und abstellte und anschließend ins Wohnzimmer kam. Sie drehte sich nicht um. Sie spürte, wie er hinter sie trat, roch sein Aftershave und wehrte sich nicht, als er seine Arme um ihre Hüften legte und sie an sich zog.

Sie schloss ihre Augen. Er hatte sein Gesicht in ihren Haaren vergraben und das Kinn auf ihre Schulter gelegt. Sie wusste, dass er seine Augen nun ebenfalls geschlossen hatte. Sie fühlte seine Arme – stark und doch zärtlich, legte ihre Hände auf seine Haut, glitt über seine Venen und die markanten Knöchel seiner Hände. Es waren die Hände eines Arbeiters, die Hände eines Mannes.

Er küsste sie auf den Nacken – und sie spürte, wie langsam eine Gänsehaut an ihr hochkroch. Sie drehte ihren Kopf zur Seite, um ihm mehr Spielraum zu geben. *Was zum Teufel machst du eigentlich hier? Warum lässt du dich nur darauf ein?*

Sie drückte sich an seinen Körper und spürte seine wachsende Erregung. Seine Lippen wanderten von der Seite ihres Halses zu den unerforschten Zonen hinter dem Ohr. Sie griff hinter sich und spürte, wie sein Glied den Stoff seiner Jeans zu sprengen schien. Er stöhnte leise auf und fuhr mit seinen Händen nach oben zu ihren Brüsten. Sie trug keinen BH und fühlte, wie sich ihre Brustwarzen augenblicklich erhärteten.

Er drehte sie einmal um ihre Achse – und sie ließ es noch immer geschehen. Seine Lippen fuhren flüchtig über die ihren. Sie sah ihn an und las die Frage, die aus seinen schiefergrauen Augen sprach. Sie öffnete ihre Lippen und gab ihm die erwünschte Antwort. Er schob seine Zunge durch ihre Lippen und ließ seine Hände über ihren Hintern gleiten. Sie schloss ihre Augen, als sie sich küssten, und ließ es auch geschehen, dass er sie sachte zum Sofa zog.

Ihre Schenkel waren gegen das Sofa gepresst, als sich ihre Lippen trennten. Sie schaute ihn an und verfolgte, wie seine Hände den Bund ihres Pyjamas öffneten. Ohne sich an eine bewusste Bewegung erinnern zu können, saß sie im nächsten Moment auf dem Sofa und sah ihn vor sich auf den Knien. Er zog ihre Hose herunter und ließ sich auch nicht durch die störenden Turnschuhe bremsen.

Er küsste die Innenseite ihrer Unterschenkel und arbeitete sich langsam bis zu den Kniekehlen hoch. Sie wusste, dass sie innerlich längst das Handtuch geworfen hatte – und wusste auch, dass er es wusste. Seine Lippen bewegten sich weiter nach oben, bis er anhielt und sie mit einem schelmischen Lächeln anschaute. Sie nickte – und er griff mit beiden Händen das elastische Band ihres Höschens und zog es mit einem kurzen Ruck auseinander. Es platzte beinahe lautlos – und sie spürte die kühle Luft auf ihrer feuchten Scham.

Sie legte ihre Hände um seinen Hinterkopf, vergrub die Finger in seinem Haar und schloss ihre Augen.

Sie langen im Dunkeln, als sie wieder zu Sinnen kamen. Vom leisen Flüstern der Klimaanlage abgesehen, war es im Schlafzimmer totenstill. Er hatte zwei Kissen hinter seinen Nacken gesteckt und seinen linken Arm um ihre Schulter gelegt. Sie starrte an die Decke.

„Hey", sagte er schließlich, „alles okay mit dir?"

Sie wand sich aus seinem Arm. Er sah ihr hinterher, als sie aufstand und ihren Bademantel von einem Haken hinter der Toilettentür holte. Sie streifte ihn über, schüttelte ihre Haare über den Kragen und verschnürte den Gürtel.

„Bin gleich wieder da", sagte sie, ging hinaus in den Flur und horchte. Dannys Tür war noch immer so angelehnt wie vorher. Sie ging einen Schritt näher und lauschte an der Tür, bis sie sich überzeugt hatte, seinen Atem zu hören.

Sie ging ins Badezimmer, schloss die Tür und schaltete das Licht an. Sie starrte auf das Gesicht im Spiegel. *Warum hast du das geschehen lassen, warum? Bist du so einsam und sexuell unbefriedigt, dass du alle Prinzipien über den Haufen geworfen hast? Alles, was du im Schweiße deines Angesichts im Leben gelernt hast?*

Sie setzte sich auf die Toilette und ließ Wasser. Ihre Haut schien noch immer das moschusartige Aroma von Sex auszuströmen. Sie stand auf, wusch sich Hände und Gesicht und schaltete das Licht aus. Sie musste fest drücken, bis sie die Schlafzimmertür über den welligen Teppich gequetscht hatte.

Billy rutschte zur Seite, um ihr Platz zu machen. Sie lag im Bademantel neben ihm und fühlte, wie er seinen Arm um sie legte und sie näher an sich heranzog.

„Du warst ja richtig ausgehungert", sagte er. „Muss lange her sein, dass du das letzte Mal Sex hattest."

„Warum sagst du so was?"

„Ich kann's einfach spüren – das ist alles." Er beugte sich hinüber und küsste sie auf die Stirn.

„Ich war ziemlich überrascht, dich wieder im *Tiger's* zu sehen", sagte er.

„Ich sah deinen Truck und dachte mir, ich sag Hallo und genehmige mir einen Drink. Ich hätte mir natürlich denken können, dass du nicht allein da bist."

„Ich sah, dass du mit Elwood sprachst."

„Ja, er wollte eine Runde Pool spielen."
„Und das war alles?"
„Was meinst du?"
„Das war alles, was er wollte?"
Sie hob ihren Kopf und schaute ihn an.
„Ja", sagte sie, „und genau das taten wir auch."
Er strich über ihre Haare.
„Hat Hammond noch mal mit dir gesprochen?"
„Worüber? Er spricht praktisch jeden Tag mit mir."
„Über mich."
„Nichts, was ich dir nicht schon erzählt hätte", sagte sie und schämte sich für die Lüge. „Müssen wir wirklich jetzt darüber reden?"
„Bin einfach nur neugierig." Er massierte mit einer Hand ihren Rücken.
„Manchmal hab ich den Eindruck, als würden sie mir genau das Gegenteil von dem erzählen, was sie in Wirklichkeit denken."
„Wer?"
„Der Sheriff. Elwood. Du."
Seine Hand fuhr herunter zur Schleife ihres Bademantels und begann sie zu lockern.
„Ich möchte einfach nur vermeiden, plötzlich aus allen Wolken zu fallen." Sie fühlte seine Hand auf ihrem nackten Bauch. Er zog sie langsam höher, bis sie ihren linken Busen umspannte. Als er mit dem Daumen ihre Brustwarze umkreiste, musste sie sich eingestehen, erneut in Versuchung zu kommen.
„Sollte wirklich was im Busch sein", sagte er, „sollten

sie mich tatsächlich ans Kreuz nageln wollen – und du weißt davon –, dann hoffe ich doch stark, dass du mich darüber rechtzeitig informieren wirst."

„Ist das der Grund, warum du hier bist?"

„Nein, natürlich nicht." Seine Hand wanderte zu ihrem anderen Busen. „Ich bin nur hier, weil ich dich sehen wollte."

Sie griff nach seiner Hand und zog sie aus ihrem Bademantel.

„Was ist los?", fragte er.

Sie richtete sich auf, zog den Bademantel zusammen und verknotete die Schleife.

„Tut mir leid", sagte er und strich ihr über die Haare. „Geh nicht weg."

„Du musst dich anziehen", sagte sie und erhob sich.

„Nun hör aber auf. Stell dich nicht so an."

Sie ging zum Fenster und schaute hinaus. Es hatte zu regnen begonnen. In der Ferne hörte sie die Vorboten eines nahenden Gewitters.

„Sara", sagte er.

Sie drehte sich nicht um.

„Ich hab den Jungen getroffen, weil er mich erschießen wollte. Das weißt du doch. Du warst schließlich da."

Sie antwortete nicht.

„Er war einer von der ganz üblen Sorte. Ich kann von Glück reden, dass er mich nicht zuerst erwischt hat. Sonst wäre ich es gewesen, der dort unten an der Böschung gelegen hätte."

„Das klingt aber arg einstudiert", sagte sie.

„Sara, du weißt doch, was ich für dich empfinde. Und ich weiß auch, dass es dir genauso ergeht."

„Wirklich?"

„Ich *wusste* es jedenfalls einmal." Sie hörte, wie er aufstand und ihr zum Fenster folgte. Der Regen wurde stärker und blies die Tropfen gegen die Scheibe.

Sie fühlte, wie er sich hinter sie stellte. Er schob ihre Haare zur Seite und küsste sie auf den Nacken.

„Zieh dich an, Billy!"

Er zog seine Lippen zurück. „Wir waren immer ein perfektes Paar, Sara. Und es gibt keinen Grund, warum es nicht wieder so sein könnte."

Sie drehte sich um und sah ihn wortlos an. Er schaute zurück und wartete auf irgendein positives Zeichen.

„Hey", sagte er schließlich liebevoll. „Es gibt doch keinen Grund zu weinen." Er hob seine Hand, als wolle er eine Träne aus ihrem Gesicht wischen. Sie packte seine Hand, bevor er sie berühren konnte.

„Bitte. Geh."

Er zog seine Hand zurück.

„Das ist also der Stand der Dinge", sagte er.

Sie antwortete nicht.

Er ging zum Bett und griff nach seinen Jeans und dem T-Shirt, die auf dem Boden lagen.

„Ich bedanke mich jedenfalls für deine tatkräftige Unterstützung", sagte er.

Er zog sich die Jeans an und setzte sich auf die Bettkante, um die Boots überzustreifen. Sie drehte sich wieder um und schaute aus dem Fenster.

Er beeilte sich nicht, sondern ließ sich bewusst Zeit – wohl noch immer in der Hoffnung, dass sie ihre Meinung noch ändern würde. Nach einer Weile hörte sie endlich, wie er die Schlafzimmertür öffnete und hinausging.

Sie folgte ihm in den Flur. Er hatte die Haustür geöffnet und schaute durch das Moskitogitter in den Regen. Sie blieb auf halbem Weg stehen und lehnte sich gegen die Wand. Als er sie hörte, drehte er sich noch einmal um. Sie sah ihm fest in die Augen und zog ihren Bademantel zusammen.

„Okay", sagte er, „dann ist das wohl wirklich der Stand der Dinge."

Er öffnete die Moskitotür und trat hinaus in den Regen.

Sie folgte ihm zur Tür und sah, wie er zu seinem Truck rannte. Als er dort angekommen war, schaute er noch ein weiteres Mal zurück, war hinter den dichten Regenschauern aber kaum noch erkennbar. Dann hörte sie den Motor und sah das Licht der Scheinwerfer.

Und damit bist du aus meinem Leben getreten, Billy. Du bist nicht mehr der Mann, den ich zu kennen glaubte. Und bist es vielleicht auch nie gewesen.

Sie schaute dem Wagen nach, drückte die Tür zu und verriegelte das Schloss.

13

Er schaffte es am ersten Tag nur bis Virginia – auch weil er sich strikt an die Höchstgeschwindigkeit von 70 Meilen hielt. Die acht Zylinder seines Monte Carlos hätten gegen eine zügigere Gangart mit Sicherheit keinen Einspruch erhoben, doch Morgan war unerbittlich und ließ die schnelleren Wagen links und rechts an sich vorbeiflitzen. Er machte auch zum Essen keine Pause, sondern hielt sich mit zwei Schokoriegeln über Wasser.

Als er müde wurde und sich die weißen Streifen vor seinen Augen verdoppelten, nahm er sich ein Motel direkt am Freeway. Der fette Mann an der Rezeption verlangte nach einem Ausweis, besann sich aber schnell eines Besseren, als Morgan sich umdrehte und die Lobby wieder verlassen wollte. Als Morgan ihm siebzig Dollar in die Hand drückte, zählte der Mann sie zweimal nach.

Nachdem er sein Zimmer betreten hatte, breitete Morgan die Karte über dem Bett aus und verfolgte seine Route. Morgen wollte er es bis Savannah schaffen und notfalls auch bis in die Nacht fahren. Am darauffolgenden Morgen sollte er dann die Grenze nach Florida passieren.

Auf dem Bett summte sein Handy. Er schaute aufs Display und sah, dass es C-Love war.

„Yeah."

„Hast du was zum Schreiben?"

„Warte mal."

Morgan ging zu dem kleinen Schreibtisch und griff nach Papier und Kuli. „Okay."

„Wo steckst du?"

„In einem Kaff namens Emporia."

„Wo ist das denn?"

„Virginia."

C-Love gab ihm eine zehnstellige Telefonnummer durch. „Die Frau heißt Simone. Sie weiß, dass du unterwegs bist. Ruf sie unter dieser Nummer an, wenn du da unten ankommst. Sie sagt, sie habe ein paar Infos für dich."

„Soll ich sie in den Stand der Dinge einweihen?"

„Den Teufel wirst du tun. Hör dir an, was sie zu sagen hat, und danach bist du schlauer. Sie haben den Leichnam freigegeben – was bedeutet, dass sie in Kürze zurückfliegen kann. Wenn du mit ihr gesprochen hast, ruf uns an. Der Boss wird schon ganz ungeduldig."

„Wenn ich sie getroffen habe, werd ich schon selbst meine Entscheidungen treffen können. Ich hoffe, das weiß er auch."

„Natürlich weiß er das. Er will nur wissen, wie die Lage aussieht. Und ob er dir noch irgendwie helfen kann."

„Keine Hilfe", sagte Morgan.

„Vielleicht änderst du ja deine Meinung, wenn du erstmal vor Ort bist. Man weiß vorher nie, wie die Scheiße läuft."

„Ich ruf zurück, wenn ich mir ihr gesprochen habe."

„Okay. Halt uns auf dem Laufenden."

Morgan drückte auf END. Er spürte plötzlich die Meilen in seinen Knochen und die Schmerzen in Rücken und Hüfte.

Er inspizierte das Schloss in der Tür und war dankbar, dass es zumindest eine Sicherheitskette gab. Ohne seine Beretta fühlte er sich nackt und wehrlos. Er schaltete den Fernseher an, drehte aber gleich die Lautstärke herunter: Er wollte nicht unterhalten werden, empfand die anonyme Präsenz der bewegten Bilder aber als durchaus angenehm. Er faltete die Karte zusammen, schaltete das Licht aus und legte sich in voller Montur aufs Bett. Nach ein paar Minuten fiel er in einen tiefen Schlaf – den auch die flimmernden Lichter aus dem Fernseher nicht mehr zu stören vermochten.

Als er die Grenze nach Georgia überquerte, schob Morgan eine Bunny Sigler-Kassette in den Player, drehte die Fenster herunter und ließ die warme Luft durch den Wagen strömen. Auf beiden Seiten des Highways sah er Wälder mit saftigem Grün, dann einen parallel verlaufenden Fluss, in dessen Wasser die blitzende Sonne zu baden schien. Nach ein paar Meilen krümmte sich der Fluss und mäanderte zurück in den Wald. Morgan musste an die Illustration aus einem Buch denken, in dem die Entstehungsgeschichte der Welt dargestellt wurde.

Er hatte sich in South Carolina eine Sonnenbrille gekauft, um von dem ungewohnt grellen Sonnenlicht nicht geblendet zu werden. Er trug einen grauen Pullover und hatte die Ärmel hochgezogen. Den Ledermantel hatte er säuberlich gefaltet und auf den Rücksitz gelegt. Die Sonne und die milde Brise taten ihm gut. Er hatte am Morgen kein Vicodin geschluckt, weil die üblichen Symptome ausgeblieben waren. Die frische Luft und die endlose Straße, die eine ihm unbekannte Weite und Großzügigkeit zu versprechen schienen, hatten offensichtlich seine Lebensgeister geweckt. Newark war weit weg – ein Relikt aus einer anderen Welt und einer anderen Zeit.

Er sah bisher nie gesehene Billboards, die süße Pecannuss-Riegel anpriesen oder Feuerwerkskörper für alle nur erdenklichen Gelegenheiten. Er fuhr an Waffle House- und Tankstellen-Logos vorbei, die auf hohe Masten montiert waren und schon von weitem um neue Kunden buhlten. Alle paar Meilen passierte er die zerfetzten Reifen riesiger Trucks, die achtlos auf den Schnellstraßen liegenblieben. Er wollte heute so viel wie möglich von Georgia abhaken, musste dann aber doch einen Stopp einlegen, als die Augen zu müde wurden.

Morgen würde er in Florida sein, auf der 301 Gainesville umfahren, um dann auf der I-75 weiter gen Süden zu fahren. Auf kleineren Straßen ging es dann an Lakeland vorbei bis zu einem Städtchen namens Arcadia, das er sich als sein Basislager auserkoren hatte. Es war nur eine Stunde von Hopedale entfernt, lag aber bereits in einem anderen Landkreis – nahe genug, um flexibel agieren zu können, aber auch weit genug, um völlig anonym zu bleiben.

Er drehte die Lautstärke auf. Bunny Sigler versprach seiner Angebeteten gerade, schon bald bei ihr zu sein. Er rief von einem Telefon am Greyhound-Busbahnhof bei einem Motel an – nur noch ein paar Stunden von seinem Ziel entfernt.

Die Bäume auf beiden Seiten verschwanden und machten endlosen Feldern mit Sträuchern Platz, deren Blüten einen schneeweißen Teppich bildeten. Er nahm mit Erstaunen zu Kenntnis, dass er zum ersten Mal in seinem Leben ein Baumwollfeld sah.

Er passierte die Grenze vor Mittag und bog von der I–95 auf die 301 ab. Die geöffnete Straßenkarte lag auf dem Sitz neben ihm. Anfangs hatte Florida nicht anders ausgesehen als Georgia, doch inzwischen veränderte sich die Landschaft rapide. Er fuhr an Sümpfen und künstlichen Kanälen vorbei, sah riesige, mit Efeu überwachsene Bäume, Scheunen mit zusammengeflickten Wellblechdächern und freilaufende Hühner hinterm Haus.

Zum Lunch machte er kurz Halt an einer Fastfood-Bude in Ocala, doch schon nach einem halben Hamburger revoltierte sein Magen. Er beendete das Experiment mit einem Schluck Coke und setzte seine Fahrt fort. Als die ersten Schilder für Lakeland auftauchten, konsultierte er noch einmal die Karte, um die kürzesten Verbindungen zu seinem Ziel zu finden.

Vor Arcadia kam er an einer Reihe ärmlicher Bruchbuden vorbei, die direkt am Straßenrand standen. Vor einem Häuschen spielten zwei Kinder im Dreck. Sie schauten ihm nach, als er vorbeifuhr.

Zwanzig Minuten später fand er die Bleibe, die er gesucht hatte. Das Motel hatte seine besseren Jahre bereits hinter sich, war ein Stück vom Highway entfernt und bestand aus grau gestrichenen Bungalows, die u-förmig angeordnet waren. Die Kompressoren der Klimaanlage waren offensichtlich nie ausgetauscht worden und klapperten lustlos vor sich hin. Nur vier andere Autos standen auf den Parkplätzen. Der Swimmingpool war leer und mit massiven Rissen durchzogen. Der alte farbige Mann, der hinter der schusssicheren Glasscheibe in der Rezeption stand, fragte nach keinem Ausweis und wunderte sich auch nicht, als Morgan seine Rechnung in bar beglich. Kein Room-Service, kein Zimmermädchen, dafür Waschmaschine und Trockner – *nur Quarter!* – hinten im Haus, kostenloses Eis aus der Maschine. Morgan zahlte für vier Nächte vorab.

Er parkte den Monte Carlo auf der Rückseite seines Bungalows, so dass er von der Einfahrt aus nicht zu sehen war. Ein paar Bäume standen hier am Rand eines kleinen Bächleins, das offensichtlich in einen nahen und übelriechenden Sumpf mündete.

Statt eines Türschlüssels gab es ein rautenförmiges Stück Plastik. Morgan betrat ein kleines Zimmer – Einzelbett, Kommode, Nachttisch, Schreibtisch, Fernseher, kein Telefon. Er stellte die Airconditioning-Unit an. Sie rumpelte und keuchte, stieß dann aber tatsächlich kühle Luft ins Zimmer.

Sein Pullover war völlig verschwitzt. Er pellte ihn von seiner stickigen Haut und warf ihn aufs Bett. Als er die dicken Vorhänge schließen wollte, stellte er fest, dass sie nicht passgenau aufgehängt worden waren: In der Mitte blieb ein Schlitz frei, durch den die gleißende Sonne ungehindert hineinschien.

Er berührte seine Zehen und verharrte in dieser Position, um so seine Rückenschmerzen zu lindern. Er war dankbar, nicht noch länger im Wagen sitzen zu müssen. Der Trip hatte ihn mehr mitgenommen, als er's erwartet hätte. Er holte sein Handy heraus und schaute es kurz an, legte es dann aber auf den Nachttisch. Er wollte sich erst kurz erholen, bevor er den Anruf bei Simone machte.

Er streckte sich auf dem Bett aus, schloss die Augen und fühlte, wie die Meilen im Schlaf von ihm abfielen.

Er lag wieder angezogen auf dem Bett, als es an seiner Tür klopfte. Er schaute auf seine Uhr. Es war kurz nach Neun.

Er stand auf und öffnete die Tür einen Spaltbreit. Er sah eine Frau, die im gelblichen Licht einer Parkleuchte vor seiner Tür stand. Eine größere Handtasche hing an einem Riemen von ihrer Schulter.

Er öffnete die Tür. Ein Taxi mit den Lettern SAINT CHARLES TAXI auf der Tür stand mit laufendem Motor auf dem Parkplatz. Der weiße Fahrer schaute misstrauisch hinter ihr her.

„Sie müssen ihn bezahlen", sagte die Frau.

„Wieviel?"

„Fünfzig."

Er holte sein Portemonnaie von der Kommode, nahm zwei Zwanziger und einen Zehner heraus und gab sie ihr.

„Bezahlen Sie ihn", sagte er. „Und sagen Sie ihm, dass er warten soll – aber nicht hier! Sagen Sie ihm, dass er etwas rumfahren und in zwanzig Minuten wiederkommen soll. Wir werden ja wohl nicht so lange brauchen."

„Und wenn er nicht so lange warten will?"

„Dann fährt er die ganze Strecke ohne Fahrgast und ohne Bezahlung. Es macht mehr Sinn, wenn er sich einen zweiten Fünfziger verdient und zwanzig Dollar Trinkgeld obendrein. Sagen Sie's ihm. Ich garantiere Ihnen, dass er warten wird."

Sie ging zum Taxi. Morgan schaltete die Deckenbeleuchtung aus und ließ nur die kleine Lampe auf dem Nachttisch an. Er hörte, wie das Taxi abfuhr. Als sie zurück in den Raum kam, griff er blitzartig zu dem Schulterriemen und riss ihre Handtasche an sich.

„Mann, was zum Teufel …"

Er öffnete sie. Kosmetika, Geldbörse, Handy, ein dicker weißer Umschlag. Er nahm den Umschlag und warf ihn aufs Bett, schaute noch einmal in die Handtasche und überzeugte sich, dass er nichts übersehen hatte.

„Mann, Sie haben wohl die Paranoia mit Haut und Haaren gefressen."

Er gab ihr die Tasche zurück und verschloss die Tür. „Ist Ihnen jemand gefolgt?"

„Nein, ich hab die ganze Zeit die Augen offengehalten. Niemand ist mir gefolgt."

Er zeigte aufs Bett. Sie setzte sich auf die Bettkante und stellte ihre Tasche auf den Boden. Er zog den Stuhl vom Schreibtisch heran, setzte sich und stellte sicher, dass sein Gesicht im Dunkeln blieb.

Sie war jünger, als er erwartet hatte. Er musste an Cassandra denken und spürte umgehend einen Krampf in seinem Magen. Die Frau hatte ihre Haare glatt nach hinten gekämmt, trug Designerjeans und ein fahlgrünes Männerhemd. Er spürte, dass sie verunsichert war und sich in ihrer Haut nicht wohlfühlte. Sie fragte sich vermutlich gerade, ob es eine gute Idee gewesen war, Morgan in seinem Hotel zu besuchen.

Sie schaute zur Tür und dann wieder zu ihm. „Haben Sie mit Mikey gesprochen? Wissen Sie, wer ich bin?"

Er nickte und deutete auf den Umschlag. „Was ist das?"

„Polizeiberichte, auch der abschließende Report des Gerichtsmediziners. Und zwei Zeitungsartikel, die ich ausgeschnitten habe. Ihre Adressen habe ich auch rausgefunden. Der Mann, der Derek erschoss, heißt Flynn; die Frau, die sein Alibi bestätigt, heißt Cross. Sie sind es, die ihn auf dem Gewissen haben."

„Sind Sie sich da ganz sicher? Auch was die Frau betrifft?"

„Sie war mit ihm am Tatort."

Sie reichte ihm den Umschlag. Er nahm ihn und legte ihn auf den Schreibtisch.

„Ich fahre Morgen zurück", sagte sie. „Ich bringe Derek nach Hause."

„Gut."

„Was werden Sie nun unternehmen?"

„Wie meinen Sie das?"

„Mikey meinte, dass Sie sich die Leute vorknüpfen würden, die Derek auf dem Gewissen haben. Er hatte es nicht verdient, so zu sterben."

Mikey gibt einen Scheiß auf Derek, dachte Morgan. *Wenn du ihn für den guten Samariter hältst, bist du genauso weltfremd wie dein Mann.*

Ein kolikähnlicher Schmerz im Magen überkam ihn aus heiterem Himmel – der erste seit einigen Tagen. Morgan verzog sein Gesicht.

„Sind Sie okay?", fragte sie.

„Was sonst haben Sie rausgefunden?"

„Laut Staatsanwalt ist der Fall für sie abgeschlossen. Keine Anklagen."

„Was ist mit dem Auto?"

„Sie haben es beschlagnahmt. Werden es wohl nicht mehr herausrücken."

„Haben sie noch was im Auto gefunden?"

„Wie was?"

„Irgendwas."

„Sie haben mir gegenüber nichts erwähnt. Und in den Zeitungen steht auch nichts darüber."

Er stand auf und ging an ihr vorbei zum Badezimmer. Er holte die Vicodin-Flasche heraus, legte sich eine halbe Pille auf die Hand, füllte ein Plastikglas mit Wasser und spülte sie herunter. Er spürte, dass sie ihn beobachtete.

„Hat Mikey Ihnen was für mich mitgegeben?"

„Wie was?"

„Geld."

Er kam aus dem Badezimmer wieder heraus und schüttelte den Kopf.

„Er schuldet mir etwas – nach all dem, was passiert ist."

„Das müssen Sie schon selbst mit ihm klären."

Er ging zum Fenster, schob die Vorhänge zur Seite und schaute hinaus. Im Licht der Parkplatzbeleuchtung tummelten sich nur Unmengen von Insekten.

„Hat er Ihnen erzählt, wieviel er Derek bezahlt hat?", fragte sie. „Viertausend Dollar. War sein Leben nicht mehr wert als viertausend Dollar?"

Er ließ die Vorhänge wieder fallen.

„Es ist einfach nicht fair", sagte sie. „Nicht fair für seinen jungen Sohn. Das war schließlich der einzige Grund, warum er hierherkam. Wäre er zu Hause geblieben, könnte er heute noch sein Leben genießen."

„Brauchen Sie vielleicht dringend Cash? Ich könnte Ihnen mit hundert Dollar oder so aushelfen."

Er sah, wie sich ihre Wut intensivierte und die anfängliche Ängstlichkeit verdrängte. Er war beeindruckt von ihrer inneren Stärke.

„Einhundert?", fragte sie.

„Ich kann Ihnen auch Zweihundert geben."

„Ihr seid doch alle gleich. Sie und Mikey und C-Love – alle gleich. Ihnen ist doch egal, was mit anderen Menschenleben geschieht. Es geht doch nur ums Geld."

„Um was geht es Ihnen denn?"

„Man *schuldet* uns etwas", sagte sie. „Man schuldet *mir* etwas – und meinem kleinen Sohn auch. Man schuldet uns etwas dafür, dass das Leben von Derek hier unten ausgehaucht wurde."

Die Frau bringt nur Ärger, dachte Morgan. *Ärger für Mikey, Ärger für C-Love. Doch wenn sie erst mal durch diese Tür da gegangen ist, wird sie definitiv nicht mehr mein Problem sein.*

„Wie gesagt: Das müssen Sie schon mit Mikey klären."

„Werde ich auch."

Sie stand auf und griff ihre Tasche. „Ich warte draußen. Der Gestank hier drin ist ja nicht auszuhalten." Sie ging Richtung Tür.

„In einer Beziehung sollten Sie aber sehr vorsichtig sein", sagte er.

„Und das wäre?“

„Mikey zahlt nie seine Schulden, wenn es einen billigeren Weg gibt, das Problem zu lösen. Verstehen Sie mich?“

Er öffnete sein Portemonnaie, zog drei Fünfziger heraus und dann, nach kurzem Überlegen, noch drei weitere. Sie schaute die Scheine an.

„Für die Heimfahrt“, sagte er.

Er hielt seine Hand noch immer ausgetreckt. Sie nahm das Geld, schloss die Tür auf, ging hinaus und schlug sie hinter sich zu.

Er öffnete den Umschlag, warf einen Blick auf die Unterlagen und fischte seine Lesebrille aus der Reisetasche.

Es waren Kopien polizeilicher Untersuchungsberichte, insgesamt zwölf Seiten. Ein Report kam von der Gerichtsmedizin und beinhaltete die formale Darstellung eines menschlichen Körpers, Vorder- und Rückseite, auf der die exakten Eintritts- und Austrittswunden vermerkt waren. Hinter den Dokumenten kamen noch Zeitungsausschnitte und ein weißes Blatt Papier, auf dem sie – in einer sauberen, doch unverkennbar weiblichen Handschrift – zwei Namen und Adressen geschrieben hatte.

Er sah Scheinwerfer auf dem Parkplatz, ging zum Fenster und spähte durch den Vorhang. Das Taxi war eingetroffen. Sie stieg ein und warf noch einen letzten Blick auf den Bungalow. Ihr Gesichtsausdruck ließ keinen Zweifel daran, dass sie Morgan am liebsten umgebracht hätte.

Er lag bis halb Zwei unbeweglich in der Dunkelheit, stand dann abrupt auf und ging zu seinem Wagen. Er hörte das

Zirpen der Grillen, die surrenden Klimaanlagen und den gedämpften Klang eines Fernsehers.

Er öffnete den Kofferraum, holte die Tasche heraus, die ihm Otis gegeben hatte, griff sich einen Schraubenzieher aus dem Werkzeugkasten sowie das Säuberungs-Set für Handwaffen, das er bei einem Zwischenstopp in North Carolina gekauft hatte. Dann öffnete er die Beifahrertür, setzte sich auf den Asphalt und arbeitete ausschließlich im Licht der Deckenleuchte.

Als er fertig war, verschraubte er das Einstiegblech, schloss den Wagen ab und ging mit der Tasche zurück in sein Zimmer. Auf dem Schreibtisch säuberte und ölte er zunächst seine Beretta und setzte sie dann ordnungsgemäß wieder zusammen. Er schüttete eine Schachtel mit 9mm-Geschossen auf die Schreibunterlage, bestückte das Magazin mit fünfzehn Patronen und drückte es so lange in den Griff, bis es eingerastet war. Die gleiche Prozedur wiederholte er mit der Walther.

Nachdem die Waffen wieder einsatzbereit waren, griff er den Beutel mit Gras und holte die Zigarettenblättchen aus seiner Reisetasche. Die Schmerzen in seinem Magen hatten sich wieder mit aller Macht zurückgemeldet. Er setzte sich aufs Bett, zündete den Joint an, inhalierte und hielt die Luft in den Lungen. Und dachte an die 350 000 Dollar.

Klar, es war Mikeys Geld, aber Mikey würde über kurz oder lang im Knast sitzen. Und wenn Morgan die gesamte Summe auftreiben sollte, würde Mikey garantiert einen Weg finden, ihn um seinen Anteil zu prellen. Mikey könnte ihn auch direkt den Three Paws-Jungs zum Fraß vorwerfen, dann mit ihnen die Friedenspfeife rauchen und das gesamte Geld behalten.

Mit den 350 000 und den Bar-Reserven, die er noch in Newark gebunkert hatte, könnte Morgan ein neues Leben in einer anderen Stadt anfangen – und Cassandra mit ihrem Jungen nachholen. Er würde einen entsprechenden Arzt finden und mit seiner Behandlung beginnen. Falls Mikey, C-Love oder die Zwillinge dort aufkreuzen sollten, würde er mit ihnen schon klarkommen. Schließlich galt es zu verteidigen, was ihm gehörte, was er sich hart verdient hatte.

Er steckte die Beretta in seine Reisetasche – ließ sie aber offen neben dem Bett stehen. Die Walther legte er unters Kopfkissen. Er streckte sich auf dem Bett aus, zog noch einmal am Joint und fühlte, wie ihn das Gras entspannte. Die Schmerzen in seinem Magen zogen sich zurück. Er schloss die Augen und horchte in die Nacht.

14

Nachdem sie ihre Stechkarte gedrückt hatte, ging Sara direkt zum Lagerraum, der auch den einzigen allgemein zugänglichen Computer des Reviers beherbergte. Sie gab ihr Passwort ein, tippte schnell die gewünschten Suchbegriffe ein, lehnte sich zurück und wartete. Sie hörte Stimmen auf dem Korridor und die Spülung einer Toilette.

Als der Report auf dem Monitor auftauchte, überflog

sie ihn kurz und drückte auf PRINT. Hinter ihr fing der Drucker zu rattern an. Sie drehte sich zur halb geöffneten Tür um und hoffte, dass niemand hereinkommen würde, um sie nach dem Grund ihrer ungewöhnlichen Aktivitäten zu befragen.

Der Drucker spuckte die letzten Seiten aus und war wieder stumm. Sie schloss das Dokument und stellte den Rechner ab, packte sich die ausgedruckten Seiten, ging auf den Korridor und schloss die Tür hinter sich zu.

Nur einmal hatte sich ihr Funkgerät heute Morgen zu Wort gemeldet – aus einem Schuppen in Libertyville war ein Rasenmäher geklaut worden –, um danach in eine wohltuende Ruhe zu fallen. Um halb Elf lenkte sie ihren Streifenwagen auf einen Feldweg, der hinab zum Fluss führte. Sie ließ das Fenster runter und stellte den Motor ab. Das Rasseln der Zikaden nahm in der Stille mit einem Mal Orchesterlautstärke an.

Sie hatte noch immer Kopfschmerzen von der strapazierenden Nacht zuvor. Nachdem Billy gegangen war, hatte sie lange auf dem Bett gelegen, dem prasselnden Regen zugehört und sich gefragt, warum sie Billy nicht nur ins Haus, sondern sogar in ihr Bett gelassen hatte. Sie fand auf die Frage keine plausible Antwort.

Sie las noch einmal den gesamten Report. Es gab wenig darin, was sie nicht schon wusste. Sie las Billys Aussage, ihre eigene, den Bericht der Gerichtsmedizin und die Auflistung aller Gegenstände, die in Willis Wagen und seiner Kleidung gefunden wurden.

Der Wind drehte sich, fuhr durch die Baumkronen und verstärkte den Geruch, der vom Fluss heraufwehte. Sie sah sich ein weiteres Mal die Liste mit den sichergestellten Waffen an: ein Ingram MAC-10 Maschinengewehr; eine Smith & Wesson Semiautomatik Modell 5906; eine Heckler & Koch P7. Es waren alles Waffen aus der gehobenen Preiskategorie – und alle mit der dazugehörigen Munition. Willis' Waffe war eine Taurus 85 mit einem .38er Kaliber, Hartgummigriff und einer abgefeilten Seriennummer. Sara blätterte noch einmal in dem Laborreport und fand die entsprechende Information: Die einzigen Fingerabdrücke auf der Waffe stammten von Willis – Zeigefinger und Daumen. Es war eine hundertprozentige, absolut narrensichere Übereinstimmung.

Sie erinnerte sich daran, wie die Taurus im nassen Gras gelegen hatte – nur Zentimeter von seiner ausgestreckten Hand entfernt. Das Metall-Gehäuse hatte Kerben und Kratzspuren. Warum hatte Willis diese Waffe benutzt, wenn doch weitaus bessere Alternativen in seinem Kofferraum lagen? Sie schaute sich noch mal die Angaben zu der gefundenen Munition an: Es gab sechs Schachteln mit 9mm-Patronen, aber keine einzige für ein .38er Kaliber. Die Taurus passte einfach nicht ins Bild.

Sie ließ die Unterlagen auf dem Sitz liegen, stieg aus und ging auf dem Feldweg zum Fluss hinunter. Angesichts des niedrigen Wasserstandes sah er trübe und schmutzig aus, wurde durch den auffrischenden Wind aber zumindest am völligen Stillstand gehindert. Sie kam an eine Lichtung am Ufer. Ein inzwischen verfallener Holzsteg musste sich hier befunden haben. Jedenfalls ragten die nackten Pfähle noch immer aus dem Wasser.

Schlagartig wurde ihr bewusst, dass sie diesen Ort nur allzu gut kannte. Als Teenager hatte sie hier mit Roy in seinem Firebird gesessen. Es war ihr letztes High School-Jahr gewesen, bevor sie sich für ein College im Norden entschieden hatte. Sie war sich sicher, Hopedale endgültig den Rücken zu kehren, doch Roy hatte energisch den Kopf geschüttelt. *Glaub mir: Du kommst wieder zurück, hatte er ihr gesagt* – und offensichtlich Recht behalten.

Sie setzte sich auf einen flachen Steinbrocken und schaute über den Fluss. Am anderen Ufer bildeten Bäume ein dunkles, bedrohlich ausschauendes Gebilde, das wie eine gigantische Welle über den Fluss zu schwappen drohte. Eine Libelle schwirrte übers Wasser und war im Nu wieder verschwunden. Sie nahm einen Stein, warf ihn ins Wasser und verfolgte die kreisförmigen Wellen, die er ausgelöst hatte.

Besser könnte man das Leben nicht beschreiben. Du triffst eine Entscheidung – und musst dann miterleben, wie sie dein ganzes Leben beeinflusst. Es ist wie eine Welle, die erst deine Gegenwart dominiert, um sich dann auch in die Zukunft fortzusetzen. Und nie wieder verschwindet.

Damals schien das Leben so viele Möglichkeiten für sie bereitzuhalten. Doch als sie älter wurde, fiel eine Tür nach der anderen zu. Und nun saß sie hier, ging langsam auf die Vierzig zu und hatte niemanden – Danny einmal ausgenommen.

Und welche Entscheidung triffst du nun?

Ob Elwood und der Sheriff wohl auch über die Taurus ins Grübeln gekommen waren? Und falls nicht: Machte es überhaupt noch Sinn, ihre Aufmerksamkeit auf diese Ungereimtheit zu lenken? Der Fall war abgeschlossen, Billy juristisch entlastet. Wäre es nicht etwas seltsam, wenn gerade sie den Fall wieder aufrollen würde?

Sie stand auf, klopfte sich den Staub aus der Hose und ging zum Wagen zurück. Und fühlte sich einsamer denn je zuvor in ihrem Leben.

Als sie nach Hause kam, saß Danny am Küchentisch und hatte den Tyrannosaurus schon fast völlig zusammengesetzt. Sie hatte ihm die Packung am Morgen auf den Tisch gelegt und ihm ein paar Worte geschrieben, dabei aber nicht erwähnt, von wem das Geschenk komme.

„Hallo, kleiner Mann", sagte sie und tätschelte seinen Kopf. „Ich sehe, du machst Fortschritte."

„Fast fertig."

„Hast du die Kaninchen gefüttert?"

„Klar."

Sie holte sich eine Flasche Wasser aus dem Kühlschrank und öffnete den Verschluss. Im Keller hörte sie das Rumpeln des Trockners: JoBeth kümmerte sich gerade um die Wäsche.

Auf der Kühlschranktür hing ein Magnet mit einem Memo: *Dr. Winters rief an – 4:45.*

Scheiße. Sie schaute auf die Uhr. Halb Sechs. Sollte er spät arbeiten, würde sie ihn vielleicht noch erwischen.

„Wann hast du denn Pizza gegessen?", fragte Danny.

Ihr fiel siedend heiß ein, dass die Pizza-Schachtel noch immer im Kühlschrank stand.

„Gestern Abend. Ich bekam noch Hunger, nachdem du ins Bett gegangen warst. Wir können den Rest heut Abend essen. Okay?"

„Sie ist aber kalt."

„Für solche Fälle gibt's schließlich die Mikrowelle, mein Junge."

Sie holte ihr Handy raus, ging ins Schlafzimmer und gab die Kurznummer der Arztpraxis ein. Nach dem vierten Klingeln nahm er ab.

„Sara Cross", sagte sie, „tut mir leid, ich habe gerade erst Ihre Nachricht erhalten." Sie schloss die Tür hinter sich.

„Hallo Sara, kein Problem. Ich bin noch im Büro, weil ich eh meinen Schreibtisch aufräumen muss. Dannys Testergebnisse von letzter Woche kamen rein – und ich wollte Sie so schnell wie möglich darüber in Kenntnis setzen."

Sie schluckte und spürte, wie der Krampf in ihrem Magen einen sauren Geschmack durch die Speiseröhre schickte. „Schießen Sie los."

„Wie Sie wissen, werden wir mit der nächsten Behandlung das Ende unserer ersten Therapie-Runde erreichen. Die Lab-Resultate bestätigen, dass wir auf dem richtigen Weg sind – zumindest was die Anzahl der T-Zellen betrifft. Ich glaube nicht zu übertreiben, wenn ich behaupte, dass wir am Ende der Therapie eine fast vollständige Remission erreicht haben werden."

Sie saß auf dem Bett und schloss die Augen. „Aber?"

„Wir sind deshalb noch immer nicht über den Berg. Wie Sie sicher schon wissen, kann eine akute Lymphatische Leukämie Milliarden von Zellen infiziert haben. Wenn die Eingangstherapie erfolgreich ist, was bei Danny ja der Fall zu sein scheint –, werden mindestens 99 Prozent der Zellen zerstört. Was wir gemeinhin als Remission bezeichnen. Das bedeutet aber auch, dass sich noch immer einige Hundert Millionen Leukämiezellen im Körper befinden. Und diesen Zellen müssen wir aggressiv zu Leibe rücken, weil sie sich anderenfalls wieder rasend schnell vermehren und so zu einem Rückfall führen."

„Und was heißt das konkret?"

„Dass wir das machen sollten, was wir bereits beim letzten Mal besprochen hatten."

„Mehr Chemo."

„Nun, wir nennen es Konsolidierungs-Therapie. Sie tötet oder reduziert zumindest die verbliebenen Leukämiezellen. Und dafür müssen wir vier bis sechs Monate einplanen."

Sechs weitere Monate.

„Sara, sind Sie noch da?"

„Ja, ich bin noch da."

„Die Konsolidierungs-Therapie kann sehr aufreibend sein, vor allem in Dannys Alter, aber ich denke, wir haben keine Alternative. Über die Dosierung können wir immer noch sprechen. Ich weiß, dass es für alle Beteiligten nicht einfach wird, aber wir haben eine ausgezeichnete Chance, die Therapie erfolgreich zu beenden."

„Wann fangen wir an?"

„Heute in zwei Wochen kommt Danny zu seiner letzten Eingangstherapie. Ich denke, wir sollten die anschließenden Resultate abwarten, um den endgültigen Fahrplan für die Konsolidierungs-Therapie festzulegen."

„Okay."

„Dies ist ein Fortschritt, Sara, glauben Sie mir. Angesichts der Tatsache, dass er bereits einen weiten Teil seines Weges zurückgelegt hat, schlägt sich Danny wirklich gut. Bei den Kindern, die wir behandelt haben, hatte die Eingangstherapie eine Erfolgsquote von etwa 95 Prozent; die Konsolidierungstherapie treibt die Quote dann noch weiter in die Höhe. In Dannys Falls haben wir jedenfalls den Eindruck, dass die Therapie ausnehmend gut anschlägt."

Sie ging zur Tür, öffnete sie und schaute durch den Flur in die Küche. Danny saß noch immer am Tisch und kehrte ihr den Rücken zu.

„Wobei ich die unvermeidlichen Nebeneffekte natürlich nicht bagatellisieren möchte. Die nächsten Monate werden kein Zuckerschlecken sein. Danny wird auf die Chemo wieder mit ähnlichen Symptomen reagieren – auch wenn sie hoffentlich nicht ganz so verheerend sind wie beim ersten Mal. Aber lassen Sie uns darüber in zwei Wochen reden, wenn er seine nächste Behandlung hinter sich gebracht hat."

„Okay."

„Wir schauen uns an, wie er sich fühlt – und sehen dann weiter."

Sie bedankte sich und beendete das Gespräch. Als sie zurück in die Küche kam, hatte Danny die Ellenbogen auf die Tischplatte gestützt und schaute auf die restlichen Teile seines Puzzles hinunter. Er hatte in der Zwischenzeit keine Fortschritte mit seinem Dino gemacht.

„War das Dr. Jack?", fragte er.

„War er."

„Und bist du deswegen ins Schlafzimmer gegangen?"

„Ich wollte nur ungestört telefonieren – mehr nicht."

„Bin ich noch immer krank?"

Sie schaute auf seinen Hinterkopf mit den kahlen Stellen und massierte liebevoll seine Schultern.

„Aber nicht mehr lang, mein Süßer. Dr. Jack sagt, dass es dir bald besser gehen wird."

Er nahm zwei Dino-Teile prüfend in die Hand, konnte sie aber nicht zusammensetzen und legte sie zurück auf den Tisch.

„Wie bald?"

Er lässt einfach nie locker – egal, was du ihm auch sagst.

„Bald."

Er fand zwei passende Teile und drückte sie zusammen, bis sie einrasteten. Der Schwanz und die Hinterbeine fügten sich plötzlich nahtlos zusammen – und der Dino war fast fertig.

„Hey", sagte sie, „ich hab eine bessere Idee."

„Was meinst du?"

„Besser als aufgewärmte Pizza. Wie wäre es, wenn wir heute zum Vergnügungspark fahren und uns im *Dairy Queen* ein paar Hamburger gönnen?"

„Wirklich? Heute noch?"

„Klar. Wir sollten uns aber gleich auf den Weg machen.

Ich muss mich nur noch schnell umziehen. Bist du bereit?"

Er drückte das letzte Teil in seinen Dinosaurier.

„Fertig", sagte er.

„Glückwunsch. Da hast du ganze Arbeit geleistet."

„So schwer war's auch wieder nicht."

„Ich hätte es jedenfalls nicht gekonnt."

„Natürlich hättest du's gekonnt", sagte er. „Du kannst alles."

Die Sonne versank bereits hinterm Horizont, als sie am Stadtpark eintrafen. Sie sahen die blinkenden Lichter des Karussells, hörten das blecherne Quengeln der Dampforgel – und als sie den Wagen abgestellt hatten, rochen sie auch die Zuckerwatte und Hotdogs, die von den fliegenden Händlern angeboten wurden. Es war kühler inzwischen geworden – und sie war dankbar, dass sie Danny eine Jacke übergezogen hatte, bevor sie das Haus verließen.

Es saßen nur ein halbes Dutzend Kids auf dem Karussell – und alle waren jünger als Danny. Nachdem der kleine Vergnügungspark gebaut geworden war, hatte er schnell seinen Reiz verloren. Da sich Sara aber erst im letzten Jahr entschlossen hatte, ihn auf dem Karussell reiten zu lassen, konnte Danny noch immer nicht genug davon kriegen. „Du behandelst ihn wie ein Baby", hatte Billy ihr einmal vorgeworfen. „Du kannst ihn nicht vor allem beschützen, womit er in dieser Welt konfrontiert wird." Womit er natürlich Recht hatte. Aber er wusste eben auch nicht, was für ein entsetzliches Gefühl es war, nachts wach im Bett zu liegen und sich vorstellen zu müssen, wie wohl ein Leben ohne Danny aussehen würde.

Sie kaufte Tickets, half ihm auf eins der Pferde, ritt eine Runde mit ihm und stellte sich dann zu den anderen Eltern, die ihre Kinder vom Rand aus beobachteten. Er strahlte übers ganze Gesicht und winkte ihr zu, wann immer er sie passierte. Sie winkte zurück.

Eine frische Brise blies über den Park. Sie drehte sich um und schaute zurück zu dem Platz, wo sie den Blazer abgestellt hatte. Am entfernteren Ende des Parkplatzes sah sie einen grauen Toyota mit einem Florida-Nummernschild, der dort allein unter einer Eiche stand. Sie erkannte auch, dass eine Person hinter dem Steuer saß, konnte aber nicht ausmachen, ob es ein Mann oder eine Frau war. Wahrscheinlich ein Elternteil, das lieber im warmen Auto saß und Musik hörte, während sich sein Kind auf dem Karussell vergnügte.

Danny rief ihren Namen, als er auf seinem Pferd wieder vorbeiritt. *Ich liebe dich, mein Sohn,* dachte sie nur. Und schon war er wieder aus ihrem Gesichtsfeld verschwunden.

Morgan saß in dem gestohlenen Wagen und verfolgte aufmerksam das Geschehen.

Es war für ihn ein Leichtes gewesen, die gesuchte Frau aufzuspüren. Er hatte den Toyota auf dem Parkplatz einer Mall bei Arcadia geknackt, die Nummernschilder mit einem anderen Wagen ausgetauscht und war unbehelligt nach Hopedale gefahren. Sein Weg hatte ihn zunächst zum Sheriff's Office geführt. Er hatte den Wagen auf der gegenüberliegenden Seite vor einer kleinen Shopping Plaza geparkt. Auf dem Sitz neben ihm lagen die Zeitungsausschnitte, auf denen Flynn und die Frau deutlich zu erkennen waren. Kurz nach Fünf hatte er bemerkt, dass sie ihren Streifenwagen hinter dem Revier abgestellt hatte.

Er konnte sie noch besser in Augenschein nehmen, als sie – noch immer in Uniform – das Gebäude verließ. Mitte Dreißig, gut in Schuss, braune Haare, die sie hinterm Kopf zusammengebunden hatte. Sie war in einen silbernen Blazer gestiegen, dem er in sicherem Abstand gefolgt war. Nachdem sie zunächst kurz in ihrem Haus Station gemacht hatte, war sie wenig später mit einem Kind wieder herausgekommen und zum Vergnügungspark gefahren.

Das Karussell drosselte sein Tempo und kam zum Halt. Der Junge sprang ab und lief zu der Frau, die ihn in die Arme nahm, mit einem Schwung über ihre Schultern warf und ihn an seinen Fußknöcheln festhielt. *Ein Vater würde so was tun,* dachte Morgan, *aber nie eine Frau.*

Sie überquerten den Parkplatz und gingen zum Blazer. Als sie näherkamen, sah Morgan, dass irgendwas mit dem Jungen nicht stimmte. Er war zu mager, seine Haare zu dünn und ungleichmäßig. Als sie ihn ins Auto setzen wollte, sah er erschöpft aus und musste sich an ihr festhalten. Sie öffnete die hintere Tür, half ihm hinein und verstaute ihn in einem Kindersitz.

Er ist krank, dachte Morgan, *und zwar ernsthaft krank. Würde mich nicht wundern, wenn es sogar eine lebensbedrohliche Krankheit ist.*

Als sich die Frau hinters Steuer setzte, schaute sie zum Toyota hinüber. Er war sich sicher, dass sie ihn nicht erkennen konnte, weil er zu weit von der Parkplatzbeleuchtung entfernt war. Falls sie ihn überhaupt bemerkt hatte.

Er beobachtete sie, wie sie den Parkplatz verließ. Er sah keinen Anlass, ihr noch einmal zu folgen. Er wusste jetzt, wo sie wohnte und welchen Wagen sie fuhr.

Morgen würde er sich Flynn vornehmen.

15

Morgan parkte den Wagen in einer Brandschneise, die bei einem Waldbrand das Übergreifen auf benachbarte Areale verlangsamen sollte. Er ging in der Schneise etwa vierhundert Meter, bis der Wald endete und dem verdorrten Maisfeld Platz machte.

Es war kurz vor Einbruch der Dunkelheit – und die Schatten um ihn herum wurden dunkler. Auf der anderen Seite des Maisfelds konnte er sehen, wie in Flynns Haus die Beleuchtung eingeschaltet wurde. Er hatte zwanzig Minuten gebraucht, um diesen gottverlassenen Ort überhaupt zu finden. Zweimal war er an dem Feldweg vorbeigefahren, hatte sich selbst einen Stümper und Amateur geschimpft, bei einem erneuten Anlauf dann aber doch den Standort des Hauses entdeckt.

Er trug eine schwarze Windjacke, die er sich in Arcadia gekauft hatte. Der Reißverschluss war nur ansatzweise geschlossen – gerade genug, um die Beretta vorne im Gürtel zu verdecken. Im Auto hatte er noch die Klimaanlage laufen lassen, doch hier draußen stellten sich unter seinem Pullover schnell die ersten Schweißperlen ein. Auch seine Hände, in solide Baumwollhandschuhe verpackt, wurden schnell klamm und klebrig.

Mit zunehmender Dunkelheit schien das Leben im Wald zu erwachen. Neben dem Zirpen der Grillen hörte er auch Laute, die er nicht einordnen konnte – und die ihn instinktiv zu seiner Beretta greifen ließen. Vom Waldrand aus flachte das Maisfeld langsam ab und gab ihm die Möglichkeit, sowohl Vorder- als auch Rückseite des Hauses im Auge zu halten. Ein Pickup-Truck und ein alter Camaro parkten unter dem Carport vor dem Haus.

Die vordere Tür öffnete sich. Eine Frau trat heraus: Ende Dreißig, blonde Haare – auf einer Seite zu Zöpfchen geflochten –, schwarzes T-Shirt, Jeans. Sie drehte sich noch einmal um und sprach mit dem Mann, der im Türrahmen stand: Jeans, weißes T-Shirt, krauses Haar. Kein Zweifel: Es musste Flynn sein.

Die Frau setzte sich hinters Steuer des Camaro und startete den Motor. Er klang höllisch laut und brutal – das unüberhörbare Indiz eines hoffnungslos löchrigen Auspuffs. Flynn ging wieder hinein und schloss die Tür.

Als sie gewendet hatte und zurück auf den Feldweg fuhr, setzte sich Morgan in Bewegung und ging zügig zu seinem Wagen.

Es war ein Leichtes, sie wieder zu orten. Zurück auf der Straße, waren die außergewöhnlichen Hecklichter des

Camaro unübersehbar. Da es auch kaum Verkehr gab, konnte er ihr folgen, ohne zu nah auffahren zu müssen. Einmal glaubte er, sie hinter einem Hügel aus den Augen verloren zu haben, sah dann aber den Camaro auf dem Parkplatz eines Spirituosengeschäfts. Er fuhr ein Stück weiter, parkte auf dem Seitenstreifen und schaltete die Lichtanlage aus. Fünf Minuten später brauste der Camaro an ihm vorbei. Er wartete ein paar Sekunden, bis er seine Scheinwerfer wieder einschaltete und sich an ihre Fersen heftete.

Sie fuhren Richtung Westen, weg von der Stadt, durch eine unbewohnte Gegend, die nur noch aus dichtem Wald bestand. Er folgte ihr in gebührendem Abstand. Als sie auf die Bremse trat und nach links abbog, schien sie plötzlich vom Wald verschluckt worden zu sein. Im Vorbeifahren sah er aber die kleine Straße mit einem Billboard, der über eine naheliegende Neubau-Siedlung informierte. Morgan sah eine Telefonnummer, die Skizze eines typischen Reihenhauses und einen orangefarbenen Pfeil, der weiter geradeaus in die gleiche Richtung wies.

Er fuhr ein Stück weiter, machte einen U-Turn und fuhr zu der Abzweigung zurück. Als er sich der Seitenstraße näherte, schaltete er das Licht aus und fuhr vorsichtig um die Kurve.

Die Straße war frisch asphaltiert, die Bordsteinkante gelb markiert. Rote Pfeile, offensichtlich frisch aufgesprüht, gaben Auskunft über den Verlauf der Gasleitungen. Der Wald machte einer Lichtung Platz, auf der Neubauten in verschiedenen Größen standen – einige noch im Bau, andere mehr oder minder fertig, aber noch unbewohnt. Er fuhr nur noch im Schritttempo, weil er damit rechnen musste, dass sie ihren Wagen irgendwo am Straßenrand abgestellt hatte.

Er passierte einen Löffelbagger und einen Bulldozer, die auf einem leeren Grundstück abgestellt waren. Vor ihm zur Linken sah er plötzlich ein Licht in einer der Einheiten, die anscheinend bereits schlüsselfertig waren. Der Camaro parkte auf der Straße vor der Tür.

Er bog in eine Seitenstraße, stellte den Wagen ab und trennte die beiden Zündkabel, die aus der aufgebrochenen Lenksäule baumelten. Der Motor war augenblicklich still. Mit dem Ellbogen zerdrückte er die Plastikhaube der Deckenbeleuchtung und schraubte das Birnchen heraus. Schließlich griff er zu der Plastiktüte aus der Eisenwarenhandlung, holte eine Rolle mit selbstklebendem Reflektor-Band heraus und stieg aus.

Er benutzte eine Abkürzung durch die künftigen Gärten. Alle Häuser hier standen noch leer. Als er sich dem beleuchteten Haus näherte, hörte er Musik. Rechts und links des Hauses befanden sich unbebaute Grundstücke. Auch wenn die Straßenbeleuchtung bereits installiert war, lag die Straße noch im Dunkeln.

Morgan ging hinter dem Camaro in die Knie und riss ein Stück vom Reflektor-Band ab. Er suchte sich eine Stelle am unteren Ende der Stoßstange aus, säuberte sie und befestigte das Band. Nachts, im Licht seiner Scheinwerfer, würde es ein Leichtes sein, dem Wagen zu folgen.

Er steckte die Reflektor-Rolle in seine Jackentasche und

holte die Beretta heraus. Auf der rechten Seite des Hauses befand sich eine Garage mit einem Fenster. Er schaute hinein. Im Licht einer halbgeöffneten Tür sah er einen blauen Lincoln Navigator mit Palm Beach County-Kennzeichen. Er überprüfte das Fenster: Nicht verschlossen.

Er ging weiter zur Rückseite des Hauses. Die Musik war lauter hier und wurde von einer wuchtigen Bass-Melodie dominiert: Reggae. Er sah eine Veranda aus kalifornischem Redwood, leicht geöffnete Schiebetüren mit senkrechten Jalousien und einen blassen Lichtschimmer, der auf die Veranda fiel.

Auf der anderen Seite des Hauses war ein kleineres Fenster, das heller leuchtete und ein exaktes Quadrat auf den dunklen Boden projizierte. Morgan fand in der Nähe einen Leichtbetonstein, stellte ihn unters Fenster und kletterte hinauf. Keine Vorhänge oder Jalousien. Er sah direkt in ein kleineres Speisezimmer, das in einen größeren Wohnraum überging. Mit Ausnahme eines alten Sofas und einer Tischlampe, die auf dem Holzboden stand, waren keinerlei Möbel zu sehen.

Die Frau saß auf dem Sofa und schaute zu dem farbigen Mann hoch, der mit geschlossenen Augen in der Mitte des Zimmers tanzte. Er hatte eine vergleichsweise helle Hautfarbe und trug dicke Dreadlocks, die er zu einem Pferdeschwanz zusammengebunden hatte. Zwischen dem ärmellosen T-Shirt und der tiefsitzenden Army-Hose ließ er eine durchtrainierte Bauchmuskulatur erkennen. Er zog an einem Spliff, blies den Rauch wieder aus und groovte unbeirrt weiter. Ein Ghettoblaster, durch ein Kabel mit einer Steckdose verbunden, stand auf dem Fußboden, gleich daneben ein Sixpack Michelob.

Der Frau sagte etwas – worauf ihr der Mann den Spliff reichte. Sie nahm einen tiefen Zug. Er streckte seinen Arm aus, ergriff ihre Hand und zog sie vom Sofa hoch. Sie begannen zu tanzen, langsam, wie unter Hypnose, nur Zentimeter voneinander entfernt.

Er legte den Spliff in den Aschenbecher und wandte sich wieder der Frau zu, die noch immer mit geschlossenen Augen tanzte. Er griff ihre Zöpfe und zog sie so rabiat an sich, dass er fast ihren Hals verrenkte. Als er seine Zunge in ihren Mund schob, wehrte sie sich nicht, sondern presste sich nur noch enger an ihn heran. Nachdem sich ihre Lippen gelöst hatten, trat sie einen Schritt zurück und zog ihr T-Shirt über den Kopf. Sie trug keinen BH. Während sie damit begann, den Gürtel ihrer Jeans zu öffnen, beugte er sich nach vorne und küsste ihre Brüste. Sie zog ihre Hose herunter, kickte sie mit den Füßen weg, kniete sich aufs Sofa und schaute über ihre Schulter zu ihm zurück. Er stellte sich hinter sie und öffnete seine Hose.

Morgan stieg von seinem Betonklotz herunter und trug ihn zurück an die Stelle, wo er ihn gefunden hatte. Er ging zum Wagen zurück und hörte noch von weitem das laute Stöhnen, das sogar die Musik übertönte.

Er hatte sich gerade in den Toyota gesetzt, als das Handy auf dem Beifahrersitz zu summen begann: Mikey.

„C-Love meinte, dass du mich sprechen wolltest“, sagte er. „Was liegt an?“

„Diese Typen aus Haiti – wie gut kennst du die?“

„C-Love arrangierte das Meeting und klärte die Einzelheiten. Warum?“

„Traust du ihnen über den Weg?“

„Was meinst du?“

„Würden sie versuchen, dich über den Tisch zu ziehen? Könnte es sein, dass sie den Deal nur vorgetäuscht haben – um deinen Jungen dann eiskalt über die Klinge springen zu lassen?“

Mikey dachte eine Weile nach.

„Nein“, sagte er dann, „das macht keinen Sinn. Diese Jungs sind letztlich nichts anderes als Geschäftsleute. Was ich ihnen geschickt habe, war nur eine Anzahlung, nur die Spitze des Eisbergs. Sie könnten mit mir viel Geld verdienen. Warum sollten sie das aufs Spiel setzen?“

„Keine Ahnung.“

„Und warum sollten sie mich abzocken wollen, wenn sie genau wissen, dass es dann richtig Ärger gibt?“

„Vielleicht dachten sie ja, dass du momentan genug Probleme an der Backe hast – und gar keine Zeit, um sie in Florida zu besuchen?“

Wieder eine Denkpause.

„Nein. Wie schon gesagt: Es macht keinen Sinn. Sie haben so viel Stoff, den sie unters Volk bringen müssen – und sie würden sich nur ins Knie schießen, wenn sie auf diese Weise ihren künftigen Großabnehmer verprellen. Und warum lassen sie die Knarren im Auto zurück? Kein echter Gangsta geht achtlos an einem nagelneuen Maschinengewehr vorbei.“

„Wo du recht hast, hast du recht."

„Warum fragst du überhaupt?"

„Mir gehen halt ein paar Sachen durch den Kopf", sagte Morgan. „Der Cop, der Willis erschoss? Seine Freundin vergnügt sich gerade mit einem Rastamann. Just in dieser Minute macht sie die Beine breit."

„Ein Haitianer?"

„Sieht ganz danach aus."

„Motherfucker."

„Kann natürlich auch nur ein Zufall sein", sagte Morgan. „Vielleicht gönnt sie sich ja nur dann und wann einen exotischen Nachtisch."

„Vielleicht solltest du mit dem Typen mal ein Gespräch unter vier Augen führen?"

„Daran hatte ich auch schon gedacht."

„Dann lass mich doch die Zwillinge schicken. Diese Scheiße wächst mir langsam über den Kopf."

„Dafür gibt's keinen Anlass. Ich melde mich schon, wenn ich sie brauchen sollte."

„Sie stehen Gewehr bei Fuß."

Daran habe ich keine Zweifel, dachte Morgan. *Sie stehen sicher auch Gewehr bei Fuß, um sich die ganze Knete abzugreifen – einschließlich meines Anteils.*

„Nein", sagte er, „alles unter Kontrolle."

„Dann pass auf, dass es so bleibt, Mann."

16

Sara registrierte sich auf dem Computer, gab den Suchbegriff „Taurus Revolver“ ein und drückte RETURN.

Drei Resultate mit den dazugehörigen Links. Der erste und aktuellste war erwartungsgemäß der Willis-Fall. Sie klickte gleich auf den zweiten und musste einen Augenblick warten, bis sich die Informationen auf dem Bildschirm aufgebaut hatten. Es war ein Fall, an den sie sich noch erinnern konnte, da er erst ein Jahr zurücklag: Bei einem versuchten Raubüberfall auf eine Tankstelle hatte der Verdächtige die Waffe auf der Flucht fallen lassen. Sie schrieb sich die Beweismittel-Nummer auf.

Der dritte Fall, der zwei Jahre zurücklag, fiel in die Kategorie „Häusliche Gewalt“. Im Rahmen einer Unterlassungsverfügung waren drei Waffen beschlagnahmt worden: eine Smith & Wesson .38 Chiefs Special, ein Colt .45 Automatic sowie ein Taurus Revolver – wobei der Taurus fälschlicherweise mit der Kalibergröße .357 eingetragen war. Sie startete sicherheitshalber noch eine Suche mit dem Wort „Taurus“ ohne weitere Zusätze, wurde aber nicht fündig. Sie schaltete den Computer wieder aus und steckte sich die oberste Seite des Schreibblocks ein.

Die Asservatenkammer befand sich in den Kellerräumen. Sara betrat einen langen, grün gestrichenen Gang mit Heizungsrohren, die unter die Decke verlegt worden waren. An den Rohren hingen längliche Lampen, die ein fluoreszierendes Licht auf den Boden warfen. Auf halber Strecke befand sich eine Tür, die grundsätzlich verschlossen blieb, daneben ein Glasfenster, an dem sich Besucher anmelden mussten. Charlie Stern saß hinter dem Fenster und kritzelte etwas auf ein Klemmbrett. Schon bevor sie ihn sah, konnte Sara das Pfeifen seiner asthmatischen Lungen hören. Er war Ende Fünfzig, sah aber zehn Jahre älter aus. Sein Bauch wölbte sich über den Gürtel, die militärisch kurzgeschnittenen Haare waren schlohweiß.

„N'Abend, Sara."

„Charlie, ich frage mich, ob Sie mir vielleicht unter die Arme greifen könnten."

Er schaute sie an, dann zur Uhr auf der Wand hinter ihm. „Viertel vor Sechs."

„Ich weiß. Es wird auch nur ein paar Minuten dauern."

Nach Sechs, wenn Charlie Feierabend machte, musste man sich die Erlaubnis des Sheriffs einholen, um die Asservatenkammer betreten zu können. Sie hatte nicht die Absicht, ihren Besuch an die große Glocke zu hängen.

„Was darf's denn sein?"

Sie reichte ihm den Zettel mit den Nummern. „Ich möchte mir die Waffen ansehen, die unter diesen Nummern registriert wurden. Es handelt sich um eine Taurus, 38 Millimeter Kaliber."

„Und was ist damit?"

„Hat mit dem Fall zu tun, den ich gerade bearbeite. Ich möchte nur sicherstellen, dass sie tatsächlich existieren."

„Geben Sie mir 'ne Minute", sagte er und verschwand vom Fenster.

Sie wartete. Durch das Fenster konnte sie Metallregale sehen, die bis zur Decke mit braunen Kartons gefüllt waren. Sie hörte seinen keuchenden Atem und die langsamen, schwerfälligen Schritte.

Fünf Minuten später kam er zurück und legte zwei stabile Asservatentüten auf die Fensterbank und griff zu seinem Klemmbrett.

„Sie müssen den Ausgang hier bestätigen", sagte er.

„Ich muss nur kurz einen Blick hineinwerfen. Dauert nur eine Minute."

Sie öffnete die Tüten und schaute sich die Waffen an. Die erste war die .38er mit einem rissigen Walnuss-Griff, die zweite war größer – eine .357 mit Nickellegierung. Beide hatten eine gelbe Plastikschlaufe, die durch Lauf und Zylinder gezogen worden war.

„Dann hätte ich noch eine Frage, Charlie."

Er zog eine Augenbraue hoch und bemühte sich erst gar nicht, seine Ungeduld zu verbergen.

„Ab wann wurden die ganzen Beweisstücke im Computer erfasst?"

Er zuckte mit den Schultern.

„1999 vielleicht. Sie hatten hier für eine Weile eine Schreibkraft, die die schriftlichen Unterlagen digital erfasste. Ich weiß aber nicht, wie weit sie damit gekommen ist. Warum?"

„Wenn ich nun nach einer Waffe suche, die noch nicht digital registriert wurde – wie würde ich dann vorgehen?"

„Nun, solange Sie die Nummer des Falles haben, kann ich die Waffe auch finden. Schließlich wurden alle alten Fälle noch handschriftlich festgehalten. Ich muss aber jetzt los, Sara. Hat das nicht noch Zeit?"

Sie lächelte ihn an.

„Tut mir leid“, sagte sie, „aber so lange ich mich in diesen heiligen Hallen aufhalte … Können Sie mir nicht noch ein kleines bisschen helfen?“

„Früher wurden alle Waffen, die in der Asservatenkammer landeten, in großen Kladden registriert. Das war aber noch vor meiner Zeit.“

„Haben Sie die Kladden denn noch?“

Er seufzte und drückte auf einen Knopf unter dem Fenster. Die Tür summte und öffnete sich. „Kommen Sie rein.“

Als sie eingetreten war, schloss er die Tür hinter ihr ab, zog das Gitter hinter dem Fenster herunter und sicherte es mit einem Vorhängeschloss.

„Ein weiterer Besucher wäre so ziemlich das Letzte, was ich zu meinem Glück brauche“, sagte er. „Sie stehen da drüben.“

Er zeigte auf einen Schreibtisch mit einem Bücherbord, das mit Kladden gefüllt war.

„Jede Kladde deckt etwa vier Jahre ab“, sagte er. „Alles Jahrgänge, die nie im Computer erfasst wurden.“

Sie nahm sich die erste Kladde herunter und wischte mit dem Finger über den Buchrücken: 1986–1990.

Sie nickte zum Schreibtischstuhl hinüber. „Haben Sie was dagegen?“

„Machen Sie nur“, sagte er. „Ich hab eh noch Kleinigkeiten, die ich erledigen muss.“

Er ging zu seinem Fenster zurück und schrieb etwas auf sein Klemmbrett.

Der Schreibtisch war mit Papierstapeln hoffnungslos überladen. In der Nähe des Telefons lag ein Käse-Sandwich, zur Hälfte gegessen, auf dem es sich eine Fliege bequem gemacht hatte. Sara setzte sich und legte die geöffnete Kladde auf ihren Schoß.

Es war das klassische Kontoführungsbuch mit Tabellen und Kolumnen. Die meisten Eintragungen waren mit blauer Tinte gemacht worden, einige aber auch in Grün oder Rot. Überall die gleiche krakelige Handschrift – offensichtlich von Charlies Vorgänger. Jede Eintragung beinhaltete auch die Nummer des zugrundeliegenden Falles.

Sie glitt mit ihren Fingern die Kolumnen hinunter und überflog die Kommentare: *Jagdgewehr, Einzelschuss, Kaliber 12. Colt .45. Peacemaker. Star .25.* Alle Waffen waren entweder bei einem Verbrechen oder im Anschluss konfisziert worden. Sie zuckte immer zusammen, wenn sie auf ein .38er Kaliber stieß. Smith & Wesson. Rugers. Dan Wessons. Aber keine Taurus.

Sie blätterte eine Seite nach der anderen um und fühlte, wie der Staub in ihrer Nase einen Niesreiz auslöste.

„Und – kommen wir weiter, Sara?“

„Alles bestens, Charlie. Tut mir leid, dass es nun doch etwas länger dauert.“

„Sagen Sie mir einfach Bescheid, wenn Sie fertig sind.“ Die Resignation in seiner Stimme ließ sich nicht überhören.

Auf der sechsten Seite wurde sie fündig: März 1988. Eine Taurus .38, die bei einer Verkehrskontrolle beschlagnahmt wurde. Auch die Seriennummer war vermerkt worden. Und, am Ende der Kolumne, die Nummer des betreffenden Falls.

Sie öffnete die Schubladen des Schreibtischs. In der obersten lag ein *Penthouse* und ein Inhalator. In der zweiten fand sie ein unbeschriebenes Blatt Briefpapier. Sie schrieb die beiden Zahlen auf.

„Charlie?“, rief sie laut.

„Wollen Sie mir nicht endlich sagen, wozu das alles gut sein soll, Sara?“

Sie waren dem Standort des betreffenden Kartons tatsächlich auf die Spur gekommen. Er stand drei Reihen weiter auf dem vierten Regalbrett – und Sara hatte die Schiebeleiter herangezogen, um selbst hochzuklettern. Charlie schien dankbar zu sein, nach Dienstschluss nicht auch noch diese Dienstleistung erbringen zu müssen. Er stand neben ihr, schaute hoch und atmete schwer. Sie zog den Karton aus dem Regal und stieg vorsichtig die Leiter herunter, die Charlie sicherheitshalber auch noch festhielt.

„Danke“, sagte sie und brachte den Karton zum Schreibtisch. Bevor sie den Deckel lüftete, schaute sie noch einmal auf die Nummern der Fälle, die auf der Vorderseite vermerkt waren: 01404 – 01411. Sie suchte nach der Nummer 01408.

Es gab sechs Asservatentüten in dem Karton, alle säuberlich beschriftet. Sie inspizierte sorgfältig ihre Inhalte: Kleidungsstücke, ein Jagdmesser, eine .25 Automatik, aber keine Taurus. Nicht einmal die Asservatentüte mit der betreffenden Fallnummer befand sich in dem Karton.

„Stimmt irgendwas nicht?“, fragte Charlie.

„Hat vielleicht irgendjemand in letzter Zeit die Entnahme von Beweismaterial beantragt?“

„Nicht in meiner Anwesenheit. Und warum würde sich jemand für diese alten Fälle interessieren? Entweder sie sind längst abgeschlossen oder werden – falls sie es nicht sind – nie mehr geschlossen werden.“

Sie drückte den Deckel wieder auf den Karton.

Es hat nichts zu bedeuten. Ständig werden Sachen falsch eingeordnet. Wahrscheinlich stecken die Hälfte der Beweismittel hier unten in der falschen Kiste.

„Okay“, sagte sie, „die Akte ist für mich geschlossen.“

Sie stieg noch einmal die Leiter hinauf und stellte den Karton an seinen angestammten staubigen Platz. Als sie hinunterkam, wischte sie mit der Hand die Vorderseite ihrer Uniform ab.

„Sind Sie okay?“, fragte Charlie. „Sie sehen plötzlich so aus, als seien Sie überhaupt nicht glücklich.“

„Alles in Butter“, log sie. „War nur eine Vermutung von mir, die sich nicht bewahrheitet hat.“

Er schaute sie noch einen Moment an und drehte dann eine Runde, um überall das Licht auszuschalten. Die Leuchtstoffröhren summten noch einmal, blinkten kurz und quittierten ihren Dienst. Sie folgte ihm auf den Flur. Er schloss hinter ihnen ab.

„Noch 'ne Sache, Charlie?“

„Was?“

„Erzählen Sie bitte niemandem von meinen Besuch. Es war nur eine Angelegenheit, von der ich mich mit den eigenen Augen überzeugen musste.“

„Wenn Sie's so wünschen", sagte er und hielt ihr die Tür zum Treppenhaus auf.

Auf der Damentoilette zog sie sich um und verstaute Uniform und Weste in ihrem Army-Rucksack. Als sie auf den Parkplatz trat, sah sie Billy, der sich gegen die Kühlerhaube des Blazers lehnte. Sein Pick-up stand gleich dahinter. Sie hielt an.

„Hey, Sara."

Er trug Jeans und ein Flanellhemd und sah übernächtigt aus.

Sie rührte sich nicht.

„Ich wollte nicht wieder zu deinem Haus kommen", sagte er. „Ich war mir nicht sicher, ob ich da noch willkommen bin."

„Was willst du?"

„Reden."

„Worüber?"

„Nicht hier, Sara, nicht unter diesen Umständen."

Sie drehte sich zum Eingang um und hoffte, jemand würde herauskommen und sie aus der misslichen Situation befreien.

„Ich hab über unsere letzte Nacht nachgedacht", sagte er. „Ich bin überhaupt nicht glücklich über die Art und Weise, wie wir auseinandergegangen sind."

„Dafür ist jetzt nicht die richtige Zeit, Billy. Ich muss los. Danny wartet."

„Vielleicht könntest du ja JoBeth anrufen und fragen, ob sie ein bisschen länger bleiben kann. Dann könnten wir bei einem Drink etwas quatschen."

„Keine gute Idee."

„Hat sich deine Meinung über mich so radikal geändert? Können wir nicht mal ein freundschaftliches Gespräch führen?"

„Du siehst nicht so aus, als könne man mit dir noch ein freundschaftliches Gespräch führen, Billy. Und davon abgesehen: Du bist wohl von allen guten Geistern verlassen, hier vor dem Revier aufkreuzen."

„Hat Danny seinen Dinosaurier zusammengesetzt?"

„Hat er."

„Nur einen Drink, Sara. Ich will nur mit dir reden. Kannst du mir nicht soweit entgegenkommen?"

Sie schaute auf ihre Uhr, dann zu ihm.

„Zwanzig Minuten. Mehr nicht."

„Das reicht." Er deutete auf seinen Truck.

„Ich fahr dir hinterher", sagte sie.

„Willst du nicht mal mehr mit mir zusammenfahren?"

„Willst du nun mit mir reden oder im Auto fahren?"

„Sorry", sagte er. „Ich mach alles, was du willst."

„Wenn ich dich aus den Augen verliere, treff ich dich im *Tiger's*."

„Nicht dort, nicht heute Abend."

„Wo dann?"

„Irgendwas anderes. Mir fällt schon was ein."

„Aber nicht so weit weg."

Er nickte und ging zu seinem Truck.

Sie setzte sich hinters Steuer, legte ihren Rucksack auf den Beifahrersitz und verfolgte, wie er losfuhr und mit einem Reifen voll eine Bordsteinkante erwischte.

Sie klemmte sich hinter den Pick-up, öffnete gleichzeitig ihren Rucksack und holte die lederne Gürteltasche heraus, die sie bei bestimmten Gelegenheiten zu schätzen wusste. Sie öffnete den Velcro-Verschluss auf der Vorderseite und holte dann – noch immer mit einer Hand am Steuer – die Glock aus ihrem Rucksack heraus, schüttelte sie aus dem Holster und schob sie in die Gürteltasche.

Als sie die Stadtgrenze passiert hatte, bemerkte sie einen grauen Toyota im Rückspiegel. Er hielt einen gebührenden Abstand ein und machte keinerlei Anstalten, die Entfernung zu verringern. Irgendwo in ihrem Hinterkopf meldete sich eine Hirnzelle zu Wort, die den Wagen schon einmal gesehen haben wollte, doch Sara mochte der unspezifischen Warnung keine Bedeutung zumessen.

Erstaunlich, wie schnell man im Reich der Paranoia landen kann.

Da der Toyota bereits die Scheinwerfer eingeschaltet hatte, konnte sie im Dämmerlicht nur einen Schattenriss hinter dem Steuer ausmachen. Vier Meilen später war der Wagen noch immer da und hielt noch immer den gleichen Abstand ein. Als sie ihren Fuß vom Gas nahm und den Wagen nur rollen ließ, tat der Toyota offensichtlich dasselbe.

Vor ihr hatte Billy den Blinker betätigt und bog auf eine Ausfahrt. Sara folgte ihm, während der Toyota mit vollem Tempo an ihnen vorbeibrauste. Als er sie passierte, sah Sara kurz das Profil eines farbigen Mannes. Ein paar Sekunden später war der Toyota hinter einer Kurve verschwunden.

17

Sie landeten schließlich in einer Bar, in der sie noch nie in ihrem Leben gewesen war. Offensichtlich verkehrten hier überwiegend die Indianer, die in der Seminole Reservation in Immokalee zu Hause waren. Sara fühlte sich gleich unwohl, als sie beim Eintreten von allen Gästen – ausnahmslos Männer – ausgiebig in Augenschein genommen wurde. In der Jukebox quengelte Tammy Wynette – und die Deckenventilatoren schafften es nicht einmal ansatzweise, den in der Luft stehenden Zigarettenqualm in Bewegung zu setzen.

Als sie hereinkam, saß Billy bereits in einer Sitznische am Ende des Raums. Die Brennspuren auf der Tischplatte – wie scheinbar alles hier aus Zypressenholz – ließen keinen Zweifel daran, dass hier seit Menschengedenken Zigaretten geraucht wurden.

Er schaute ihr entgegen, als sie an seinen Tisch kam, schien sich dabei aber vor allem für ihre Gürteltasche zu interessieren.

„Ich möchte gar nicht wissen, welche Geheimnisse sich darin verstecken", sagte er.

Sie zwängte sich auf eine Sitzbank. „Ich hab keine Zeit zu verlieren", sagte sie nur.

Er stand auf. „Kellnerinnen sind hier wohl Fehlanzeige."

Er ging zur Bar, während Sara sich umschaute. Ein mittelalter Indianer mit Westernhemd und fettigen, nach hinten gekämmten Haaren drehte sich gerade auf seinem Stuhl um und grinste sie an. Er hatte anscheinend schon gut gebechert. *Herr im Himmel,* dachte sie, *wo bin ich hier nur gelandet?*

Billy kam mit einem Bierkrug und zwei Gläsern zurück.

„Pabst Blue Ribbon", sagte er. „Das einzige Fassbier, das sie im Ausschank haben."

Er setzte sich und füllte die beiden Gläser.

„Natürlich hätte ich auch nach einem Guinness fragen können", sagte er, „bin mir aber sicher, dass es hier draußen nicht gerade ein Verkaufsschlager ist."

„Ich bin nicht zum Trinken gekommen."

„Ich weiß." Er schob ein gefülltes Glas zu ihr hinüber und schaute auf sein eigenes. „Wie schon gesagt: Die Art und Weise, wie wir auseinandergegangen sind, hat mich schon tief getroffen."

Sie schaute zur Seite und spürte, dass ihre Geduld bereits einem harten Test unterzogen wurde. Der Indianer gaffte sie noch immer an. Sie starrte zurück und tat das mit einer Ausdauer, die ihn schließlich doch zur Kapitulation zwang: Er drehte sich wieder zum Tresen zurück.

„Deine Gefühle für mich sind inzwischen genau ins Gegenteil umgeschlagen", sagte Billy. „Ich bin mir dessen sehr wohl bewusst. Es wird nie wieder so sein, wie es mal war."

„Wir sollten das Thema nicht wieder aufwärmen, Billy. Es gibt absolut keinen Grund dafür."

„Wenn man noch jünger ist, weiß man noch nicht, was verpasste Chancen sind. Man ist fünfundzwanzig oder dreißig und denkt sich: ‚Schade drum, aber diese Beziehung hat wohl nicht funktioniert.' Weil man zu wissen glaubt, dass es immer neue Gelegenheiten geben wird. Aber wenn man dann einmal in meinem Alter angekommen ist, wird einem klar, dass die Zeit der Optionen vorbei ist. Und dass Sachen, die man leichtfertig verspielt hat, genau die Sachen sind, die man mit beiden Händen hätte festhalten sollen."

Sie schauten sich an.

„Wenn man in meinem Alter eine Frau verliert, fragt man sich unwillkürlich, ob es nicht vielleicht die Frau fürs Leben gewesen ist. Aber man lässt sie ziehen – obwohl man die Entscheidung nie mehr rückgängig machen kann."

„Ich war nicht die richtige Frau für dich, Billy. Das solltest du dir ein für alle Mal aus dem Kopf schlagen. Wenn ich's gewesen wäre, würden wir hier nicht sitzen. Du hast deine eigenen Entscheidungen getroffen – und kannst nun nicht andere Leute dafür verantwortlich machen."

„Das weiß ich ja. Die Sache ist nur: Mit dir ..." Er wich ihrem Blick wieder aus. „Ich hab einfach Schiss gehabt ... die Situation mit Danny ... Ich wollte für ihn da sein, ich wollte stark sein, aber manchmal wuchs es mir über den Kopf."

„Das hab ich doch schon mal gehört."

„Wie meinst du das?"

„Als Roy sich verdrückte – nachdem Danny krank geworden war –, war genau das einer seiner Sprüche: Er liebe Danny so sehr, dass er einfach nicht mitansehen könne, wie Danny krepiere. Und weißt du, was ich daraus gelernt habe? Dass er ein gottverdammter Schlappschwanz war. Danny ist nach wie vor unter uns und sogar auf dem Weg der Besserung. Ich werde jedenfalls alles tun, damit ich seine völlige Genesung erlebe. Aber Roy wusste nicht, wie er mit Danny und seiner Krankheit umgehen sollte? Was für eine dumme Ausrede. Er war ein Typ, der *gar nichts* geregelt bekam."

Er schaute auf sein Bier.

„Du warst doch sein Freund, Billy. Du kanntest ihn. Du weißt doch, wovon ich rede."

Er nickte, schaute aber noch immer das Bier an.

„Nun mach schon und trink's", sagte sie. „Mein Bier ist es nicht."

„Du hast Gründe genug, um wütend zu sein. Das versteh ich ja."

„Wirklich?"

„Und du hast recht: Einige der Entscheidungen, die ich getroffen haben, waren nicht gerade das Gelbe vom Ei."

„Ich bin nicht dein Psychiater, Billy."

„Ich weiß. Aber manchmal denke ich mir, dass du die einzige echte Chance warst, die ich in meinem Leben hatte – die einzige Chance, um ein glückliches, normales Leben zu führen. Und dass ich diese Chance achtlos weggeworfen habe."

„Du hattest genug Chancen, dein Glück zu finden", sagte sie, „und sie alle hatten mit mir nichts zu tun. Nur du bist dafür verantwortlich, die Weichen in deinem Leben richtig zu stellen. Diese Verantwortung kannst du nicht anderen Leuten in die Schuhe schieben."

„Du hast ja recht. Aber in letzter Zeit sind die Dinge … einfach aus dem Ruder gelaufen. Manchmal hab ich den Eindruck, als sei alles so abgefuckt, dass die Rückkehr in ein normales Leben überhaupt nicht mehr möglich sei."

„Wie meinst du das?"

Er schüttelte den Kopf. Sie hatte den Eindruck, als habe er sich verplappert und trete nun auf die Bremse. *Gib ihm Raum, lass ihn einfach reden.*

Sie lehnte sich zurück und nippte am Bier. Es war dünn und bitter. Sie zog eine Grimasse und stellte es ab. Aus der Jukebox meldete sich Johnny Paycheck zu Wort: „Take This Job and Shove It".

„Erst wurde mir gesagt, dass ich völlig zu Recht geschossen hätte", sagte er, „dass mein Verhalten absolut korrekt war."

„Richtig."

„Aber inzwischen sehen sie mich offensichtlich mit anderen Augen. Und du tust es auch."

„Wie kommst du darauf."

„Gestern stattete Elwood meinem Haus einen Besuch ab." Er schaute ihr direkt in die Augen. „Er wollte allein mit Lee-Anne sprechen – als ich nicht zu Hause war. Sie hatte ihm natürlich nichts zu erzählen, aber trotzdem … Ich meine, wenn der Fall einmal abgeschlossen ist, sollte er's auch bleiben."

„Vielleicht wollen sie ja auch nur die allerletzten Zweifel ausräumen – auch um dich zu schützen."

„Vielleicht war es aber auch nur diese gottverdammte Nigger-Tussi, die den ganzen Staub aufgewirbelt hat."

„Ich glaube, dass ich dieses Wort noch nie aus deinem Munde gehört habe."

„Verdammt nochmal, Sara. Ich kann einfach …"

„Ich muss los, Billy. Danke fürs Bier." Sie stand auf.

„Sara!" Er schaute sie flehentlich an. „Ich weiß doch, dass ich in deinem Herzen noch immer einen Platz habe. Nach all dem, was wir zusammen erlebt haben. Auch unsere gemeinsame Nacht neulich war dafür doch ein Beweis. Ich weiß, dass ich dich manchmal auf die Palme treibe, aber am Ende des Tages weiß ich auch, dass du noch immer auf meiner Seite bist. Ich weiß es einfach. Ich kann's fühlen."

Sie stieß sich von der Tischplatte hoch und rutschte von der Sitzbank. „Ich muss los. Und du solltest auch nach Hause fahren."

„Ich denke, ich bleibe noch ein hier und trinke in Ruhe mein Bier. Ich bin ja schon dankbar, mich an einem unverdächtigen Ort aufhalten zu können. Oder könnte es sein, dass man mich sogar hier polizeilich überwacht?"

„Gute Nacht, Billy."

„Gute Nacht, Sara. Und vergiss nicht: *Dir* mache ich keine Vorwürfe – wirklich nicht."

Mitternacht. Von einem Küchenlicht abgesehen, war es stockdunkel im Haus. Sie saß im Wohnzimmer und ließ die Geschehnisse des Tages noch einmal Revue passieren. Das Gespräch mit Billy. Die verschwundene Taurus. Der graue Toyota, der ihr gefolgt war. *Oder vielleicht auch nicht. Vielleicht bildest du dir das alles nur ein.*

Das Licht eines Scheinwerfers fand seinen Weg durch die Jalousien, wanderte über die Wand und verschwand wieder. Sie ging zum Fenster, schob die Jalousien auseinander und schaute hinaus. Ein feuchter Nebel hing über der Straße und gab den Straßenlampen einen verschwommenen Glanz. Sie sah die Bremslichter eines Wagens, der am Ende der Straße gerade nach rechts abbog und verschwand.

Sie ging über den Flur und schaute in Dannys Zimmer. Er lag bewegungslos unter der Decke. Sie blieb im Türrahmen stehen, bis sie sich überzeugt hatte, dass er leise atmete.

Ein weiteres Scheinwerferlicht huschte lautlos durchs Wohnzimmer, diesmal in der entgegengesetzten Richtung. Der helle Fleck schien für einen Moment an der Wand hängen zu bleiben, um sich dann aber doch zu bewegen. Als sie ans Fenster trat, war der Wagen bereits verschwunden.

Sie ging zur Garderobe im Flur und zog sich einen Kapuzenpulli über. Das Ticken der Küchenuhr war das einzige Geräusch, das im Haus zu hören war. Im Schlafzimmer holte sie ihre Glock aus dem Kleiderschrank und steckte sie in die Brusttasche. Das Gewicht der Waffe zog den ganzen Pulli nach unten.

Sie nahm den Hinterausgang und ging die zwei Stufen hinaus in den Garten. Die Luft war feucht und schwer. Sie ging am Haus entlang Richtung Haustür, hielt kurz an und horchte in die Nacht. Außer dem Fernseher, der im ersten Stock des Nachbarhauses lief, hörte sie keine Geräusche.

Wieder kamen die Scheinwerfer, diesmal von rechts und langsamer als zuvor. Der Wagen hielt auf der gegenüberliegenden Seite, knapp einen Block von ihrem Haus entfernt. Die Scheinwerfer erloschen. Am Klang des Motors konnte sie hören, dass der Leerlauf eingelegt worden war.

Sie holte ihre Glock heraus, hielt sich im Schatten der Wand und ging langsam bis zur Ecke des Hauses vor. Der Wagen, zu weit von der nächsten Straßenbeleuchtung entfernt, war im Nieselregen nur als dunkler Schatten erkennbar. Sie ärgerte sich, nicht ihre Polizeimarke mitgebracht zu haben. Sie würde mit gezückter Pistole zum Wagen gehen, ihre Marke zeigen – fertig.

Tropfen aus der Regenrinne fielen ihr ins Gesicht. Sie beobachtete weiter den Wagen und musste an Danny denken.

Scheiß drauf. Marke oder nicht.

Sie löste sich von der Hauswand und ging über den Rasen in Richtung des parkenden Wagens – die Glock in beiden Händen.

„Stehenbleiben! Polizei!", schrie sie und ging mit ihrer Pistole in Position. „Stellen Sie den Motor ab!"

Mit quietschenden Reifen schoss der Wagen nach vorne, bevor sie die Straße erreicht hatte. Er brauste – noch immer mit abgeschaltetem Licht – bis zur nächsten Kreuzung und ließ eine dichte, undurchsichtige Sprühwolke hinter sich. An der Kreuzung ignorierte er auch das Stop-Zeichen und bog mit waghalsigem Tempo ab.

Doch bevor er endgültig aus ihrem Blickfeld verschwand, war er für den Bruchteil einer Sekunde im Licht der Straßenbeleuchtung zu sehen, die an der Kreuzung etwas großzügiger bemessen war: Es war ein schwarzer Pick-up mit Schmutzfängen hinter den Rädern. Billys Wagen.

Sie senkte ihre Glock und ging durch den Sprühregen zum Haus zurück.

18

Als der Mann mit den Dreadlocks in die Garage kam, drückte ihm Morgan die Mündung seiner Beretta direkt auf den Hinterkopf.

„Eine Patrone in der Kammer", sagte er. „Du weißt, was das bedeutet."

Der Mann erstarrte zur Salzsäule. Morgan stieß ihn gegen den Lincoln Navigator.

„Hände auf die Haube."

Er tat, wie ihm befohlen. Er trug nichts außer Jeans und einem blauen Halstuch, hatte seine Dreadlocks gelockert und roch nach Marihuana.

Morgan tastete seine Taschen mit der linken Hand ab, fischte ein Portemonnaie heraus und steckte es in seine Windjacke.

„Sonst noch jemand im Haus?", fragte er.

Der Rastamann schüttelte den Kopf.

„Gib mir gefälligst eine Antwort."

„Nein, niemand hier." Sein Englisch hatte einen karibisch angehauchten Dialekt.

„Falls doch jemand hier ist", sagte Morgan, „wird es dich in jedem Fall zuerst erwischen. Dreh dich um und geh rein."

Der Mann nahm die Hände von der Haube, drehte sich um und schaute Morgan und seine Waffe an. Der nackte Angst war ihm ins Gesicht geschrieben. „Ich weiß nicht, was du willst, Mann, aber hier drinnen gibt es nichts."

„Geh weiter", sagte Morgan.

Er ging die Stufen zu einer leeren Küche hoch. Morgan folgte ihm und zog die Verbindungstür hinter sich zu. Auf der Küchenablage lag ein Handy sowie eine wuchtige Automatik – eine Desert Eagle .44. Die Tür zum Garten war abgeschlossen und mit einer Kette verriegelt. Morgan öffnete eine andere Tür, sah Stufen, die in den Keller führten, horchte hinunter, hörte aber nichts. Der Mann beobachtete ihn.

„Zum Wohnzimmer", sagte Morgan.

Sie gingen hinein. Die gläserne Schiebetür war verschlossen, ebenso die vertikalen Jalousien. Ein in die Jahre gekommener Holzstuhl mit senkrechter Rückenlehne stand vor einer Wand.

„Was ist das für ein Laden?", fragte Morgan.

„Wie soll ich das verstehen?"

„Wer lebt hier?"

„Noch niemand. Ich habe einen Freund, der diese Wohnungen verkauft. Er lässt mich hier bleiben."

„Dreh dich zum Sofa um."

Als er es tat, holte Morgan mit seiner Beretta aus und traf ihn an der Schläfe. Er schrie auf und ging in die Knie.

Sein Schatten, von der Fußbodenlampe an die Wand geworfen, war überlebensgroß.

„Bleib, wo du bist“, sagte Morgan und trat ein paar Schritte zurück. Er steckte die Beretta in den Gürtel und schaute sich das Portemonnaie genauer an. Rund hundert Dollar in cash, Kreditkarten mit drei verschiedenen Namen, ein Florida-Führerschein auf den Namen Jean-Pierre Delva, registriert auf eine Adresse in Riviera Beach. Er warf das Portemonnaie aufs Sofa.

Delva tastete mit blutigen Fingern seinen Kopf ab. „Es gibt hier nichts für dich, Mann. Das ist alles Geld, das ich habe.“

In der Küche meldete sich das Handy und spielte eine Melodie, die Morgan nicht kannte. Delva schaute hoch.

„Wer ist das?“, fragte Morgan.

„Ich weiß nicht.“

Morgan hatte den Eindruck, als sei der Mann nun noch nervöser geworden.

„Deine Freundin?“

„Wer?“

„Die weiße Frau, die du gestern Abend gepimpert hast.“

Die Melodie auf dem Handy verstummte.

„Weiß ihr Freund was hier abgeht?“

„Was für ein Freund?“

„Flynn. Einer der Sheriffs hier.“

„Ich hab ’ne Menge Frauen, Mann. Vielleicht weiß er was, vielleicht nicht. Was sollen diese Fragen?“

„Steh auf“, sagte Morgan. „Setz dich auf den Stuhl.“

Er rappelte sich hoch, ließ sich auf den Stuhl fallen und schaute fassungslos seine blutigen Hände an. Was immer er anfangs noch an Courage gehabt haben mochte, war spurlos verschwunden.

„Wo ist das Geld?“, fragte Morgan.

„Was für Geld, Mann?“

Das Handy meldete sich erneut zu Wort. Beide schauten zur Küche, doch die Melodie verstummte, kaum dass sie begonnen hatte.

Morgan zog die Beretta wieder heraus.

„Ich habe einen weiten Weg hinter mir“, sagte er. „Glaubst du wirklich, ich würde mit leeren Händen hier wieder herausgehen?“

Delva schaute ihn an. „Du kommst aus dem Norden, richtig? Du arbeitest für diesen fetten Mann.“

„Ich arbeite für niemanden.“

„Ich kann dir nicht helfen, Mann. Ich hab das Geld nicht.“

„Aber du weißt, wer es hat.“

„Sprich mit der Frau. Sie weiß es. Mir haben sie nichts erzählt.“

„Aber du hast dabei geholfen, das Geld verschwinden zu lassen. Also hast du auch Ansprüche auf deinen Anteil.“

„Ich habe nur ein paar Sachen weitergesagt, die ich aufgeschnappt hatte. Das war alles.“

„Aber jetzt wartest du vergeblich auf dein Geld.“

Delva schaute auf den Fußboden.

„Wer hat den Plan ausgeheckt? Du, die Frau, Flynn – wer sonst noch?“

„Ich weiß nicht, wovon du redest, Mann."

„Die andere Frau, die Polizistin – war sie auch beteiligt?"

„Ich weiß nicht, wer das sein soll."

Von draußen drang ein schwaches Geräusch ins Wohnzimmer, das von einem Automotor zu stammen schien. Morgan schaute in den Eingangsbereich, von dem aus ein Fenster den Blick auf die Straße freigab. Keine Scheinwerfer zu sehen. Das Geräusch wurde obendrein schwächer.

„Wir müssen hier so schnell wie möglich raus", sagte Delva.

„Warum?"

„Sie sind mir auf den Fersen. Die Jungs hier unten verstehen keinen Spaß. Sie wollen mit mir reden."

„Über das Geld? Warum es bei ihnen nie angekommen ist?"

Delva antwortete nicht.

Morgan ging in den Eingangsbereich und schaute aus dem Fenster. Die Straße war leer.

„Sie kommen zurück", sagte Delva.

Morgan schaute auf seine Uhr: Zehn Minuten nach Mitternacht.

„Steh auf", sagte er, „du kommst mit mir."

Das Handy klingelte erneut. Morgan ging in die Küche und nahm es in die Hand, behielt Delva dabei aber immer im Auge. Er öffnete das Telefon und hielt es ans Ohr.

„*Yo, papi,* warum antwortest du denn nicht?" Es war ein fetter Akzent irgendwo aus der Karibik. „Wir sind schon draußen vor der Tür, Boy. Lass uns doch rein. Wir müssen reden, *konprann*?"

Morgan schaute zur gläsernen Schiebetür im Wohnzimmer, wo gerade ein Schatten vorbeihuschte. Offensichtlich hatte er die Gefahr unterschätzt und zu lange gewartet. Er fragte sich, wie viele dieser Ganoven das Haus wohl umstellt hatten.

„Bist du noch da, *gason*? Mach keinen Scheiß."

Er klappte das Telefon zu und ließ es auf die Küchenablage fallen.

„Was ist los?", fragte Delva.

Morgan konnte sich eine Antwort sparen. An der rückwärtigen Tür waren zwei Faustschläge zu vernehmen. Jemand rüttelte am Türgriff.

„Louvri la pot!"

Fußtritte auf der Veranda.

Morgan bewegte sich instinktiv zum vorderen Eingang. Es war seine beste Chance. Wenn er die Beine in die Hand nehmen würde, könnte er sie vielleicht im Dunkel der Nacht abschütteln und zurück zu seinem Toyota laufen. Sie würden ihn eh nicht weiter verfolgen, weil sie erst einmal mit Delva beschäftigt waren.

Die Glastür zur Veranda zersplitterte mit einem ohrenbetäubenden Krachen. Glassplitter flogen ins Wohnzimmer, ein Betonblock rutschte über den Holzfußboden. Ein Mann drückte die Jalousien zur Seite, um durch den Türrahmen zu steigen. Morgan feuerte zweimal und sah, wie der Schatten zurück auf die Veranda torkelte. Sicherheitshalber schoss er noch einmal hinterher. Dann fuhr er herum und zielte auf das Fenster im Esszimmer, wo er ebenfalls einen Schatten gesehen zu haben glaubte. Er drückte ab und ließ die Scheibe in tausend Splitter zerfallen.

Für einen Moment herrschte völlige Stille. Delva war auf dem Boden und nutzte das Sofa als Schutzschild. Größere Glasstücke lösten sich aus der Verandatür und zersprangen in kleinere Scherben. Morgan hörte von draußen Stimmen und wusste, dass der nächste Angriff nur eine Frage von Minuten war. Höchste Zeit, sich auf den Weg zu machen.

Er lief zum vorderen Eingang und schoss sicherheitshalber einmal frontal durch die Haustür, um nicht mit einer unliebsamen Überraschung konfrontiert zu werden. Er öffnete die beiden Schlösser, trat gegen die Moskitotür und lief geduckt hinaus. Als er zu seiner Linken Stimmen hörte, feuerte er in die Richtung, rutschte dann aber auf dem feuchten Gras aus und ging zu Boden.

Er stöhnte laut auf, als sein Brustkörper auf den Boden schlug. Er hörte Schüsse hinter sich, aber auch Schüsse aus dem Inneren des Hauses. Er rappelte sich hoch. Halb rutschend stolperte er den Abhang zur Straße hinunter. Hinter ihm Schreie und weitere Schüsse. Er drehte sich um und sah zwei Männer an der Haustür, blaue Tücher um den Hals, die auf ihn zielten. Einer rief laut: „Andre! Andre! Schnapp ihn dir. *Vit!*“

Morgan feuerte auf sie, traf aber nur den Türrahmen. Sie gingen hinter der Tür in Deckung.

Er fing an zu laufen und sah den Schatten eines Wagens, der auf der Straße geparkt war. Plötzlich trat ein Mann aus dem Schatten und richtete seine Automatik auf ihn – drei, vier Meter von ihm entfernt. Sie hoben ihre Waffen gleichzeitig. Morgan sah den Umriss einer klobigen Russen-Pistole und hörte das Klicken. Dann nochmal.

Der Mann senkte seine Waffe und zog hektisch am Schlitten. Blockiert. Morgan schoss ihm zweimal durch die Brust.

Lautes Schreien aus dem Haus. Morgan lief an dem Wagen vorbei und überquerte die Straße. Ein Geschoss touchierte den Asphalt zu seiner Linken. Er lief weiter und sah das freie Grundstück, auf dem die beiden Bagger abgestellt waren.

Als er den Bulldozer erreicht hatte, ging er hinter dem Fahrzeug in Deckung, ließ sich dann auf den Lehm fallen und lehnte sich mit dem Rücken gegen die Raupe. Er war völlig außer Atem und spürte, wie ein schmerzhafter Krampf vom Brustkörper in den Unterleib wanderte.

Wieder hektisches Geschreie am Haus. Das Schlagen von Autotüren. Er presste sich noch enger gegen das kalte Metall der Raupe. Der feuchte Boden hatte seine Hose bereits völlig durchnässt.

Autoscheinwerfer, Motorengeräusche. Die Scheinwerfer streiften über das leere Gelände zu seiner Linken. *Sie haben wahrscheinlich die Fenster runtergelassen und ihre Waffen im Anschlag, um bei jeder Bewegung schießen zu können.*

Der Wagen rollte langsam vorbei, der Lehmboden neben ihm versank wieder im Dunkel. Sein Atem hatte sich inzwischen normalisiert – und auch die Krämpfe im Unterleib wurden zum Glück immer schwächer. Nach ein paar Minuten kam der Wagen aus der anderen Richtung zurück. Das Licht erhellte kurz den Räumschild der Planierraupe. Er drückte die Beretta fester an sich und fragte sich, ob sie wohl den Mut haben würden, sich zu Fuß an seine Fersen zu heften.

Der Wagen fuhr vorbei – und die Schatten verschwanden wieder im Schwarz der Nacht.

Er wusste nicht mehr, wie lange er dort gesessen hatte. Nach einer Weile hörte er, wie der Wagen wieder das Gelände verließ, diesmal das Tempo aber nicht drosselte, sondern gleich zur Straße durchfuhr.

Er schaute auf die Uhr: Zwanzig vor Zwei. Er versuchte aufzustehen, doch seine Beine waren so steif, dass er sich wieder setzen musste. Beim zweiten Versuch stützte er sich mit der Hand gegen die verschmutzte Raupe und schaffte es. Seine Kniegelenke machten ein vernehmbares Geräusch.

Er legte die Beretta auf den offenen Fahrersitz und schaute zum Haus hinüber. Die Fenster waren noch immer erleuchtet, doch der Wagen vor der Tür war verschwunden.

Er massierte seine steifen Beine, bis sie wieder halbwegs funktionstüchtig waren. Als er erneut auf die Uhr schaute, war es bereits Zwei.

Er machte sich auf den Weg, die Beretta schussbereit an seiner Seite. Seine Knie und Hüften taten noch weh, doch die Magenschmerzen waren verschwunden. Er ging durch unbebaute Grundstücke und die künftigen Gärten, bis er auf der gegenüberliegenden Seite des Hauses angekommen war. Alles war still. Auch der Mann, den er auf der Straße erschossen hatte, war verschwunden. Nur ein feuchter Fleck auf dem Asphalt erinnerte noch an den Vorfall.

Er überquerte die Straße und schaute zunächst in die Garage: Der blaue Navigator war noch da. Er ging ums Haus herum und stieg die Treppe zur Veranda hoch, horchte für einen Moment ins Haus hinein und trat dann durch die zerbrochene Tür ins Wohnzimmer. Niemand zu sehen. Er checkte schnell die anderen Räume, stieß aber nirgendwo auf ein Lebeszeichen.

Das Handy und die Waffe von der Küchenanrichte waren verschwunden. Die Tür zum Keller war verschlossen. Er erinnerte sich, dass er bei seinem ersten Rundgang die Tür offengelassen hatte.

Er hob die Beretta, drehte vorsichtig am Türknauf und drückte die Tür auf. Er richtete seine Beretta auf das große schwarze Loch vor ihm. Alles blieb still.

Seine linke Hand wanderte über die Wand und fand den Lichtschalter. Eine hölzerne Treppe und ein Betonfußboden wurden sichtbar. Er ging langsam herunter, die Beretta im Anschlag. Das Holz knarzte unter seinen Füßen.

Delva saß in der Mitte des Kellers. Sie hatten den Stuhl heruntergebracht und ihn mit einer Wäscheleine gefesselt. Er war nackt und in sich zusammengesackt. Die

Dreadlocks baumelten auf seinen Knien. Seine Jeans lag ein paar Meter weiter auf dem Boden. Unter dem Stuhl befand sich eine Lache aus dunklem Blut, das bereits zu trocknen begann. Ein metallischer Hauch lag in der Luft.

Morgan richtete die Beretta auf ihn – auch wenn er sich sicher war, dass ihm Delva nicht mehr gefährlich werden konnte. Nachdem er näher an ihn herangetreten war, fand er, was er suchte. Hinter seinem linken Ohr sah er die Eintrittswunde. Die umliegenden Dreadlocks waren mit Blut verklebt.

Unter dem Stuhl lag eine blutige Heckenschere. Delvas linker Arm baumelte fast bis zum Boden, doch der vierte und fünfte Finger fehlten. Man hatte ihm das Handgelenk mit dem blauen Halstuch abgebunden – offensichtlich in der Absicht, mit dem improvisierten Druckverband seinen Blutverlust zu reduzieren. Er sollte den Tod eines Verräters bei vollem Bewusstsein erleben.

Morgan tippte mit dem behandschuhten Finger auf seine Stirn und drückte sie leicht nach hinten. Der Unterkiefer klappte herunter und brachte einen Gegenstand zum Vorschein, der zunächst auf sein nacktes Knie fiel und von dort aus über den Boden kullerte. Es war ein Dominostein mit sechs weißen Augen.

Morgan ging die Treppe hoch, knipste das Licht aus und schloss die Tür.

Er hatte den Toyota drei Straßen weiter hinter einem wildwachsenden Kiefergebüsch versteckt, wo er von der Straße aus nicht gesehen werden konnte. Die Nacht war absolut still. Als er sich dem Wagen näherte, brachte er sicherheitshalber die Beretta in Anschlag – nur für den Fall, dass doch noch jemand auf ihn warten sollte. Keine Menschenseele zu sehen.

Er stieg ein, kniff die Zündkabel zusammen und startete den Motor. Er fuhr rückwärts aus dem Gestrüpp zurück, drehte einmal scharf und fuhr Richtung Straße.

Er stand nackt vor dem Spiegel und wischte mit dem Handtuch gerade den Schweiß ab, als ihn der Krampf mit voller Gewalt erwischte.

Es war ein stechender Schmerz, gefolgt von einem glühenden Lavastrom, der durch all seine Gedärme zu schießen schien. Er öffnete seinen Gürtel, riss die Hose hinunter und schaffte es gerade noch rechtzeitig zum Klo. Morgan stützte seine Ellenbogen auf die Knie, den Kopf in die Hände, fühlte sich schwindlig und entkräftet.

Nach einer Weile ließ der Schmerz nach. Er blieb in der Position, bis auch das Schwindelgefühl abgeklungen war, säuberte sich und drehte die Dusche auf. Er trat unter den lauwarmen Strahl und schloss die Augen, hielt sich vorsichtshalber aber am Duschkopf fest, um nicht die Balance zu verlieren.

Als er fertig war, trocknete er sich notdürftig ab, trank ein Glas Wasser aus der Leitung und sprühte sich mehr Wasser ins Gesicht. Er nahm diesmal eine ganze Vicodin, überprüfte die Türschlösser und legte sich quer aufs Bett, da er wieder ein leichtes Schwindelgefühl verspürte. Er brauchte fünf Minuten, um sich endlich aufzuraffen und unter die Decke zu kriechen.

Zum Schluss nahm er die Beretta vom Nachttisch und legte sie aufs Bett neben sich. In seiner fiebrigen Hand fühlte sich das Metall erfrischend kühl an. Schließlich schloss er die Augen.

19

Sara riss das Lenkrad ihres Blazers herum, wirbelte den Sand in der Einfahrt hoch und trat vor Billys Haus voll auf die Bremse. Sein Truck und der Camaro standen beide im Carport.

Noch bevor sie zum Halt kam, drückte sie bereits auf die Hupe. Es war halb Neun am Morgen, doch sie hatte die ganze Nacht kaum ein Auge zugetan. Sie hupte erneut und drückte diesmal so lange, bis in der Küche die Gardinen aufgezogen wurden. *Hab sie wohl aus dem Bett geworfen. Umso besser.*

Die Haustür öffnete sich, Billy kam heraus. Jeans, weißes T-Shirt, Flip-Flops. Hinter ihm im Türrahmen Lee-Anne, die sich anscheinend schnell noch Shorts und ihr Jack Daniel's T-Shirt übergestreift hatte.

Sara öffnete die Wagentür und sprang heraus. Billy sah noch immer verschlafen aus, rang sich mit seinen blutunterlaufenen Augen aber den Versuch eines Lächelns ab.

„Jesus, Sara", sagte er. „Ein bisschen arg früh für einen Samstag. Oder nicht?"

Sie ging direkt auf ihn zu und schlug mit der rechten Hand voll zu. Sie nahm dabei die Bewegung ihres ganzen

Körpers mit – ganz so, wie sie es gelernt hatte. Ihre Faust traf sein linkes Jochbein und ließ seinen Kopf nach rechts schnellen. Sie fühlte die Wirkung des Aufpralls bis in ihre Schulter. Er stolperte zur Seite, fing sich dann aber wieder.

„Bist du völlig verrückt geworden, Sara?"

Sie hörte, wie die Moskitotür zufiel, und sah Lee-Anne auf sich zukommen.

„Rühr ihn nicht noch einmal an, du Nutte."

Sara ging in Stellung und bereitete sich auf ihre Attacke vor.

Billy ging dazwischen und blockte Lee-Annes Arm. „Jesus", sagte er nur.

Sie wand sich aus seinem Griff und versuchte, ihn zur Seite zu drücken. Sara rührte sich nicht und wartete auf die richtige Distanz, um Lee-Anne mit einem Schwinger auszuknocken. Billy zwängte seinen Körper zwischen die Frauen und schob Lee-Anne zurück zum Haus. Doch wieder riss sie sich los. „Was zum Teufel bildest du dir eigentlich ein?", schrie sie Sara an und hatte sprichwörtlich Schaum vor dem Mund. „Wag es nicht noch einmal, ihn auch nur zu berühren!"

Er packte erneut ihren Arm und versuchte sie wegzudrücken. „Alles okay", sagte er. „Genug. Alles ist okay."

Sie stürmte noch einmal vorwärts, ihr Gesicht knallrot, und wollte sich auf Sara stürzen. Sara trat einen Schritt zur Seite und ließ sie ins Leere laufen. Billy schlang beide Arme um sie.

„Warum kannst du uns nicht allein lassen?", schrie sie. „Was ist dein gottverdammtes Problem?"

Billy griff sie am Arm und schob sie behutsam zur Seite. „Alles ist okay“, sagte er. „Wir werden nur miteinander sprechen. Geh zurück ins Haus.“

Sie riss sich wieder von ihm los, machte diesmal aber keine Anstalten, auf Sara losgehen zu wollen. „Lass dich hier nie wieder blicken“, rief sie. „Wenn du noch einmal hier aufkreuzt, tret ich dir in deinen fetten Kampflesbenarsch – ob du nun Sheriff bist oder nicht.“

„Geh rein, Lee-Anne.“ Er legte eine Hand auf ihren Hintern, um sie zur Tür zu bugsieren, doch sie schlug die Hand weg. Er flüsterte ihr etwas ins Ohr, schlang einen Arm um ihre Hüften, und schob sie sanft wieder Richtung Haus.

Sara, noch immer innerlich kochend, verfolgte, wie sie die Stufen zum Haus hochging und die Moskitotür hinter sich zuschmetterte.

„Ich glaube, du solltest besser gehen“, sagte Billy. „Sie meint es ernst.“

„Sie kann mich mal. Was hattest du gestern Nacht vor meinem Haus verloren?“

„Ich war nicht vor deinem Haus.“

„Nicht? Wer hat dann deinen Truck gefahren?“

Er steckte seine Hände in die hinteren Hosentaschen, drehte sich zum Haus um, dann wieder zurück zu ihr. Auf seiner Backe machte sich ein roter Fleck bemerkbar.

„Lass uns irgendwo hingehen, wo wir in Ruhe sprechen können“, sagte er.

„Warum nicht hier?“

„Keine gute Idee.“

Sie schaute Richtung Haus und sah, wie Lee-Anne hinter dem Moskitogitter stand und sie beobachtete.

„Okay", sagte Sara, „steig ein."

Sie wendete und fuhr zur Straße zurück, ihr Adrenalinpegel noch immer in luftigen Höhen. „Wohin fahren wir?"

„Ist egal."

Sie bog nach links.

Er berührte vorsichtig seine Backe, auf der das Rot bereits die bläuliche Tönung einer Prellung annahm. „Dein Schlag ist nicht von schlechten Eltern. Aber nach all dem, was ich dir eingebrockt habe, kann ich mich wohl nicht beschweren."

„Willst du mir nicht endlich erzählen, was hier wirklich abgeht?"

Er schaute aus dem Fenster. Sie kamen an die Kreuzung zum Highway und fuhren Richtung Stadt. Keiner von ihnen sprach ein Wort. Auf der Rechten tauchte das alte „Hopedale Diner" auf, das seine besten Tage längst hinter sich hatte: Logos und andere Sammlerstücke waren verschwunden, die Fenster mit Sperrholz vernagelt. Sie lenkte den Wagen auf den Parkplatz, dessen rissige Betonplatten eher an eine Mondlandschaft erinnerten. In der Nähe des Eingangs lag ein Zeitungsautomat auf der Seite und rostete still vor sich hin.

Sie killte den Motor und schaute zu Billy hinüber. Er drehte den Rückspiegel in seine Richtung und begutachtete seine blaurote Blessur.

„Ich weiß, was mit der Taurus passiert ist", sagte sie.

Er drehte den Spiegel zurück und schaute aus dem Fenster.

„Und?"

„Die Zeit ist gekommen, mit der Wahrheit rauszurücken, Billy. Was hattest du gestern an meinem Haus verloren?"

„Ich machte mir Sorgen um dich."

„Um was konkret?"

„Um eine Menge Sachen."

„Auch um die Frage, was ich weiß und was nicht?"

„Vielleicht."

„Du musst mir die Wahrheit sagen, Billy. Sonst werden die dunklen Wolken nur noch dunkler."

Er ließ sein Fenster herunter und schaute zum vernagelten Eingang des Diner. „Würdest du mir glauben, wenn ich dir sage, dass es dafür eine plausible Erklärung gibt?"

„Ich höre."

„Was weißt du über die Taurus?"

„Dass sie aus der Asservatenkammer des Reviers kommt. Dass du sie Willis untergejubelt hast."

„Stimmt." Er schaute sie an. „Hab ich getan."

Jetzt ist es also raus. Warum bist du nicht einmal überrascht?

„Herr im Himmel, Billy! Warum?"

„Warum wohl? Ich hatte Schiss!"

„Was ist wirklich in dieser Nacht passiert?"

Er holte einmal tief Luft.

„Es war letztlich so, wie ich's dir erzählt habe", sagte er. „Er fuhr mit überhöhter Geschwindigkeit und kam ständig von der Fahrbahn ab. Ich hielt ihn an und schaute mir seine Papiere an. Und da er nervös war, fragte ich ihn, ob er Drogen oder Waffen im Auto habe – irgendetwas, das nicht mit dem Gesetz in Einklang zu bringen sei. Er sagte Nein, woraufhin ich ihn bat, den Kofferraum zu öffnen. Und in dem Moment machte er die Biege."

„Er war zu diesem Zeitpunkt also schon ausgestiegen?"

„Er sagte, dass die Heckklappenentriegelung defekt sei. Er ging also um den Wagen herum, als wolle er den Kofferraum mit dem Schlüssel öffnen, warf mir dann aber den Schlüssel ins Gesicht und lief die Böschung hinunter. Er solle stehenbleiben, rief ich ihm nach, doch als er sich unten umdrehte, hatte er eine Waffe in der Hand. Zumindest war ich mir sicher, dass es eine Waffe war. Also zog ich und drückte ab."

„Was war es denn?"

„Keine Ahnung. Als ich unten ankam, konnte ich nichts finden. Und ich drehte wirklich jeden Stein um. Ich war mir ja sicher, eine Waffe gesehen zu haben. Aber nichts! Und in diesem Moment setzte bei mir die Panik ein."

„Und du hattest die Taurus bei dir?"

„Im Radkasten des Streifenwagens. Ich schätze, ich hatte sie dort seit über einem Jahr. Ich hatte mir sagen lassen, dass es die alten Polizei-Cracks alle so machen: Halt immer eine unregistrierte Knarre in der Hinterhand. Man weiß nie, wozu sie mal gut ist."

„Das war vielleicht vor dreißig Jahren mal so. Heute hätte dich der Sheriff längst gefeuert, wenn er davon erfahren hätte."

„Weiß ich. Ich hatte auch nie die Absicht, sie wirklich zu benutzen. Ich hatte schon fast vergessen, dass es sie überhaupt gab."

„Wie ging es weiter?"

„Ich sah, dass er tot oder fast tot war. Die Taurus war bereits von allen Fingerabdrücken gesäubert. Vor langer Zeit hatte ich auch die Seriennummer abgeschliffen. Ich kletterte also herunter und drückte ihm die Waffe so in die Hand, dass die Fingerabdrücke erkennbar waren. Dann ging ich hoch zum Streifenwagen, rief die Zentrale an, fand den Schlüssel und öffnete den Kofferraum. Und dann warst du schon zur Stelle."

„Du hättest mir die Wahrheit sagen müssen. Das warst du mir schuldig."

„Und wenn ich's getan hätte? Wenn ich dir gestanden hätte, dem Jungen eine unregistrierte Waffe untergeschoben zu haben – was hättest du dann gemacht?"

„Weiß ich nicht."

„Hättest du's für dich behalten?"

„Weiß ich nicht."

„Ich weiß es aber. Natürlich hättest du es Elwood oder dem Sheriff gesteckt, weil du nun mal mit Leib und Seele ein Sheriff bist. Vielleicht nicht in der gleichen Nacht oder am nächsten Tag, aber früher oder später wärst du an den Punkt gekommen. Ich kenne dich, Sara. Du hättest es gemacht – und das weißt du auch."

„Vielleicht wäre es für alle die beste Lösung gewesen."

„Die beste Lösung? Er war schwarz, Sara, ich bin weiß. Glaubst du wirklich, ich hätte eine faire Verhandlung bekommen, nachdem ich einen unbewaffneten Schwarzen erschossen hatte? Die Polizeibehörde hätte ihr Süppchen gekocht, der Staatsanwalt und der Gouverneur sowieso. Alle Pfaffen in Libertyville hätten meinen Kopf gefordert."

„Nein, am Ende des Tages hätte man dich freigesprochen. Sie hätten die Abfolge der Ereignisse durchaus nachvollziehen können."

„Du träumst. Zumindest hätte man mich gefeuert. Dann wäre die Strafanzeige gekommen, vielleicht auch Gefängnis. Und was meinst du, was mit mir im Gefängnis passiert wäre?"

„Ich bin mir sicher, dass es nicht zwangsläufig so enden müsste."

„Aber inzwischen gibt's für mich kein Zurück mehr, Sara. Ich habe alle Brücken hinter mir abgebrannt."

Sie beobachtete einen Sattelschlepper, der vorbeirauschte und reichlich Sand aufwirbelte.

„Seit wann weißt du über die Taurus Bescheid?"

„Seit gestern."

„Und hast noch niemandem davon erzählt?"

„Nein."

„Und warum nicht?"

Sie schaute ihn an. „Was meinst du?"

Er starrte durch die Windschutzscheibe.

„Wenn du ernsthaft damit anfangen willst, deine Probleme aus der Welt zu räumen", sagte sie, „gibt's letztlich nur eine Lösung: Du musst mit dem Lügen aufhören."

„Was für Probleme? Ich habe es schwarz auf weiß, dass meine Schüsse gerechtfertigt waren." Er schaute sie an.

„Die einzige Person, die an diesem Tatbestand etwas ändern könnte, bist du."

Vergeblich versuchte sie, seinem Blick standzuhalten. Sie spürte, wie ihrem ganzen Ärger die Luft ausging. Irgendwie hatte sie den strategischen Vorteil verspielt und ihre moralische Überlegenheit aus der Hand gegeben – und wusste auch, dass er es wusste.

„In seinem Kofferraum waren Waffen, Sara. Du hast sie selbst gesehen. Er war kein unschuldiges College-Kid."

„Aber er war unbewaffnet."

„Was ich nicht wusste. Tut mir leid, dass ich dich in diese leidige Geschichte hineingezogen habe. Tut mir leid, dass gerade du in dieser Nacht Schicht haben musstest. Ich hatte nie die Absicht, diese Lawine loszutreten. Das kannst du mir glauben."

„Ich bin mir nicht sicher, was ich noch glaube."

„Was willst du damit sagen?"

Sie schüttelte ihren Kopf und sah gedankenverloren den Autos auf der Straße hinterher.

„Du kennst mich besser als jeder andere Mensch, Sara. Die Beziehung, die ich zu dir hatte, war wichtiger als alle, die ich in der Vergangenheit hatte. Und wahrscheinlich auch wichtiger als alle, die ich in Zukunft haben werde."

„Fang nicht wieder damit an."

„Aber es ist wahr – ob du's nun hören willst oder nicht."

„Das hat aber nichts mit diesem Fall zu tun."

„Hat nichts mit dem Fall zu tun? Ich habe dir gerade die ganze Wahrheit erzählt, Sara. Und nur dir. Möchtest du mich gern hinter Gittern sehen? Dann greif zum Handy und ruf den Sheriff an. Ich werde in Polizeigewahrsam sein, bevor der große Zeiger wieder auf Zwölf steht. Ist es das, was du willst?“

Sie antwortete nicht.

„Vielleicht trägst du sogar ein Mikro und sollst mich zu einer Aussage bewegen“, sagte er. „Vielleicht ist das ja Sinn und Zweck der Übung.“

Sie startete den Motor.

„Du solltest dich auf den Heimweg machen“, sagte sie. „Lee-Anne wird schon auf dich warten.“

„Und – was wirst du unternehmen?“

„Ich weiß es nicht.“

„Das ist nicht gut genug, Sara.“

„Mehr kann ich nicht anbieten.“

Er schaute sie an. „Ich kann mir gut vorstellen, wie du dich fühlst“, sagte er, „was das für eine Lage ist, in die ich dich reingezogen habe.“

„Kannst du das wirklich?“

„Wenn ich die Uhr zurückdrehen könnte, würde ich's tun. Aber der Junge ist tot – und ich kann ihn nicht wieder zum Leben erwecken. Selbst wenn ich in den Bau wandere, würde sich daran nichts ändern. Ich kann nicht ungeschehen machen, was ich getan habe. Niemand kann das.“

„Zumindest damit hast du recht. Okay, raus mit dir.“

„Was?“

„Es ist nur eine Meile von hier. Du kannst problemlos zu Fuß laufen.“

„Ich trage Sandalen.“

„Ich weiß“, sagte sie. „Deshalb: Raus mit dir!“

Er öffnete die Tür, schaute ihr kurz in die Augen und stieg aus.

„Eine Frage habe ich noch“, sagte sie.

„Was?“

„Hast du mir eigentlich je einmal die Wahrheit erzählt?“

„Stell mir nicht solche Fragen.“

Sie schauten sich für einen Moment an. Dann schlug er die Tür zu.

„Billy.“

Er drehte sich um und schaute sie durchs offene Fenster an.

„Sollte ich dich noch einmal bei meinem Haus sehen“, sagte sie, „solltest du dich mir, Danny oder Menschen aus meinem Umfeld außerhalb der regulären Arbeitszeit noch einmal nähern …“

„… schießt du mich über den Haufen?“

Sie schaute ihn wortlos an.

„Ich würde dir nie etwas antun, Sara. Das weißt du doch. *Nie.* Und Danny auch nicht. Aber ich frage mich schon, ob du das Gleiche auch von dir sagen könntest.“

Als er keine Antwort bekam, drehte er sich um und trat seinen Fußmarsch an. Im Rückspiegel sah sie, wie er an der Böschung stand und den Verkehr abwarten musste, um die Straße zu überqueren.

Sie holte ihr Handy heraus, öffnete die Kurzwahl-Optionen und suchte nach der Privatnummer von Sheriff Hammond. Ihr Daumen schwebte über dem CALL-Button.

Im Rückspiegel sah sie Billy, der auf einem Grünstreifen neben der Fahrbahn in die entgegengesetzte Richtung ging.

Sie klappte das Handy zu, warf es auf den Beifahrersitz und verließ den Parkplatz.

Zum Mittagstisch hatte sie kalte Chicken-Sandwiches gemacht und dazu das Kartoffelpüree vom Vortag aufgewärmt. Vor dem Essen hatte sie noch Dannys Temperatur gemessen. Als das Thermometer piepste, nahm er es aus dem Mund und reichte es ihr. Nur leicht über 37 Grad. Sie legte ihm die Hand auf die Stirn.

„Alles in Ordnung bei dir?“, fragte sie.

„Ich bin okay. Nur müde.“

Sie gab ihm die Kinderdosierung eines fiebersenkenden Schmerzmittels und füllte seinen Grapefruitsaft auf. Nachdem sie gegessen hatten, räumte JoBeth den Tisch auf, während sie ins Bad ging und die Dusche aufdrehte.

Das Badezimmer hatte sich bereits mit Dampf gefüllt, als sie sich auszog und in die Dusche stieg. Das Wasser war im ersten Moment so heiß, dass sie zusammenzuckte. Sie schloss die Augen und hielt ihr Gesicht unter den Strahl. Die beiden ersten Knöchel ihrer rechten Hand waren geschwollen. Sie dehnte und massierte die Finger so lange, bis die gröbste Steifheit verschwunden war. Und dachte an das, was Billy gesagt hatte.

Ich kann nicht ungeschehen machen, was ich getan habe. Niemand kann das.

Sie hatten die Akte geschlossen und das Ergebnis publik gemacht. Eine Wiederaufnahme des Falles würde für alle Beteiligten unkalkulierbare Risiken mit sich bringen: Eine Anklage gegen Billy, vermutlich mit einer Haftstrafe als Konsequenz. Der Sheriff würde des Amtes enthoben werden und womöglich sogar seine Rente verlieren. Auch ihr eigener Job war in Gefahr. Wenn erst einmal die bundesstaatlichen Organisationen involviert waren, war an Schadensbegrenzung nicht mehr zu denken. Dann ging's nur noch ums Schaulaufen und die Profilierung der betreffenden Politiker.

Sie setzte sich auf den Boden der kleinen Wanne, verfolgte, wie das Wasser in den Abfluss lief – und wünschte sich, der ganze Vormittag würde ebenfalls in der Kloake verschwinden. Sie drückte mit beiden Händen ihre Haare zurück und schloss wieder die Augen.

Wenn sie nichts sagen, nichts tun würde, wäre der Fall hiermit erledigt. Just in dieser Minute. Das Leben würde weitergehen, als sei nichts passiert.

Alles, was du zu tun hast, ist nichts. Einfacher geht's nun wirklich nicht mehr.

20

Als Morgan aufwachte, waren seine Bettlaken verschwitzt und zerknüllt. An den Ecken der Gardinen blitzte die blanke Sonne durch. Die Uhr auf dem Nachttisch sagte ihm, dass es drei Uhr am Nachmittag war. Er hatte fast elf Stunden geschlafen.

Er schob den Bettbezug zur Seite, blieb aber erst einmal auf der Matratze sitzen. Seine Gelenke schmerzten, der Hals war geschwollen – und als er seine Hand auf die Stirn legte, wusste er auch, dass er Fieber und zittrige Finger hatte.

Nachdem er sich halbwegs berappelt hatte, schwankte er zum Badezimmer und stellte sich solange unter die heiße Dusche, bis das Zittern nachgelassen hatte. Er trocknete sich ab, setzte sich auf die Toilette und stützte den Kopf in die Hände. *Du musst jetzt hoch,* dachte er, *du musst deinen Körper in Bewegung halten.*

Nach einer Weile raffte er sich endlich auf und begann damit, sich langsam anzukleiden. Anschließend zog er das Bettzeug ab, steckte es in einen Kopfkissenbezug und machte dann das Gleiche mit seinen Klamotten von letzter Nacht. Er nahm sich vor, sie später in die Waschküche des Motels zu bringen, um den Schweiß auszuwaschen und die metallisch riechende Ausdünstung, die scheinbar an allem klebte, was er anfasste.

Er öffnete die Tür und schaute hinaus. Der Himmel präsentierte sich in einem strahlenden Blau. Die Sonne stand bereits hinter dem Motel, blitzte ihm aber noch in der Windschutzscheibe seines Monte Carlo entgegen. Er hatte den Toyota hinter einer zerfallenen Scheune abgestellt, die ihm auf der Fahrt nach Hopedale aufgefallen war. Sie war zwei Ortschaften von Arcadia entfernt und von der Straße nicht einsehbar. Von dort aus war er zu Fuß zu dem Ort gegangen, wo er seinen Monte Carlo abgestellt hatte, und zurück zum Motel gefahren.

Er hörte die Vögel, die in den Bäumen schnatterten, den Bach hinterm Motel, der entspannt vor sich hinplätscherte. Über seinem Kopf malte ein Flugzeug weiße Kondensstreifen auf den azurblauen Himmel.

Er fuhr mit dem Handgelenk über seine verschwitzte und fiebrige Stirn. Der Schmerz hatte sich kreisförmig um seinen Kopf gelegt, doch er durfte sich keine Schwächen erlauben. Nicht heute. Nicht jetzt. Schlimm genug, dass er schon so viel Zeit verplempert hatte.

Er ging wieder ins Zimmer, öffnete die Oberfenster, um frische Luft in den Raum zu lassen, nahm eine halbe Vicodin, legte sich auf die nackte Matratze und starrte an die feuchte und fleckige Decke. Nach einer Weile griff er sich die Beretta vom Nachttisch und legte sie auf seinen Bauch. Das kalte Metall in seiner Hand gab ihm das Gefühl, einen vertrauten Freund an seiner Seite zu wissen.

Wenn er eines Tages einmal in einer Sackgasse landen sollte, wenn die Schmerzen zu groß würden, wenn seine Körperfunktionen kollabieren und die Ärzte ratlos den Kopf schütteln würden, wenn seine Haut aschfahl würde, weil die Nieren den Dienst versagten, dann würde er genau so sein Leben beenden: erst Vicodin, dann die Pistole. Er würde den kalten Lauf gegen die Innenseite des Oberkiefers drücken und den Finger auf den Abzug legen.

Das Klopfen an der Tür riss ihn aus einem tiefen Schlaf. Er schreckte so unkontrolliert auf, dass die Beretta vom Bauch auf den Boden fiel.

Das Fieber war verschwunden, doch er fühlte sich schlaff und ausgelaugt. Er raffte sich hoch, ging zu den Vorhängen und spähte hinaus. Er sah einen dunkelgrünen Range Rover, der direkt neben dem Monte Carlo parkte.

Wieder das Klopfen – diesmal so ungestüm, dass die Scheiben im Türrahmen klirrten. Er hob die Beretta vom Boden und hielt sie schussbereit an seiner Seite.

„Yo, man. Mach endlich auf."

Mit seiner freien Hand öffnete Morgan das Sicherheitsschloss und trat einen Schritt zurück. Der Zeigefinger seiner rechten Hand berührte den Abzug.

„Ist offen", sagte er.

Als Dante den Raum betrat, stieß ihn Morgan mit aller Kraft zu Boden, fuhr blitzartig herum und hob die Beretta. DeWayne stand im Türrahmen, legte angesichts des drohenden Revolvers aber umgehend den Rückwärtsgang ein.

Morgan drückte die Tür ins Schloss und wandte sich wieder Dante zu, der sich gerade vom Boden hochrappeln wollte. Er griff die Rückseite von Dantes Basketball-Trikot und brachte ihn erneut aus dem Gewicht. Als sich Dante mehr oder minder sitzend auf dem Boden wiederfand, ging Morgan hinter ihm in die Hocke, legte den linken Arm um seinen Hals und drückte die Beretta gegen seine rechte Schläfe.

„Nun mach aber mal langsam, Mann", sagte Dante. „Was soll der Scheiß?"

„Sollte uns DeWayne einen unangekündigten Besuch machen wollen, bist du als Erster dran."

„Bist du völlig von Sinnen? Reg dich endlich mal ab, Mann."

„Wer ist da draußen?"

„DeWayne natürlich."

„Wer sonst noch?"

„Niemand."

Morgan nahm ihn mit seiner Linken noch härter in den Schwitzkasten. „Sag ihm, er soll reinkommen."

„Einen Scheiß werd ich ihm erzählen."

Morgan zog mit dem Daumen spielerisch den Schlagbolzen zurück. „Sag's ihm."

„Mann, das darf doch alles nicht wahr sein."

Morgan bohrte den Lauf der Beretta in seine Schläfe.

Dante drehte seinen Kopf zur Tür. „Yo, DeWayne", rief er. „Komm rein, alles cool."

Die Tür öffnete sich. DeWayne schaute um den Türrahmen herum, verbarg seine linke Hand aber hinter dem Bein.

„Komm rein", sagte Morgan. „Aber langsam."

DeWayne drückte die Tür weiter auf. „Lass ihn gehen", sagte er mit krächzender Stimme.

„Was immer du da in der Hand hast: Schmeiß es dort aufs Bett. Und schmeiß es schnell."

DeWaynes Silberblick-Auge zuckte unkontrolliert. Er brauchte etwa fünf Sekunden, um ins Zimmer zu treten und die verchromte Automatik auf die Matratze zu werfen.

„Schließ die Tür", sagte Morgan.

DeWayne tat wie ihm befohlen und lehnte sich dann gegen die Innenseite der Tür.

Morgan lockerte seinen Griff und richtete sich auf. Die Knie taten ihm höllisch weh. Er trat einen Schritt zurück und ließ Dante ebenfalls aufstehen, fischte aber schnell noch eine kleine Automatik aus Dantes Gürtel, die dieser unter seinem Trikot verschwinden lassen wollte. Er warf sie ebenfalls aufs Bett.

„Mann, warum bist du bloß so zickig?", fragte Dante.

„Was habt ihr hier verloren?"

„Dreimal darfst du raten."

„Ich hab ihm ausdrücklich gesagt, dass ich niemanden hier sehen will."

„Ich weiß nicht, was du ihm erzählt hast, aber ich weiß, dass er uns den Auftrag gab, dir hier unter die Arme zu greifen. Und aus genau diesem Grund sind wir auch hier."

Morgan entspannte den Schlagbolzen. „Seid ihr mit dem Auto unterwegs?"

„Gerade angekommen."

„Wir sind hier, um zu arbeiten", sagte DeWayne. „Genau wie du."

Besser wäre es, er würde sie an Ort und Stelle umlegen und sich selbst aus dem Staub machen, ging es Morgan durch den Kopf. Dummerweise würde er damit nur die Polizei auf den Plan rufen.

„Der Boss wundert sich eben", sagte DeWayne. „Fragt sich, was hier unten abgeht."

„Er hätte anrufen und euch beiden den Trip ersparen sollen."

„Er meinte, wir sollten uns selbst ein Bild machen."

Morgan fühlte, wie sein Adrenalin auf dem Rückzug war. Er verspürte den dringenden Wunsch, sich zu setzen.

„Er hätte euch zumindest ankündigen sollen."

DeWayne zuckte mit den Schultern.

Morgan nickte zum Stuhl am Schreibtisch und bedeutete Dante, er möge sich setzen.

„Du siehst nicht gerade wie das blühende Leben aus", sagte DeWayne. „Du bist ja klatschnass."

„Mach dir um mich keine Gedanken", sagte Morgan, klang dabei aber alles andere als überzeugend. Er ging ins Badezimmer, legte die Beretta auf die Toilettenspülung, wusch sich das Gesicht mit kaltem Wasser und trank einen Schluck aus der Hand. Er schaute in den Spiegel: Seine Augen waren eingefallen, die Backenknochen markanter denn je. Er hatte den Eindruck, als läge die Haut direkt auf dem Schädel.

„Ist ja unfassbar heiß hier in der Gegend", sagte Dante. „Ich bin solche Temperaturen überhaupt nicht gewohnt."

Morgan trocknete sich mit einem Handtuch ab, nahm die Beretta in die Hand und kam wieder ins Zimmer.

„Drei Leute sind einfach zu viel", sagte er, „gerade hier im Süden. Wir fallen nur unangenehm auf."

„Der Boss meinte, du hättest drei oder vier Leute an der Backe", sagte Dante. „Und genau aus dem Grund hat er uns geschickt. Damit wir uns die Arbeit aufteilen können."

„Dafür besteht keine Notwendigkeit."

„Wenn du ihn umstimmen willst, ruf ihn an. Wenn er uns sagt, wir sollen zurückkommen, fahren wir zurück. Aber wenn nicht …"

„Was ist denn der Stand der Dinge?“, fragte DeWayne.

Morgan schaute ihn an. „Wenn Mikey das wissen will, ruf ich ihn gerne an.“

„Alles, was du ihm erzählen willst, kannst du auch uns erzählen.“

„Hat er das wirklich so gesagt?“

DeWayne nickte.

Und wieviel hat er euch versprochen?, fragte sich Morgan. *Ein Drittel? Mehr? Oder wollt ihr euch alles unter den Nagel reißen?*

„Die Leute, die du beobachtest“, sagte Dante, „sind das die Leute, die das Geld geklaut haben?“

„Sieht fast so aus.“

„Und es sind die gleichen Leute, die Derek umgelegt haben?“, fragte DeWayne.

„Wahrscheinlich“, sagte Morgan. „Warum fragst du?“

„Ich kenne Dereks Leute seit Ewigkeiten. Sein Vater war ein Gangsta der alten Schule. Er hielt immer seine schützenden Hände über mich – auch als ich im Knast saß.“

„Hat aber nichts mit unserer Situation zu tun.“

„Derek war ein Guter. Sie hätten ihn nicht einfach so abknallen dürfen. Ich werd schon sicherstellen, dass diese Rechnung beglichen wird. Darauf kannst du Gift nehmen.“

„Ich glaube nicht, dass du die Lage wirklich durchdacht hast.“

„Da brauch ich nicht lange überlegen. Wer immer Derek erwischt hat, wird auch ins Gras beißen.“

„Das Geld hat Vorrang“, warf Dante ein. „Der Boss hat inzwischen kein Gras mehr – nur noch Stängel und Samen. Er braucht das Geld dringend.“

„Und dann?“

Dante kratzte sich am Ohrläppchen. „Das sehe ich genau wie DeWayne: Wer Derek ausradiert hat, wird von uns ausradiert.“

„Weil ihr nicht in der Lage seid, eine Situation bis ans Ende durchzudenken. Glaubt ihr wirklich, ihr könnt hier einen Cop umnieten und dann in Ruhe nach Hause fahren?“

„Einen *kriminellen* Cop“, sagte DeWayne.

„Glaubt ihr wirklich, das macht einen Unterschied?“

„Sollte es aber.“

„Wir schlagen zu und sind im nächsten Moment über alle Berge“, sagte Dante. „Wir sind weg, bevor sie's überhaupt mitkriegen. Und das Geld schnappen wir uns natürlich auch.“

Morgan fühlte, wie der Schweiß wieder auf seine Stirn trat. Die Beretta lag schwerer in seiner Hand als zuvor. Er schob sie auf den Nachttisch.

„Kriegst du überhaupt noch die Kurve?“, fragte DeWayne. „Du siehst ganz schön mitgenommen aus.“

„Wo seid ihr abgestiegen?“, fragte Morgan.

„Holiday Inn“, sagte Dante. „Im nächsten oder übernächsten Ort.“

Wahrscheinlich auch unter ihrem richtigen Namen, vermutete Morgan. Wenn das große Feuerwerk steigen würde, stände die Polizei natürlich umgehend bei allen

Motels in der Tür. Und sie würden einen Namen bekommen, eine Adresse, eine Beschreibung des Autos und vielleicht sogar ein Nummernschild. Dummheit hoch drei.

Morgan nickte zu ihren Waffen hinüber.

„Steckt sie wieder ein. Hat Mikey euch meine Handynummer gegeben?"

„Hat er", sagte Dante.

„Geht auf euer Zimmer und ruft mich später an. Ich muss vorher noch ein paar Dinge regeln. Danach reden wir darüber, wie wir vorgehen wollen und wer was übernimmt. Unternehmt nichts, bevor wir gesprochen haben."

„Okay", sagte Dante, „aber letztlich ist es der Alte in Newark, der die Marschrichtung vorgibt. Das ist dir schon klar?"

„In Newark vielleicht."

„Hier unten auch."

Morgan schwieg. DeWayne öffnete die Tür.

„Bis später", sagte Dante.

Sie stiegen in den Range Rover, Dante hinterm Steuer. Als sie abfuhren, hörte Morgan aus dem Inneren laut dröhnenden Hip-Hop. Nachdem er sichergestellt hatte, dass sie wieder auf den Highway gefahren waren, ging er hinein, um im Zimmer auf die Dunkelheit zu warten.

21

Sie waren früh zum Dinner ins „Dairy Queen" gefahren, Dannys Lieblings-Restaurant. Dass er nun lustlos in seinem Hamburger herumstocherte und mit den Pommes auf dem Teller spielte, machte ihr Sorgen. Sie streckte den Arm über den Tisch und drückte ihm die Hand auf die Stirn. Sie war warm.

„Alles in Ordnung mit dir, junger Mann?"

Er nickte, während er lustlos an einem Bissen kaute. Das Tyrannosaurus-Modell lag auf seinen Beinen. Er hatte es den ganzen Tag lang mit sich herumgetragen.

Sie biss selbst noch einmal in ihren Hamburger, musste sich aber eingestehen, dass auch ihr eigener Hunger nicht gerade ausgeprägt war. Ihre rechte Hand schmerzte, die Knöchel waren noch immer rot.

Sie schaute sich im Restaurant um. Es waren vor allem Teenager, die an diesem Samstagnachmittag unterwegs waren. Das ältere Ehepaar, das an einem Tisch vor dem großen Frontfenster saß, wirkte fast wie ein Fremdkörper. Die Frau beugte sich gerade vor und schnitt ihrem Ehemann das Fleisch in praktische Portionen. Auf den Fensterscheiben waren die gängigen Halloween-Dekorationen zu sehen: beleuchtete Kürbisköpfe und besenreitende Hexen.

„Vielleicht als Pirat", sagte Danny.

Sie schaute ihn an. „Hab ich was verpasst?"

„Für Halloween: Ich könnte als Pirat gehen."

„Danny ..."

„Ich weiß." Er schaute auf seinen Teller. „Kam mir nur gerade so in den Sinn."

„Glaubst du, dass das Fieber zurückkommt?"

Er schüttelte den Kopf.

„Ist dein Hamburger okay?"

Er nickte.

„Hast du noch Platz für ein Eis?"

Er schaute auf. „Klar doch!"

„Aber iss eher noch ein bisschen von deinem Teller. Okay?"

Er biss noch ein Stück ab, kaute und schluckte es schnell herunter. Ihr eigener Hamburger war inzwischen kalt geworden.

Als er noch einen weiteren Bissen runterwürgen wollte, hatte Sara ein Einsehen. „Du musst nicht alles aufessen", sagte sie. „Lauf schon mal zur Eistruhe und such dir aus, was du haben möchtest."

Sie säuberte den Tisch, warf die Essensreste in den Abfall und stellte ihre Tabletts auf den Stapel. Sie bestellten sich kleine Schoko-Eisbecher und nahmen sie mit nach draußen, wo sie sich auf die Plastikstühle neben dem Parkplatz setzten. Der Himmel war noch immer blau. Sie verfolgte ein Flugzeug, das hoch oben am Himmel vorbeizog.

„Was meinst du?", fragte sie. „Sollen wir bei der Autowerkstatt vorbeifahren? Howard und Reno besuchen?"

„Können wir?"

„Glaubst du, dass dein Körper mitspielt? Es ist noch immer ziemlich warm."

„Klar doch. Mir geht's prima."

Er füllte den gelben Plastiklöffel mit Eiscreme und schob ihn in seinen Mund.

„Wie geht's deinem Magen?", fragte sie. „Hast du wieder das Gefühl, dich übergeben zu müssen?"

Er schüttelte den Kopf.

„Sag mir, wenn's wiederkommt."

Sie löffelten ihre Eisbecher aus, warfen sie in den Müll und gingen zum Blazer. Sara öffnete alle Türen, um die gröbste Hitze entweichen zu lassen. Als sie ihm in seinen Kindersitz half, sagte er: „Ich bin schon zu alt dafür."

„Noch nicht. Aber bald."

Als sie ihn verstaut hatte, startete sie den Wagen und stellte die Klimaanlage an. Er spielte mit seinem Tyrannosaurus, machte knurrende Geräusche und war schnell in seine Dino-Welt entschwunden.

Zehn Minuten später fuhren sie bei der Sunoco-Tankstelle vor, die von der Stadtverwaltung auch exklusiv als Autowerkstatt genutzt wurde. Howies Pritschenwagen stand gleich vorne auf dem Parkplatz, daneben zwei Streifenwagen, die entweder noch repariert werden mussten oder nach der Reparatur abgeholt werden konnten. Beide Garagentüren standen offen – und sie sah Howie Twelvetrees, der in seinem Overall unter einer Hebebühne stand und das Fahrgestell eines Notarztwagens inspizierte.

Als er sie sah, winkte er hinüber. Ein Schäferhund-Mischling kam aus der Garage geschossen und lief eine Ehrenrunde um den Blazer.

„Reno!", rief Danny.

Sie schaltete den Motor ab, drehte sich herum und befreite Danny aus seinem Kindersitz. Er kletterte aus der linken Tür und wurde von dem Hund fast umgeworfen. Reno legte ihm zwei Pfoten auf die Schultern und wollte sein Gesicht lecken. Danny war begeistert und lachte.

„Reno", rief Howie, der aus der Tür kam. „Ruhig!"

Der Hund gehorchte und legte sich erwartungsvoll auf den Boden. Danny kraulte ihn hinter den Ohren und unter dem Halsband.

„Hallo Howie", sagte sie, als sie ausstieg.

Er wischte sich die Hände an einem Lappen ab, den er dann über die Schulter warf.

„Sara", sagte er, „so gefällig fürs Auge, doch so schwer zu durchschauen."

Er war Ende Vierzig, schätzte sie, und von Wind und Wetter gezeichnet. Seine pechschwarzen Haare waren strähnig und fielen ihm seitlich über ein Auge. Theoretisch, dachte sie, könnte er auch schon Sechzig sein. Sie hatte ihn nie nach seinem Alter gefragt.

Reno war in die Werkstatt gelaufen, kam mit einem Hundespielzeug aus Rindsleder zurück und ließ es vor Dannys Füßen fallen. Er nahm es, holte aus und warf es in weitem Bogen über den Asphalt. Der Hund flitzte los, packte es im Vorbeilaufen und legte es Danny wieder vor die Füße.

„Was kann ich für Sie tun, Sara? An einem Samstag rechne ich eigentlich nicht mit so hohem Besuch."

„Ich fragte mich, ob ich vielleicht einen Blick auf den Honda Accord werfen könnte – den Wagen, den Sie nach der Schießerei unter die Lupe genommen haben."

Er schaute sie an und rieb sich die Hände ein weiteres Mal an seinem Lappen ab. „Hat der Sheriff Sie geschickt?"

Sie schüttelte den Kopf.

„Hätt ich mir auch nicht vorstellen können", sagte er.

„Es gibt nur ein paar Dinge, die mich neugierig gemacht haben."

„Neugierig?"

Sie wartete.

„Nun ja", sagte er, „ich wüsste kein triftiges Argument dagegen." Er pfiff einmal kurz und laut: „Reno! Nach hinten!"

Der Hund, das Spielzeug im Mund, kam sofort angeschossen, lief durch die Werkstatt und gleich weiter durch das Tor, das auf den Schrottplatz dahinter führte.

Howie folgte ihm. Der Schrottplatz war auf den drei offenen Seiten mit einem hohen Zaun aus Maschen- und Stacheldraht umgeben. Auf der Rückseite der Werkstatt stand eine Hundehütte aus Sperrholz. Reno ließ das Spielzeug fallen und schlürfte geräuschvoll Wasser aus einer Plastikschüssel.

Drei Wagen standen auf dem Platz: ein Ford Station Wagon mit lädiertem Kühler, den Moss Harmon, der Chef des Tiefbauamtes, betrunken gegen einen massiven Zedernholzzaun gesteuert hatte; ein stillgelegter und herrenloser VW Jetta, der in Libertyville abgeschleppt worden war – und ganz hinten am Zaun der graue Accord.

Danny ließ sich neben Reno nieder. Nachdem er ausgiebig Wasser geschlabbert hatte, war er für die nächste Runde mit dem Spielzeug bereit.

Sara ging einmal um den Accord herum und erinnerte sich, dass sie das in jener Nacht – erleuchtet vom rotierenden Rotblau der Streifenwagen – ebenfalls getan hatte. Sie sah Spuren eines weißen Pulvers, mit dessen Hilfe man die Fingerabdrücke an Türen, Kühlerhaube und Kofferraum genommen hatte.

„Verschlossen?", fragte sie.

Howie schüttelte den Kopf.

Sie öffnete die Beifahrertür. Die Einstiegsbleche waren entfernt worden, der Kindersitz lag aufgeschlitzt auf den Boden. Sie öffnete die Tür etwas mehr und bemerkte, dass alle Innenverkleidungen lose waren und ein Kabelsalat vom Armaturenbrett hing.

„Wir haben die ganze Kiste in ihre Einzelteile zerlegt", sagte Howie. „Der Sheriff bestand darauf."

„Wer ist *wir*?"

„Ich und Sam Elwood. Sogar der Sheriff kam gelegentlich vorbei, um sich vom Fortgang der Arbeiten zu überzeugen."

„Und – seid ihr fündig geworden?"

„Wie darf ich die Frage verstehen, Sara? Worauf wollen Sie hinaus?"

„Wie gesagt: bin einfach neugierig."

„Ach so."

„Haben Sie irgendwas in den falschen Hals bekommen?"

„Ich? Iwo."

„Ich verstehe Sie ja", sagte sie. „Ich will Sie auch unter keinen Umständen in die Zwickmühle bringen. Ich kann genauso gut den Sheriff fragen."

„War nicht persönlich gemeint, Sara."

Sie ging zur Fahrerseite und öffnete die Tür. Die Mittelkonsole war entfernt worden. Sie kniete auf dem Sitz und öffnete das Handschuhfach. Leer.

„Sie haben alles mitgenommen“, sagte er. „Registrierung, Versicherung – alles, was da drin war. Der Sheriff hat alles.“

„Dachte ich mir.“

Sie kletterte aus dem Wagen.

„Suchen Sie denn etwas Bestimmtes?“, fragte er.

„Ich weiß nicht, wonach ich suche.“

„Sie sollten vorsichtig sein mit den Sachen, die Sie *nicht* suchen. Denn manchmal finden Sie sie dann auf Anhieb.“

„Kommen Sie mir nicht mit Ihren Indianerweisheiten, Howie.“

„Eine Sache haben wir aber tatsächlich gefunden.“

„Und die wäre?“

„Greifen Sie mal rein und öffnen den Kofferraum.“

Sie beugte sich wieder in den Wagen und fuhr mit der Hand um die linke Seite des Fahrersitzes. Sie fand den Verschluss, zog und hörte, wie der Kofferraum aufsprang.

„Schauen Sie sich das mal an“, sagte er.

Sie folgte ihm um den Wagen. Der Kofferraum war leer, doch der Teppich hing in der Mitte unnatürlich durch.

„Wo ist der Ersatzreifen?“, fragte sie.

„Wir haben ihn rausgenommen und in seine Einzelteile zerlegt. Nichts drin. Aber fühlen Sie mal hinter das linke Rücklicht.“

Sie tat es und fühlte die losen Kabel, die in der Halterung verschwanden.

„Etwas höher und nach links“, sagte er.

Ihre Finger fanden einen kleinen Hebel.

„Soll ich ziehen?“, fragte sie.

„Ja."
Sie hörte ein Klicken.
„Und nun heben Sie den Teppich hoch."
Sie tat es. Ein Teil des Kofferraumbodens, links von der Reserveradmulde und etwa sechzig Zentimeter breit, war ein Stück nach oben gewandert.
„Man kann sich den Kofferraumboden tagelang anschauen", sagte Howie, „und würde keine Unregelmäßigkeit entdecken. Da hat jemand wirklich ganze Arbeit geleistet."
Sie schob die Finger unter den oberen Verschluss der Box und zog. Der Behälter, offensichtlich unterstützt von Scharnieren, stieg nicht nur wie ein Aufzug aus dem Kofferraumboden empor, sondern öffnete sich dabei sogar.
„Vom Honda-Fließband ist der Wagen so jedenfalls nicht gerollt", sagte er. „Darauf nehme ich jede Wette an."
Sie schaute ungläubig in den Kasten, der sich vor ihren Augen aufgetan hatte. Nichts als Metall. Leer.
„War denn irgendwas drin, als Sie die Kiste öffneten?"
„Nein. Sie sah genauso aus wie jetzt."
„Eine Tasche mit Waffen befand sich im Kofferraum, als Billy den Wagen anhielt", sagte sie. „Für jedermann gleich sichtbar."
„Richtig."
„Aber nichts im Behälter hier?"
„Korrekt."
Sie fuhr mit den Fingern über den Deckel und drückte so lange, bis die Box einrastete und wieder in ihrem ange-

stammten Versteck verschwand – absolut eben mit dem Kofferraumboden.

„Ganz schön abgefahren, oder?", fragte er.

„Kann man wohl sagen."

„Bringt im Rahmen des Verfahrens aber keine neuen Erkenntnisse, oder?"

„Sieht nicht so aus."

„So sah's auch der Sheriff."

„Wundert mich nicht. Gab's Fingerabdrücke auf der Kiste?"

„Alles abgewischt."

„Sonst noch was gefunden?"

„Das war's."

„Ich danke Ihnen, Howie."

„Falls der Sheriff fragt, ob Sie mich mal besucht haben – was soll ich sagen?"

„Nichts als die Wahrheit."

Hinter sich hörte sie Danny lauthals lachen. Er hatte das Hundespielzeug in beiden Händen und lieferte sich mit Reno ein erbittertes Tauziehen. Reno zog ihn Stück für Stück auf seine Seite und gewann immer mehr die Oberhand. Was aber nichts daran änderte, dass Danny bester Laune war. Sie konnte sich nicht erinnern, wann sie ihn zum letzten Mal so befreit lachen gehört hatte.

„Komm Schatz", sagte sie, „wir müssen los."

Danny ließ das Spielzeug fallen – was zur Folge hatte, dass der Hund die Balance verlor und auf seine Hinterläufe fiel. Er sprang aber umgehend wieder auf, schnappte sich das Spielzeug und wollte Danny zu einer weiteren

Runde animieren. Sara tätschelte zum Abschied seinen Kopf und griff Dannys Hand. Howie begleitete sie zurück zum Blazer.

„Was ist das denn?", fragte er.

„Was?"

Er ging vor der hinteren Stoßstange auf die Knie. „Das hier."

Sie ging um ihn herum und sah ein Stück silbriges Klebeband, das rechts unten an der Stoßstange befestigt war.

„Keine Ahnung", sagte sie.

Sie kratzte mit dem Fingernagel eine Ecke ab und konnte dann den ganzen Streifen sauber abziehen. Das Chrome darunter war so sauber und glänzend, dass der Unterschied zur verschmutzten Stoßstange gleich ins Auge fiel.

Er schaute zu ihr hoch. Sie zuckte mit den Schultern.

„Hab's noch nie gesehen", sagte sie. „Kann mir auch nicht erklären, wie's da drauf gekommen ist."

Er knüllte die Folie zu einer Kugel.

„Hat wohl nichts weiter zu bedeuten", sagte er, „aber passen Sie gut auf sich auf, Sara. Und lassen Sie mich wissen, wenn ich Ihnen irgendwie helfen kann."

„Das weiß ich zu schätzen, Howie."

Sie half Danny in den Kindersitz und startete den Motor. Howie, den Hund zu seinen Füßen, winkte ihnen von der Werkstatt aus zu.

„Mach's gut, Reno", rief Danny – auch wenn die Fenster geschlossen waren.

Er war ungewöhnlich einsilbig auf dem Nachhauseweg. Die Sonne ging unter und die Luft wurde frischer. Eine Kaltfront hatte sich angekündigt und löste die ersten Bodennebel aus. Sie musste an den geheimen Behälter im Honda denken – und an Billy, der erst heue Morgen neben ihr hier im Wagen gesessen hatte. Hoch und heilig hatte er ihr geschworen, diesmal die ganze Wahrheit gesagt zu haben.

Doch wenn die Waffen im Kofferraum waren: Was war dann in dem Versteck gewesen? Sie hatten einen Drogenhund auf den Wagen angesetzt, der aber nicht den Hauch einer Spur gefunden hatte. Mehr Waffen? Geld?

Sie war innerhalb weniger Minuten am Tatort eingetroffen; Willis' Körper war noch warm gewesen. Sollte Billy etwas aus dem Auto entfernt haben, konnte er nicht weit damit gekommen sein. Und die Beute dreist in seinem Streifenwagen zu deponieren, wäre arg riskant gewesen. Nein, er musste sie gleich in der Nähe versteckt haben. Vielleicht hatte er sie einfach auf ein Zuckerrohrfeld geworfen oder in den Sumpf, um sie dann später in Sicherheit zu bringen.

Du weigerst dich einfach, zwei und zwei zusammenzuzählen. Welche Beweise muss man dir eigentlich noch unter die Nase reiben?

„Mom?“, meldete sich Danny vom Rücksitz.

„Ja, mein Schatz?“

„Hast du eigentlich gefunden, wonach du gesucht hast?“

Sie drehte sich kurz zu ihm um. Er hatte seinen Tyrannosaurus in der Hand und blickte nicht hoch.

„Ja“, sagte sie und schaute wieder auf die Straße, „ich glaube schon.“

Sie wollte gerade ins Bett gehen, als das Telefon klingelte. Sie ging barfuß in die Küche, nahm das schnurlose Festnetztelefon in die Hand und ging wieder ins Wohnzimmer.

„Hallo?“

Stille. Dann die Stimme einer Frau.

„Ich nehme mal an, Sie wissen, wer hier spricht?“

Sara wartete einen Moment mit der Antwort.

„Ich glaube schon.“

„Ich bin mir nicht sicher, warum ich das überhaupt tue, aber es hat wohl mit Ihrem kleinen Jungen zu tun. Er hatte mit dieser ganzen Angelegenheit nun mal absolut nichts zu tun.“

„Nein, hatte er nicht.“

„Es gibt ein paar Entwicklungen, die ich so nicht wollte, die ich nun aber nicht mehr rückgängig machen kann.“

„Was …?“

„Diesen Leuten ist es völlig egal, was mit Derek passierte. Auch mein Leben und das unserer Kinder geht ihnen am Arsch vorbei. Sie kochen ihr ganz eigenes Süppchen.“

„Ich bin mir nicht sicher, ob ich Sie wirklich verstehe.“

„Brauchen Sie auch nicht. Ich empfehle Ihnen nur, die Augen weit offenzuhalten. Es geht hier um Ihr Leben. Und das Ihres Sohnes.“

„Wie soll ich das verstehen?“

Sie wartete vergeblich auf eine Antwort. Es knackte in der Leitung – und dann war die Verbindung tot.

22

Morgan kannte die Lokalität bereits so gut, dass er sich selbst in der Dunkelheit zurechtfand. Er drückte Äste zur Seite, kletterte über verfaulende Baumstümpfe und sah schon bald die Lichter am Fuß des Abhangs. Er erreichte den Waldrand und schaute über das brachliegende Maisfeld.

Der Camaro wie auch der Truck standen im Carport; der Kofferraum des Camaro war geöffnet. Vor den erleuchteten Fenstern bewegten sich Gestalten, die er aber nicht identifizieren konnte.

Im Dunkel der Nacht erinnerte ihn das Maisfeld an einen großen schwarzen Schlund. Um sich dem Haus von der anderen Seite zu nähern, musste er es wohl oder übel zu Fuß durchqueren – und dabei möglichst nicht in Schlangennester treten oder sich in Bodenlöchern den Knöchel brechen.

Er hatte die Hälfte des Weges geschafft, als die Haustür geöffnet wurde. Flynn schaute heraus, warf einen prüfenden Blick aufs Maisfeld und verschwand im Haus. Als er wieder herauskam, hatte er einen Koffer in der einen Hand und einen langläufigen Revolver in der anderen. Er ging zum Camaro, scannte weiterhin sorgsam die Umgebung, stellte den Koffer in den Kofferraum und ging wieder hinein.

Ein paar Minuten später kam er mit einem kleineren Koffer zurück, verstaute ihn ebenfalls im Wagen und drückte die Kofferraumklappe zu. Er hatte noch immer den Revolver in der Hand, warf einen weiteren Blick in die Runde und ging hinein. Morgan wartete.

Fünf Minuten später kam er zusammen mit der Frau wieder hinaus und ging erneut zum Camaro. Nachdem sie noch kurz miteinander gesprochen hatten, setzte sie sich hinters Steuer. Flynn trat zur Seite, schaute erst die Einfahrt hinunter, dann zum Maisfeld und den anschließenden Wald hinauf. Sein Blick schien auch über Morgan zu gleiten, blieb aber nicht an ihm hängen.

Sie startete den Motor und schaltete die Scheinwerfer ein, die den Truck in gleißendes Licht tauchten. Flynn verfolgte, wie der Camaro drehte und mit knatterndem Auspuff Richtung Straße fuhr.

Morgan wartete, bis Flynn wieder im Haus verschwunden war, und ging dann zügig durch den Wald zurück zu seinem Wagen.

Die Nebelschwaden im Licht seiner Scheinwerfer verdichteten sich. Um diese Jahreszeit gingen die nächtlichen Temperaturen drastisch zurück und sorgten für eine erfrischend kühle Brise. Morgan hielt respektvoll Abstand, lief dank der ungewöhnlichen Heckleuchten und des zusätzlichen Reflektor-Tapes aber nie Gefahr, den Camaro aus den Augen zu verlieren.

Sie befanden sich auf der Country Road stadtauswärts; der Verkehr in beiden Richtungen war fast völlig zum Erliegen gekommen. Morgan musste leicht abbremsen, um den Abstand nicht unnötig schrumpfen zu lassen. Die Beretta lag auf dem Beifahrersitz, gleich neben der halb aufgeklappten Straßenkarte. Vor ihm auf der rechten Seite tauchte ein leerstehendes Drive-in-Kino auf. Die einst weiße Leinwand war verschmutzt und rissig, die Lautsprechermasten geköpft. Er konnte sich an das Kino erinnern, da er die Straße bereits mehrfach gefahren war. Umso weniger wollte er seinen Augen trauen, als ein Wagen – der sich offensichtlich hinter dem Kassenhäuschen versteckt hatte – plötzlich auf die Fahrbahn schoss. Der Wagen fuhr ohne Licht, nahm aber anscheinend die Verfolgung des Camaro auf.

Morgan schaltete umgehend die eigenen Scheinwerfer aus. Als er sich dem Wagen wieder langsam genähert hatte, sah er, dass es ein brauner Volvo war – möglicherweise der gleiche, den er vor Delvas Haus gesehen hatte. Der Volvo hielt einen konstanten Abstand von mehreren Autolängen und machte nie Anstalten, den Camaro zu überholen.

Morgan drückte plötzlich aufs Gaspedal und ließ gleichzeitig das Beifahrerfenster herunter. Als er nur noch ein paar Meter vom Volvo entfernt war, schaltete er die Scheinwerfer ein und switchte umgehend auf Fernlicht. Das Innere des Volvo wurde mit Licht geflutet. Fünf dunkelhäutige Gesichter – zwei vorne, drei auf der hinteren Sitzbank – drehten sich zu ihm um, alle mit Dreadlocks und identischen Halstüchern.

Er riss den Toyota auf die linke Fahrbahn hinüber, hob die Beretta mit der rechten Hand und schoss zweimal durch das offene Fenster. Er hörte splitterndes Glas und sah, wie der Volvo ins Schleudern kam, sich einmal um die eigene Achse drehte und dann mit quietschenden Bremsen auf der Böschung zum Stehen kam.

Morgan legte die Beretta wieder auf den Beifahrersitz und fasste mit beiden Händen das Lenkrad. Er wechselte wieder auf die rechte Fahrspur und hatte den Camaro schnell eingeholt. Im Schein des Fernlichts konnte er sehen, wie ihn die Frau im Rückspiegel entgeistert anstarrte.

Der Camaro heulte auf und machte einen Satz nach vorne, musste aber gleich wieder abbremsen, da der Straßenverlauf gerade eine vorsichtigere Fahrweise verlangte. Morgan hatte jedenfalls keine Mühe, den Abstand zum Camaro zu halten. Als sie mit Höchstgeschwindigkeit in eine langgezogene Kurve gingen, spürte Morgan die Vibrationen in seinem Lenkrad und hörte das Quietschen der Reifen vor sich. Dann aber, auf einer langen und baumlosen Geraden, baute der Camaro seinen Vorsprung wieder aus.

Ein Stückchen weiter konnte er bereits die nächste Kurve erkennen – diesmal mit einem Schutzzaun und roten Reflektoren gekennzeichnet. Als er in letzter Sekunde auf die Bremse stieg, konnte er den Wagen kaum unter Kontrolle halten. Direkt vor ihm tauchten die Scheinwerfer den Zaun in ein grelles Licht.

Noch einmal quietschten die Bremsen, bevor der Camaro frontal in den Zaun krachte und eine Wolke aus Geröll und Holzsplittern aufwirbelte. Er schleuderte noch mehrfach herum, zuckte mit den Scheinwerfern ziellos in der Gegend herum, bis er in dem welligen Gelände nicht mehr weiterkam. Im Licht der Scheinwerfer, die wie zwei leuchtende Finger in den Nachthimmel ragten, kräuselten Rauch und Staubpartikel empor.

Er stellte den Toyota auf dem Seitenstreifen ab, griff zur Beretta und stieg aus.

Der Camaro hatte ein asymmetrisches Loch in den Zaun gerissen und war knapp zehn Meter dahinter zum endgültigen Halt gekommen. Die Hinterräder hatten sich geradezu in den Boden gefressen und waren nur noch zur Hälfte sichtbar.

Er schaute zurück auf die Straße. Vom Volvo war weit und breit nichts zu sehen. Er stieg durch den Zaun und näherte sich dem Camaro.

Der Motor hatte den Geist aufgegeben, gab aber noch ein metallisches Knacken von sich: Der Stahl, plötzlich abgekühlt, war am arbeiten. Der Innenraum war dunkel, das Heckfenster mit Erde bedeckt. Er nahm die Beretta in beide Hände und suchte einen Weg über das aufgerissene Erdreich. Als er auf den Boden schaute, sah er wilde Erdbeeren.

Die Windschutzscheibe war gesprungen. Auf der Innenseite klebte Blut. Das Fenster auf der Fahrerseite war geöffnet. Die Frau schaute ihn mit glasigen Augen an. Über ihrem rechten Auge sah er einen tiefen Schnitt. Die Oberlippe war aufgeschlitzt, ihre Zöpfchen mit Blut durchtränkt.

Er trat näher heran und schaute hinein. Ihr linkes Bein steckte unter dem Armaturenbrett fest und war anscheinend gebrochen. Kein Sitzgurt. Sie hatte ein geöffnetes Handy vor sich und presste wie in Trance auf die Knöpfe. Er griff mit seiner behandschuhten Hand hinein und nahm es ihr ab. Auf dem Display waren nur zwei Ziffern zu sehen, dafür aber überall blutige Fingerabdrücke. Er klappte das Handy zu und steckte es in die Tasche.

Als er wieder ins Auto schaute, blickte er in die Öffnung einer kleinen Automatik, die ihr allerdings fast aus den zitternden Fingern glitt. Er griff nach der Waffe, löste sie aus ihrer Hand und warf sie hinter sich.

„Ihr Fucker", sagte sie, konnte die Worte aber kaum noch artikulieren. „Ihr Schweinehunde."

Er griff in den Wagen und ließ sich auch nicht irritieren, als sie ihm auf die Hand zu schlagen versuchte. Sie konnte ihn nur noch grimmig anstarren, als er den Zündschlüssel drehte und den Schlüsselbund abzog.

„Ihr hättet ihn nicht so abschlachten müssen."

Er ging um den Wagen herum und fand den Schlüssel für den Kofferraum. Er schaute noch einmal zur Straße hoch, steckte die Beretta in den Gürtel, öffnete die beiden Koffer und kippte den Inhalt in den Kofferraum. Kleider, Kosmetika, ein kleines Fotoalbum. Eine Teakholz-Box mit billigem Schmuck. Im größeren Koffer fand er noch einen Lady Colt .38 und eine Schachtel mit Munition.

Als er wieder ans Fenster trat, hatte sie ihren Kopf aufs Lenkrad gelegt. Sie schien kaum noch zu atmen. Auf ihren Lippen bildeten sich kleine Bläschen. Er schaute auf die hintere Sitzbank. Nichts zu sehen.

Noch in einiger Entfernung konnte er Scheinwerfer auf der Straße sehen, die langsam heller wurden.

Er schaute nochmal auf die Frau und musste unwillkürlich an blutige Heckenscheren, abgeschnittene Finger und Dominosteine denken.

Er drehte sich um, fand die Automatik, blies den Dreck vom Gehäuse und öffnete den Schlitten, um ein Projektil ins Patronenlager zu schieben. Er berührte sie an der Schulter.

„Aufwachen!“, sagte er.

Sie hustete und schüttelte sich. Er legte ihr die Waffe in den Schoß.

„Vielleicht brauchen Sie die noch.“

Er ging zurück zum Toyota, startete den Wagen, ließ die Schweinwerfer aber aus. Als er drei-, vierhundert Meter gefahren war, sah er im Rückspiegel das Scheinwerferlicht eines Wagens, der langsam zum Sicherheitszaun vorfuhr und an dem Loch anhielt.

Wieder ein Stückchen weiter schaltete er seine eigenen Scheinwerfer an. Aus der Entfernung hörte er ein schwaches Geräusch, das möglicherweise ein Schuss war.

Mit der Beretta im Schoß bog er in den Weg ein, der zum Haus führte. Er fuhr langsam und hatte die Scheinwerfer abgestellt. Über der Haustür brannte ein Licht, aber sonst war alles dunkel. Der Truck war verschwunden.

Er stieg aus und ging zur Rückseite des Hauses, die Beretta eng am Bein. Nebel hing über dem vertrockneten Maisfeld. Aus dem Haus kamen keine Geräusche.

Nach dem dritten Tritt gab die hintere Eingangstür nach. Er hatte die Beretta in beiden Händen und richtete den Lauf in die Dunkelheit.

Er ging von Zimmer zu Zimmer. Im Schlafzimmer drehte er das Licht an und sah einen offenstehenden Kleiderschrank. Am nicht vorhandenen Staub konnte er feststellen, dass hier einmal Koffer gestanden hatten.

In der Küche öffnete er mehrere Schränke und entdeckte das gleiche Phänomen: Kreise im Staub, wo offensichtlich einmal Dosen gestapelt waren. Der Kühlschrank war leer bis auf einen offenen Karton Milch und eine Flasche Ketchup. Ein Glas mit Konfitüre war beim Einpacken offensichtlich auf den Boden gefallen und hatte nun einen Riss. Flüssigkeit trat aus, hatte bislang aber noch keine Ameisen angezogen.

Er ging zurück zum Toyota, holte das Handy, wischte das Blut ab und drückte so lange Knöpfe, bis er die Kontaktliste gefunden hatte. Unter „Billy" fand er zwei Nummern – eine fürs Haus, eine fürs Handy. Er wählte die letztere und drückte auf CALL.

Es klingelte drei Mal, bis auf der anderen Seite die Verbindung bestätigt wurde. Morgan blieb stumm.

„Lee-Anne?"

„Nein", sagte Morgan.

Stille.

„Was haben Sie mit ihr angestellt?"

„Das müssen Sie Ihre haitianischen Freunde fragen."

„Wo ist sie?"

Morgan antwortete nicht.

„Was wollen Sie von mir?"

„Das, was alle wollen. Der einzige Unterschied ist der, dass ich an Ihnen kein persönliches Interesse haben. Sie können sich hinterher gerne aus dem Staub machen – macht für mich keinen Unterschied. Die anderen Interessenten werden das wohl nicht so entspannt sehen."

„Sie wollen mir also sagen, dass ich unbehelligt abziehen kann, wenn ich Ihnen das Geld in die Hand drücke?"

„Korrekt. Oder haben Sie ernsthaft gedacht, dass Sie das ganze Geld behalten können? Dass es inzwischen ihr Eigentum ist?"

„Ich brauche es einfach. Habe Schulden an der Backe."

„Sie *brauchen* vielleicht einen Teil davon. Sie nehmen sich zehn Riesen, lassen den Rest zurück und sagen mir, wo ich Sie treffen soll. Wenn ich verschwunden bin, können Sie machen, was immer Sie wollen."

„Warum sollte ich Ihnen trauen?"

„Weil Sie gar keine andere Wahl haben, würd ich mal sagen."

Schweres Atmen am anderen Ende der Leitung.

„Darüber muss ich erst nachdenken."

„Da gibt's nichts zu denken", sagte Morgan. „Sie trennen sich vom Geld und können gehen. Tun Sie es nicht, sind Sie ein toter Mann."

„Ich brauche Zeit."

„Sie haben zwei Stunden. Wenn ich bis dahin nichts von Ihnen höre, werden Sie umgehend meine Bekanntschaft machen. Und ich bin nicht der Einzige, der Sie gerne kennenlernen möchte."

Er stellte den Toyota wieder hinter der Scheune ab, nahm ein Tuch und wischte alle Stellen ab, die er möglicherweise ohne Handschuhe berührt hatte. Als er wieder in seinem Monte Carlo saß, griff er zu seinem Handy: keine verpassten Anrufe, keine Nachrichten – auch nicht von den Zwillingen.

Es war Mitternacht. Er machte an einer Tankstelle halt, die rund um die Uhr geöffnet war, füllte den Tank auf und ließ sich vom Kassierer das Telefonbuch geben. Es gab nur ein Holiday Inn im ganzen Landkreis. Der Kassierer erklärte ihm den Weg.

Fünfzehn Minuten später hatte er den Hotelparkplatz erreicht und schaute sich die geparkten Wagen an. Kein Range Rover weit und breit. Er stieg aus und wählte die Nummer aus dem Telefonbuch. Als sich der Nachtportier meldete, ließ er sich zum Zimmer von Dante Coleman durchstellen. Wie erwartet, benutzten die Idioten tatsächlich ihre richtigen Namen.

Nachdem es zwölf Mal geklingelt hatte, meldete sich der Portier zurück und fragte, ob er eine Nachricht hinterlassen wolle. Morgan legte auf.

Sie hatten keine Zeit verloren. Irgendwo da draußen waren sie unterwegs und jagten das Geld. Sein Geld.

Er wendete den Wagen und machte sich auf den Weg zurück nach Hopedale. Die Vorstellung, dass sie ihm ernsthaft in die Quere kommen könnten, machte ihn wahnsinnig. Er fragte sich, welche Informationen sie bereits hatten und wo sie den Hebel ansetzen würden.

Er wusste, dass er sich entspannen musste, um in Ruhe nachdenken zu können. Er schaltete das Autoradio an und legte die Sam Cooke-Kassette ein. „Keep Movin'

On“ war die beruhigende Botschaft, die ihm gleich aus den Lautsprechern entgegenklang.

Auf dem Sitz neben ihm begann das blutverschmierte Handy zu summen.

23

Als Sara die zwei Meilen zu JoBeth's Haus fuhr, stellte sie fest, dass der Nebel mit jeder Minute dichter wurde. Er hing schon so kompakt auf der Straße, dass das Licht ihrer Scheinwerfer von den grauen Schwaden reflektiert wurde. Sie stellte Scheibenwischer und Scheibenheizung an und dachte daran, was Simone James ihr gesagt hatte.

Es gibt da ein paar Entwicklungen, die ich so nicht wollte, die ich nun aber nicht mehr rückgängig machen kann.

Danny, noch immer am Schlafen, saß im Kindersitz und zuckte mit den Beinen. Sie hatte ihn direkt aus dem Bett geholt und im Pyjama zum Auto getragen. Einen Satz sauberer Kleider und den Tyrannosaurus hatte sie noch schnell in den Rucksack gesteckt, sich selbst ein paar Sachen übergezogen und JoBeth auf den nächtlichen Überfall vorbereitet. Die Glock steckte in ihrem Hüftgurt.

Sie sah Scheinwerfer hinter sich und beobachtete sie im Rückspiegel. Als sie sich JoBeth's Straße näherte, betätigte sie den Blinker und bremste ab. Die Scheinwerfer bewegten sich auf die linke Fahrspur und zogen an ihr vorbei. Es war irgendein SUV, möglicherweise ein Jeep. Seine Schlusslichter verloren sich schnell im Nebel.

Als sie in die Einfahrt einbog, waren alle Zimmer in JoBeth' Haus hell erleuchtet. Danny zuckte wieder im Schlaf.

„Wach auf, mein Schatz", sagte sie und löste seinen Gurt.

Er rieb sich den Schlaf aus den Augen. „Wo sind wir?"

„Bei JoBeth."

„Warum?"

„Du bleibst hier, mein Kleiner, zumindest für heute Nacht."

Er legte seine Arme um ihren Nacken – und irgendwie schaffte sie es, ihn über die Rückenlehne auf ihren Schoß zu hieven.

Sie öffnete die Tür. „Es ist neblig", sagte er. „Ich habe Angst."

„Mach dir keine Sorgen. Da draußen gibt's nichts, vor dem du dich fürchten müsstest."

Sie griff mit der freien Hand den Rucksack und schlug die Tür hinter sich zu. Als sie auf den Natursteinplatten zum Haus ging, öffnete sich die Tür. JoBeth und ihr Vater warteten bereits auf sie. Er hielt ihr die Tür auf, als sie Danny ins Haus trug.

„Danke, Andy", sagte sie. JoBeth's Vater trug einen Morgenmantel über seinem Schlafanzug und hatte Pantoffel an den Füßen. Er hatte noch immer den aufrechten Gang – und den passenden Bürstenhaarschnitt – des Highway Patrolman, der er einmal gewesen war.

JoBeth streckte die Arme aus und nahm Danny an sich.

„Tut mir leid, dass ich euch so spät belästige", sagte Sara. „Ich weiß es wirklich zu schätzen."

Danny legte den Kopf auf JoBeth's Schulter und schloss umgehend wieder die Augen. Sie trug ihn durch den Korridor in ein Schlafzimmer.

Andy nahm den Rucksack. „Ist alles okay mit dir, Sara?"

„Vielleicht ist es ja eine Überreaktion, aber ich bekam einen Anruf, der mir zu denken gab."

„Von wem?"

„Ich bin mir nicht sicher. Aber ich muss in jedem Fall zurück aufs Revier – und wollte sicherstellen, dass Danny an einem sicheren Ort ist."

„Zurück aufs Revier? Es ist nach Mitternacht."

„Ich weiß. Es könnte auch sein, dass ich euch bitten muss, Danny noch eine weitere Nacht zu behalten. Vorausgesetzt natürlich, es macht euch keine Probleme."

„Natürlich nicht. Aber ich mache mir inzwischen schon Sorgen um dich."

„Brauchst du nicht. Aber trotzdem danke. Vielleicht ruf ich später noch mal an – wenn das keine Zumutung für euch ist. In jedem Fall würd ich mich besser fühlen, wenn ich weiß, dass Danny okay ist."

„Klar, Sara, alles kein Problem. Er kann hier so lange bleiben, wie es notwendig ist. Und du übrigens auch."

„Danke, aber ich komm schon über die Runden." Sie warf einen letzten Blick in den Korridor, wo JoBeth und Danny verschwunden waren, und ging wieder in die wabernden Schwaden hinaus.

Auf der Cyprus Creek Road war der Nebel bereits so dicht, dass sie nicht schneller als fünfunddreißig Meilen fuhr. Auch wenn die Fenster geschlossen waren, konnte sie den grauen, irgendwie metallisch schmeckenden Schleier riechen. Am Straßenrand mutierten die mit Efeu überwachsenen Bäume zu gespenstischen Kreaturen. Sie war dankbar, Danny nicht im Auto zu haben.

Sie holte ihr Handy raus, klappte es auf und nahm ihre Augen für eine Sekunde von der Straße, um die private Nummer des Sheriffs zu finden. Zum zweiten Mal an diesem Tag lag ihr Daumen über dem CALL-Button.

Ein Anruf – und der ganze Wahnsinn wäre vorbei.

Die Straße wurde kurvenreicher – und die weiße Markierung am rechten Rand verschwand im Nebel. Mehrfach kam sie vom Asphalt ab und rumpelte mit den rechten Rädern über den Schotter. Sie wurde zunehmend nervös, da an ein sicheres Fahren nicht mehr zu denken war. Die Scheibenwischer fegten die kondensierten Tropfen von der Windschutzscheibe.

Als sie die Kurven hinter sich gelassen hatte und wieder geradeaus fuhr, schaute sie noch einmal auf ihr Handy und suchte nach Billys Nummer.

Letzte Chance, Billy. Sag mir, was hier abläuft.

Sie drückte auf CALL und hörte es fünf Mal klingeln, bis sich der Anrufbeantworter einschaltete.

„Sara hier. Du musst mich anrufen. Und zwar sofort!"

Sie beendete die Verbindung und legte das Handy auf den Beifahrersitz. Wenn sie vor ihrer Ankunft im Revier nichts von ihm hören sollte, würde sie umgehend den Sheriff anrufen. Es war Billys Entscheidung – und nur seine allein.

Ein Stück vor sich sah sie im Nebel das Stakkato einer Warnblinkanlage. Sie bremste ab, sah den Umriss eines Autos, das halb auf der Böschung stand, halb auf der nassen Straße. Sein Heck ragte jedenfalls gefährlich auf die rechte Fahrbahn hinaus.

Sie konnte sich nur allzu gut vorstellen, was passiert war. Sie waren zu schnell gefahren und auf der nassen Straße ins Rutschen geraten. Oder wollten vielleicht einem Reh oder anderen Tier ausweichen, das plötzlich im Nebel vor ihnen aufgetaucht war. Wären sie noch ein wenig schneller gefahren, wären sie vermutlich in die Bäume gekracht.

Sie ließ den Blazer auf der Böschung ausrollen und schaltete das Fernlicht ein. Es war der SUV, der sie kurz zuvor überholt hatte. Da die Scheiben getönt waren, konnte sie nicht ins Innere schauen. Sie griff unter den Sitz, holte den Warnblinker heraus, stellte ihn aufs Armaturenbrett und stöpselte das Gerät ein. Das Rot und Blau begann zu rotieren und tauchte den Nebel in eine psychedelische Lightshow.

Sie öffnete ihr Handy und rief das Revier an.

„St. Charles County Sheriff's."

„Angie, Sara Cross hier. Ich bin auf Cypress Creek, etwa … eine Meile nördlich von der Abzweigung nach Artesia. Vor mir steht ein Fahrzeug, das offensichtlich von der Fahrbahn abgekommen ist und jetzt mit dem Heck auf der Fahrbahn steht."

„Verletzungen?"

„Kann ich noch nicht sagen. Benachrichtigen Sie besser den Abschleppdienst, bevor ein Auto in das herausstehende Heck knallt."

„Kennzeichen?"

„Kann ich von hier noch nicht lesen. Ich werde jetzt rausgehen und mir den Wagen genauer anschauen. Aber senden Sie mir besser gleich einen Streifenwagen. Sollten wir noch einen Sanitäter brauchen, meld ich mich noch mal."

„Heute Nacht sind aber alle ziemlich beschäftigt. Der Nebel hat zu vielen Unfällen geführt."

„Ist mir schon klar."

„Ich weiß deshalb nicht, wie schnell ein Streifenwagen an Ihrem Standort eintreffen wird."

Sara atmete einmal tief durch. „Senden Sie mir einfach einen, so schnell es geht." *Und verschonen Sie mich mit Ihrem zickigen Getue.*

„Wo genau war es noch mal?"

„Cypress Creek Road, nördlich von Artesia. Ich hab meinen Warnblinker eingeschaltet. Man kann mich nicht verpassen."

Sie beendete die Verbindung, legte das Handy aufs Armaturenbrett und öffnete die Tür.

Noch immer keine Lebenszeichen aus dem Auto. Sie fragte sich, ob die Insassen vielleicht ausgestiegen waren, um Hilfe zu holen, sich dann aber im Nebel verlaufen hatten.

Sie schaltete ihre Stabtaschenlampe ein und griff sich sicherheitshalber auch noch die winzige Maglite aus dem Handschuhkasten. Als sie auf die Straße trat, zog sie ihren Hüftgurt in die richtige Position, um den Velcro-Verschluss notfalls schnell öffnen zu können.

„Sheriff hier“, rief sie. „Ist jemand verletzt?“

Keine Antwort. Außer dem Klicken von Scheibenwischer und Warnblinker war kein Laut zu hören. Sie schaltete die Maglite an, die mit ihrem Halogenlicht besser für den Nebel geeignet war und leuchtete die Seite des Wagens ab und die getönten Scheiben. Die Luft war feucht und schwer. Der metallische Geruch des Nebels vermischte sich mit dem Sulfur des Sumpfes. Die Warnblinkanlage des SUV erzeugte ein gelbes Licht, das den nassen Asphalt erleuchtete.

„Hallo? Hier spricht der Sheriff. Ist jemand im Wagen?“

Schweigen. Sie überlegte, ob sie zurück zum Blazer gehen sollte, um die Ankunft des Streifenwagens abzuwarten. Ob Angie wohl umgehend einen Wagen bestellt hatte? Nicht auszuschließen, dass sie absichtlich mit dem Notruf warten würde, um ihr eins auszuwischen.

Du kannst nicht unbegrenzt warten. Gut möglich, dass jemand verletzt ist und dringend Hilfe benötigt. Mit der Maglite in ihrer Linken, ging sie um den Wagen, hielt aber immer einen gebührenden Abstand. Es war ein Range Rover, anscheinend das neueste Modell. Als sie gerade das Kennzeichen mit der Zulassung aus New Jersey inspizierte, trat ein lautloser Schatten aus der Dunkelheit heraus. Sie sah den Revolver und hörte das Klicken des Hahns. Das kalte Metall berührte sie gleich hinter ihrem linken Ohr.

„Nur eine Bewegung“, sagte eine leise Stimme, „und du bist auf der Stelle tot.“

24

Sie hielt den Atem an und rührte sich nicht. Das Klicken des Warnblinkers schien immer lauter zu werden.

Ich Idiot. Wie konnte das nur passieren?

„Leg die Hände aufs Fenster." Die Worte, intensiv und eindringlich, waren nicht mehr als ein Wispern.

Ob sie ihn vielleicht mit dem Maglite blenden konnte? Sie öffnete vorsichtig ihre Hüfttasche und konnte die Glock schon fühlen.

Das Metall presste noch härter gegen ihren Schädel.

„Wenn du willst, knips ich dir auch gleich an Ort und Stelle das Licht aus. Sag Bescheid, wenn du krepieren willst."

Die Fahrertür öffnete sich. Ein weiterer Mann stieg aus. Er trug eine Jeansjacke über einem Hoodie und blieb mit seinem Gesicht im Schatten. Sie fragte sich, ob einer der beiden vielleicht den grauen Toyota gefahren hatte.

Der Mann hinter ihr schlug ihr das Maglite aus der Hand. Es fiel auf den Asphalt und erlosch. Er drückte sie gegen die Seite des Wagens, bis ihr Gesicht das Glas berührte. Seine andere Hand kam hoch, fuhr über ihren Bauch und griff nach dem Hüftgurt. Er fand den Schnappverschluss und zerrte solange, bis die Tasche geräuschvoll auf den Boden fiel.

Der Revolver in ihrem Nacken wurde zurückgezogen.

„Mach die Tür auf." Die Stimme war so kratzig, als sei sein Kehlkopf unter die Räder gekommen.

Erinner dich an dieses Detail! Erinner dich an absolut alles!

„Ich geh da nicht rein."

Da war er wieder, der Revolver in ihrem Genick.

„Nie und nimmer", sagte sie.

„Nie und nimmer? Dann sollten wir vielleicht zurück an den Ort fahren, wo du deinen Jungen abgeliefert hast. Vielleicht möchtest du unsere Unterhaltung lieber dort fortsetzen?"

Sie schloss ihre Augen. *Bloß keine Panik. Denk nach.*

„Mach schon", sagte der Fahrer. „Wir müssen uns auf die Socken machen."

„Ich hab Verstärkung geordert, als ich Ihren Wagen sah", sagte sie. „Meine Kollegen sollten gleich da sein."

„Für dich wird's in jedem Fall zu spät sein."

Er griff den Kragen ihres Sweatshirts, riss sie zurück und trat dann hart gegen ihr linkes Bein. Sie knickte ein und ging stöhnend zu Boden.

„DeWayne, was soll der Scheiß?", fragte der Fahrer.

Schweigen. „Du bist ein verfickter Dummkopf und weißt es auch", sagte der Mann hinter ihr, meinte aber offensichtlich den Fahrer. Was ihre Chance, hier lebend wieder rauszukommen, nicht unbedingt erhöhte.

„Steh auf!" Er zog sie an ihrem Sweatshirt hoch, doch ihr linkes Bein drohte einzuknicken. Er riss sie erneut hoch, öffnete die Wagentür und stieß sie hinein. Im Licht der Innenbeleuchtung sah sie, dass sie auf einer Sitzbank mit hellbraunem Leder gelandet war.

„Runter auf den Boden", sagte er – und dann zum Fahrer: „Der Wagen von ihr muss verschwinden. Versteck ihn im Wald. Und schalt das gottverdammte Licht aus."

„Warum?"

„Mein Gott! Weil er nicht da draußen stehenbleiben darf. Tu einfach, was ich sage."

DeWayne drückte sich hinter ihr in den Wagen hinein und presste sie gegen den Boden. Die Revolvermündung wanderte wieder an ihren angestammten Platz auf dem Nacken. Er zog die Tür hinter sich zu. „Jetzt behalt schön die Nerven", sagte er. „Wir wollen uns nur ein wenig unterhalten. Mach keine Dummheiten, weil ich dir sonst eine Kugel in dein Köpfchen jagen muss."

Sie hörte, wie der Blazer im Rückwärtsgang ins Unterholz fuhr und anschließend Schweinwerfer und Warnblinker abgeschaltet wurden. Auch im Range Rover wurde es dunkel.

Sie lag mit ihrem Gesicht auf dem Teppichboden – DeWayne mit seinem ganzen Gewicht auf ihr. Ein stechender Schmerz pochte in ihrem linken Bein.

Schmerz ist gut. Schmerz hält deine Sinne geschärft.

Der Fahrer setzte sich wieder hinters Steuer. „Wir müssen hier so schnell wie möglich raus." Er startete den Motor, schaltete den Warnblinker aus und fuhr auf die Straße zurück.

DeWayne nahm den Revolver aus ihrem Nacken.

„Bleib da liegen", sagte er. „Du hast nichts zu befürchten."

Er griff nach vorne und fand einen Schalter, der die vordere Rückenlehne soweit zurückklappte, dass er sich nach vorne auf den Beifahrersitz quetschen konnte. Als er sich halb zu ihr umdrehte, konnte sie zum ersten Mal einen Blick auf ihn werfen. Er hatte eine verchromte Automatik in der Linken, ihren Hüftgürtel auf dem Schoß und trug ein schwarzes Sweatshirt mit Hoodie. Sein linkes Augenlid hing auf Halbmast, konnte den fortgeschrittenen Silberblick aber nicht verbergen.

Noch ein Detail. Vergiss es nicht.

Er schob seine Kapuze zurück und schaute zu ihr hinunter. Er war schwergewichtiger als der Fahrer, doch eine Ähnlichkeit in ihren Gesichtszügen war unübersehbar.

„Wohin?", fragte der Fahrer. „Und was machen wir mit ihr?"

„Du fährst einfach geradeaus. Wir können unsere nette Unterhaltung auch gleich an Ort und Stelle führen."

Sie machte einen Versuch, sich aufzusetzen.

„Bleib, wo du bist", sagte DeWayne. „Da unten gefällst du mir am besten."

Der Wagen fuhr inzwischen deutlich schneller. Sie fragte sich, wie lange Angie mit dem Notruf gewartet hatte – und ob sich irgendwo hinter ihr bereits ein Streifenwagen befand.

Zu spät.

DeWayne öffnete den Velcro-Verschluss ihrer Hüfttasche und entdeckte die Glock.

„Schau mal, was ich gefunden habe", sagte er und zog die Waffe aus der Tasche. „Ein echtes Prachtstück."

Er öffnete das Handschuhfach und legte die Glock hinein. „Wir wollen es kurz machen", sagte er zu ihr. „Wo ist die Knete?"

Er nahm seinen Revolver in die rechte Hand.

„Ich weiß überhaupt nicht, was Sie …" Er beugte sich zu ihr hinüber und schlug so hart zu, dass ihr Kopf zurückschnellte. Der plötzliche Schmerz trieb ihr Tränen in die Augen.

„Wird 'ne lange Nacht, wenn du so weitermachst", sagte er.

„Wir sollten zurück zu ihrem Haus fahren", sagte der Fahrer. „Niemand hält sich dort auf."

„Bloß nicht", sagte DeWayne. „Früher oder später finden sie ihren leeren Wagen und werden dann nach ihr suchen. Hier im Auto sind wir bestens bedient."

„Der Nebel treibt mich in den Wahnsinn, Mann. Ich kann nicht die Hand vorm Auge sehen."

„Fahr einfach langsamer. Wir haben Zeit." Er schaute zu ihr zurück. „Ich sag's jetzt noch einmal laut und vernehmlich: Wo ist die Knete?"

„Ich verstehe die Frage nicht." Die Ausweglosigkeit der Situation wurde ihr mit jeder Minute bewusster. Sie wollten etwas von ihr, das sie ihnen nicht geben konnte. Wenn ihnen das erst einmal klar wurde, war ihr Leben absolut wertlos für sie.

„Willst du uns etwa erzählen, dass dich dein Lover übers Ohr gehauen hat? Dass er dir kein Stück von dem Kuchen abtreten will? Dreihundertfünfzig Riesen sollten doch eigentlich alle glücklich machen können. Will er die ganze Scheiße etwa für sich behalten?"

Dreihundertfünfzigtausend.

Sie musste an den leeren Behälter im Honda denken.

Mein Gott, Billy, was hast du da nur gemacht?

Der Blazer stand nicht mehr in der Einfahrt. Außer einem fahlen Nachtlicht war es dunkel im Haus. Morgan fuhr langsam vorbei. Niemand schien sich dort aufzuhalten. Sollten die Zwillinge hier gewesen sein, waren sie jedenfalls weitergezogen.

Flynn hatte behauptet, er brauche Zeit, um das Geld zu holen. Er würde sich morgen melden und wollte dann auch den Ort der Übergabe nennen. Natürlich konnte es eine Falle sein, aber vielleicht war ihm auch klargeworden, dass Morgans Vorschlag der einzig mögliche Weg für ihn war.

Die unbekannte Größe in dieser Gleichung waren eigentlich nur noch die Zwillinge. Solange diese Idioten hier nur Staub aufwirbelten, war an eine sinnvolle Lösung nicht zu denken. Er fuhr zurück zur Country Road, auf der inzwischen der Nebel endgültig die Oberhand gewonnen hatte. Andere Autos waren nicht mehr unterwegs. Es sollte ein Leichtes sein, den Range Rover aufzuspüren. Sollten sie sich irgendwo im Nebel da draußen aufhalten, würde er sie schon finden.

„Muss ja ein ganz schön geiziges Würstchen sein", höhnte DeWayne noch immer. „Lässt dich nicht mal am Ofen schnuppern, sondern will den ganzen Braten für sich allein."

Erzähl ihm irgendwas. Egal was. Halt ihn bei Laune. Schinde Zeit.

„Ich weiß nicht, wo das Geld ist", sagte sie.

„Aber du weißt, wer es weiß – richtig?"

Sie fragte sich, wieviel die beiden wussten – und wie weit sie ihren Bluff ausreizen konnte.

„Könnte sein. Ich bin mir nicht hundertprozentig sicher."

„Wir haben die ganze Nacht", sagte er. „Vielleicht sollten wir ja wirklich zurückfahren und deinen Knirps auf unsere Spritztour mitnehmen. Könnte deinem Gedächtnis auf die Sprünge helfen. Was meinst du?"

„Das wird nicht helfen."

„Werden wir ja sehen."

Im Rückspiegel tauchten plötzlich Scheinwerfer auf, die noch weit entfernt waren, aber den Abstand zügig verkürzten. *Endlich.*

„Yo", sagte der Fahrer.

DeWayne schaute durch die Heckscheibe nach hinten.

„Vielleicht hat sie ja die Wahrheit erzählt", sagte der Fahrer. „Vielleicht hat sie ja wirklich Verstärkung angefordert."

Die Scheinwerfer wurden größer.

„Fahr etwas langsamer", sagte DeWayne. „Wenn's ein normales Auto ist, wird es vorbeifahren. Wenn's die Polizei ist, halt an. Den Rest werd ich dann übernehmen."

„Sie sollten den Wagen besser sofort anhalten und mich rauslassen", sagte sie. „Das ist Ihre einzige Chance, noch mit einem blauen Auge davonzukommen."

„Halt die Klappe, Nutte."

Der Range Rover wurde langsamer. Der Wagen mit den Scheinwerfern wahrte den Abstand.

„Mir gefällt diese Scheiße nicht", sagte der Fahrer.

„Reg dich ab und schau auf die Straße."

Die Scheinwerfer kamen wieder näher.

„DeWayne", sagte der Fahrer.

Sara schaute sich die Tür an. Der Hebel zum Entriegeln war zum Greifen nah. Sollte der Range Rover wirklich abbremsen, könnte sie vielleicht rausspringen und den Kollegen im Streifenwagen warnen.

Und sich umgehend eine Kugel in den Rücken einfangen. Aber hatte sie überhaupt noch Alternativen? Besser, mit der Flucht ein Risiko einzugehen, als hierzubleiben und hirnlos abgeschlachtet zu werden.

„Cool bleiben", sagte DeWayne. „Wären es Polizisten, hätten sie uns schon längst Feuer unterm Arsch gemacht."

Hinter ihnen schaltete der Wagen den Blinker an.

Der Fahrer atmete hörbar auf. „Alles okay. Er überholt uns."

Der Wagen schwenkte auf die linke Fahrbahn, fuhr kurz Seite an Seite mit ihnen und schien dann energisch davonzuziehen.

Doch der Schein sollte trügen. „Ist der Typ denn völlig irre geworden?" Der Fahrer stieg plötzlich auf die Bremse und riss den Wagen nach rechts. Sara wurde gegen die Rückenlehne des Fahrersitzes geworfen. Als sie sich aufrichtete, sah sie, dass der fremde Wagen nach rechts ausgeschert war und den Range Rover auf die Böschung gedrängt hatte. Sie rumpelten eine Weile über den Schotter, bis der Wagen von alleine zum Halt kam. Der Motor stotterte nur noch und gab dann endgültig den Geist auf. Die Scheinwerfer verblassten.

„Motherfucker", fluchte der Fahrer.

Sie sah durch die Windschutzscheibe, wie der andere Wagen – fast schon außer Sichtweite – ebenfalls angehalten hatte. Die Hecklichter schimmerten durch den Nebel.

„Ist der Motherfucker blind?", schimpfte der Fahrer.

„Halt nicht an", sagte DeWayne. „Fahr weiter und mach einen Bogen um ihn."

Sie sah einen dunklen Schatten, der sich durch den Nebel bewegte. Der Fahrer des anderen Wagens kam offensichtlich zurück, um sich nach ihrem Wohlbefinden zu erkundigen. Sie warf einen Blick auf die Türklinke.

„Bleib brav da sitzen", sagte DeWayne.

„Wenn der Motherfucker wirklich hier aufkreuzt, um sich zu entschuldigen, polier ich ihm die Fresse", sagte der Fahrer.

„Fahr los", sagte DeWayne.

Der Fahrer brauchte eine Weile, um den Motor ans Laufen zu bringen, doch als sie endlich losfahren wollten, hörte sie ein kurzes Knacken, als würde jemand ein Brett zerbrechen. Das Glas der Windschutzscheibe wies auf der Fahrerseite plötzlich einen unsymmetrischen Stern auf. Sein Kopf schleuderte zurück – und etwas Feuchtes und Warmes spritzte ihr ins Gesicht.

DeWayne sagte keinen Ton. Er öffnete die Beifahrertür und schlüpfte hinaus. Mehr Schüsse, diesmal auch mit zerplatzendem Glas. Sie duckte sich und sah, wie der Fahrer über dem Lenkrad zusammengesackt war. Die Rückenlehne war mit Blut bedeckt. So flach am Boden, wie nur irgendwie möglich, streckte sie sich über die Mittelkonsole und den Beifahrersitz, öffnete das Handschuhfach und zog ihre Glock heraus.

Morgan dirigierte den ersten Schuss auf die Windschutzscheibe und hörte den Einschlag, sah dann aber, wie sich die Beifahrertür öffnete und DeWayne zu entkommen versuchte. Er ergriff die Beretta mit beiden Händen, nahm ihn ins Visier und drückte dreimal ab. Der erste Schuss zertrümmerte die Fensterscheibe, der zweite ging zu hoch, doch der dritte traf ihn in die Hüfte. DeWayne wurde herumgeschleudert, ging aber nicht zu Boden. Morgan hörte ihn stöhnen, doch im nächsten Moment war er im Nebel verschwunden.

Morgan trat zur Seite, um dem Scheinwerferlicht zu entkommen, und schoss dann zweimal in den Kühlergrill. Heißer Dampf zischte empor, der Motor gab den Geist auf. Er beobachtete das Unterholz und erwartete, DeWayne aus dem Nebel treten zu sehen. Stattdessen öffnete sich die linke hintere Tür des Range Rover. Eine Person kroch heraus. Er fuhr mit der Beretta herum, sah aber schnell, dass es der weibliche Sheriff war. Sie fiel auf den Boden, rappelte sich aber sofort wieder hoch. Offenbar hatte sie eine Waffe in der Hand und nutzte die Tür als Deckung.

Er zog sich in den Nebel zurück.

Sara bewegte sich zur Rückseite des Wagens. Sie wollte den Range Rover zwischen sich und dem bringen, was immer sich da draußen im Nebel verbarg. Der Wagen stand im schrägen Winkel zur Straße: die vorderen Räder auf dem Asphalt, die hinteren auf dem Schotter. Sie ging in die Hocke und horchte in die Nacht hinein. Zu ihrer Rechten – wo DeWayne stecken musste – lag eine dichte Nebelbank, die den Wald in ein unwirkliches Weiß tauchte. Sie hörte Geräusche, die von schleifenden Füßen zu stammen schienen.

Sie stand auf, um einen Blick auf die Straße zu werfen, konnte durch die getönte Heckscheibe aber nichts erkennen. Um sich ein Bild von dem zu machen, was vor dem Wagen passierte, musste sie wohl oder übel um die hintere Ecke schauen – sich dadurch aber auch gefährlich aus der Deckung wagen. Sie dachte an ihr Handy, das sie auf dem Armaturenbrett des Blazers zurückgelassen hatte. *Ihre Dummheit kannte anscheinend keine Grenzen.*

Wieder Geräusche von den Bäumen. Sie hörte, wie DeWayne laut aufstöhnte, war sich aber nicht sicher, wie schwer er wirklich getroffen war. Anders der Fahrer: Der Kopfschuss hatte ihn umgehend außer Gefecht gesetzt. Aber wer um alles in der Welt war dieser andere Schütze?

Bleib ruhig. Halt die Augen auf, registrier jedes Geräusch und nutz deine grauen Zellen. Du musst diese Nacht überleben.

„Yo, Morgan“, rief DeWayne. „Kannst du mich hören?“

Die Stimme kam von ihrer rechten Seite, ließ sich aber nicht eindeutig positionieren. Dann wieder das gleiche Geräusch der schleifenden Füße, diesmal näher am Auto. DeWaynes Absicht lag auf der Hand: Er wollte sich von dem Ort, wo er gerufen hatte, möglichst schnell entfernen.

Keine Antwort aus dem Nebel.

„Es kann sich nur noch um Minuten handeln, bis die Cops hier einlaufen“, rief DeWayne. „Aber es liegt an uns, ein anderes Ende für diese Geschichte zu finden. Du hast es in der Hand.“ Wieder das gleiche Geräusch.

Sie griff die Glock mit beiden Händen, schaute um die linke hintere Ecke und sah Heckleuchten im Nebel vor sich. Es war der Wagen des Schützen. Sie zog sich wieder auf ihre Ausgangsposition zurück.

Du hast ein halbwegs sicheres Örtchen hier. Geh jetzt kein Risiko ein, sondern denk lieber an Danny.

Ein leichter Schlag gegen die rechte Seite des Range Rover. DeWayne war anscheinend ebenfalls auf die Idee gekommen, dass der Wagen eine halbwegs vernünftige Deckung bot.

Atemlose Stille. Der Nebel schien sich immer enger um sie zusammenzuziehen.

„Yo, Morgan, wir wissen, wo das Geld ist. Lass uns die Sache in Ruhe zu Ende bringen.“

Wenn DeWayne sich weiter dem Heck des Wagens nähern sollte, würde er sie unweigerlich finden. Oder schlimmer noch: Sie würde sich genau in die Schusslinie des anderen Schützens begeben, wenn sie DeWayne zu entkommen versuchte.

„Polizei!“, rief sie. „Lassen Sie sofort Ihre Waffen fallen. Beide!“

Stille.

„Die Polizeieinheiten sind auf dem Weg. Legen Sie Ihre Waffen nieder.“

Ein leichtes Geräusch auf der Seite des Wagens. Sie hörte DeWayne atmen – leise, aber doch irgendwie gequält. Er war wahrscheinlich nur noch ein, zwei Meter von ihr entfernt. Sie konnte hier warten, bis er den ersten Schritt unternahm – oder selbst in die Offensive gehen und ihn mit gezückter Waffe überraschen.

Sie dachte an Danny, der jetzt sicher fest schlief und sich darauf verließ, dass sie für ihn da war, wenn er in der Früh die Augen aufschlug. Er *brauchte* sie – allein um ihm tagtäglich zu versichern, dass alles okay mit ihm sei.

Das Atmen kam näher. Sie drückte die Glock noch fester in die Hand und legte den Finger auf den Abzug. Die Zeit war gekommen.

Danny, vergib mir!

Sie stürmte mit ausgestreckten Armen um die Hecklichter und schrie „Polizei!“, doch DeWayne hockte direkt hinter der Ecke – weitaus näher, als sie es erwartet hatte. Er griff sich den Lauf der Glock, wand ihren Arm zur Seite und zielte mit der eigenen Waffe auf ihren Kopf. Sie warf sich zur Seite, sah den Lichtblitz in der Mündung, spürte die Hitze an ihrem Gesicht, wusste aber auch instinktiv, dass die Kugel ihr Ziel verfehlt hatte. Er rammte eine Schulter in ihren Körper, drückte sie mit seinem ganzen Gewicht gegen den Wagen und drehte die Glock aus ihrem Handgelenk. Sie versuchte noch, die Waffe mit der anderen Hand zu fangen, schaffte es aber nicht. DeWayne traf sie mit einem wuchtigen Stoß seines Knies, der sie umgehend auf den Boden beförderte.

Er trat einen Schritt zurück, kickte die Glock zur Seite

und richtete die Mündung seiner Waffe auf ihren Kopf. Wie in Zeitlupe sah sie, dass sein Finger den Abzug betätigte, hörte einen ohrenbetäubenden Knall und starrte fassungslos in eine rosarote Dunstwolke, die sich über ihrem Körper bildete. DeWayne fiel zur Seite, krachte auf den Boden und rührte sich nicht.

Eine Gestalt trat aus dem Nebel hinter ihm. Es war ein hochgewachsener farbiger Mann mit grauen Haaren und einem dunklen Anorak. Die Automatik in seiner Hand deutete unmissverständlich auf sie.

Sie rollte zur Seite und wollte sich aufrichten, bekam aber kaum Luft. Die Glock lag auf dem Schotter – ein, zwei Meter entfernt. Sie wusste, dass sie realistischerweise keine Chance hatte.

„Ich bin ein Sheriff", sagte sie.

„Ich weiß."

Sie schaute zu ihm hoch, bekam einen Fuß unter ihren Körper, dann den anderen und kam strauchelnd auf die Beine. Sie lehnte ihren Körper gegen den Range Rover und atmete schwer. Wenn er denn ihrem Leben ein Ende bereiten wollte, musste er sie schon im Stehen erschießen, nicht auf ihren Knien.

Die Mündung seiner Pistole, etwa einen Meter entfernt, war ihren Bewegungen gelassen gefolgt und zielte nun auf ihre Stirn. Der Finger, von einem Handschuh geschützt, befand sich am Abzug.

Danny.

„Ich habe das Geld nicht", sagte sie.

„Ich weiß."

„Ich weiß auch nichts davon."

„Macht keinen Unterschied mehr."

Sie schloss die Augen und fragte sich, ob sie den Schuss überhört hatte.

„Ich habe aber einen kleinen Jungen", sagte sie.

„Ich weiß."

Sie schaute ihm fest in die Augen.

Er senkte seine Beretta, trat zurück, hob ihre Glock vom Boden auf und warf sie in den Wald. Er schaute sie für einen Moment an, drehte sich dann um und ging in den Nebel.

Sie kniete neben DeWayne nieder und tat ihr Bestes, nicht mit den Resten seines Gesichts konfrontiert zu werden. Sie schob ihren Arm unter seinen Körper, bis ihre Hand Metall ertastete. Keuchend rollte sie die leblosen Fleischmassen zur Seite und griff nach der verchromten Automatik, die mit Blut verklebt war. Sie zog einmal am Schlitten, stellte sicher, dass sich eine Patrone im Lager befand, und lief dem Schützen hinterher.

Er war nur noch eine vage Silhouette im Nebel und ging auf sein Auto zu. Sie legte auf ihn an.

„Bleiben Sie sofort stehen!"

Er stoppte.

„Drehen Sie sich um. Und dann lassen Sie die Waffe fallen."

Er bewegte sich nicht.

„Wollen Sie mir etwa in den Rücken schießen?", rief er ihr über die Schulter zu.

Der Revolver in ihrer Hand zitterte. Sie griff noch einmal beherzt zu und nahm ihn ins Visier. „Lassen Sie Ihre Waffe fallen."

Er dachte anscheinend kurz nach. „Ich glaube nicht", sagte er dann und ging weiter, bis ihn der Nebel verschluckt hatte.

Sie kämpfte mit sich selbst, nahm ihren Finger schließlich aber doch vom Abzug.

Wer immer er ist – er hat mir gerade das Leben gerettet.

Seine Autotür fiel ins Schloss. Dann sah sie die Heckleuchten, die im Nebel verschwanden.

Sie lauschte so lange in die Dunkelheit, bis absolut nichts mehr zu hören war. Dann senkte sie ihre Waffe und verharrte unbeweglich im Nebel.

Auf dem Weg zurück zum Motel fuhr Morgan nicht schneller als Fünfunddreißig. Er schaute regelmäßig in den Rückspiegel und hatte die noch warme Beretta griffbereit auf dem Schoß.

Er hielt es für unwahrscheinlich, dass die Polizistin die Automarke oder gar sein Kennzeichen erkannt hatte. Sicher, DeWayne hatte ihn dummerweise bei seinem Namen gerufen, doch allzu viel konnte sie mit dieser Information auch nicht anfangen. Zudem: Noch ein Tag hier in Florida – und er wäre über alle Berge.

Er würde das Geld von Flynn bekommen – koste es, was es wolle. Aber er konnte es nicht riskieren, unter diesen Umständen wieder in Newark aufzukreuzen. Er würde Cassandra von einer sicheren Bleibe aus anrufen und ihr und ihrem Sohn ein neues Leben ermöglichen. Er musste noch einen Weg finden, um an das Geld in seinem Bankschließfach zu kommen, aber danach gab es nur noch eine Richtung: gen Westen, so weit es ging.

Er musste noch an die Polizistin denken – wie sie damals ihren Sohn aufs Karussell begleitet hatte und ihn später an den Füßen über ihre Schulter hievte. Heute Nacht war sie nicht etwa in den Nebel geflüchtet, sondern hatte bewusst das Duell mit DeWayne gesucht. Danach, als er selbst die Beretta auf sie gerichtet hatte, rappelte sie sich hoch und schaute ihn wild entschlossen an. Er hatte Furcht in ihren Augen gesehen, aber auch etwas, das noch weitaus stärker war.

Der Nebel wurde dünner und löste sich irgendwann im Licht seiner Scheinwerfer auf. Er schaltete das Autoradio ein und drückte die Kassette hinein. Sam Cooke flehte die Angebetete an, schon bald zu kommen, um seinem *troublin' mind* wieder Ruhe und Frieden zu schenken.

Noch ein Tag – und er wäre über alle Berge.

25

Es war vier Uhr am Morgen – und das Revier brummte wie ein Bienenstock. Auch Mitarbeiter, die keinen Nachtdienst hatten, waren zahlreich erschienen, kaum dass die Nachricht die Runde gemacht hatte. Sara saß im Büro des Sheriffs und drückte sich die Hand auf das Ohr, das nach dem Schuss von DeWayne noch immer schmerzte. Genaugenommen tat ihr der ganze Körper weh. Nachdem der Adrenalinschock verflogen war, hatte sich eine unbeschreibliche Müdigkeit in ihren Knochen festgesetzt.

Sie konnte sehen, wie der Sheriff und Sam Elwood an der Telefonzentrale standen und diskutierten. Sam hatte seine Hände in die Hüften gestemmt, drehte sich zu ihr um und sah, dass sie ihn ansah.

Sie streckte ihre Beine und massierte die Wade, wo DeWayne sie getroffen hatte. Draußen wehten die letzten Nebelfetzen an den Lichtsäulen vorbei, die den Flaggenmast am Revier erleuchteten. Am Firmament zeigten sich die ersten Sterne.

Der Sheriff, eine Aktenmappe unterm Arm, kam zurück und hatte eine Wasserflasche in der Hand. Er öffnete den Verschluss und reichte sie ihr.

„Danke."

Er schloss die Tür und setzte sich hinter den Schreibtisch. „Wie fühlen Sie sich?"

„Fix und fertig", sagte sie.

„Kann ich mir vorstellen."

„Ich möchte eigentlich nur noch Danny sehen."

„Es wird nicht mehr lange dauern. Ich sprach vorhin mit Andy Ryan. Alles unter Kontrolle. Danny geht's gut. Ich habe noch einen zusätzlichen Sheriff zum Haus beordert."

Sie nahm einen großen Schluck aus der Flasche.

Er öffnete die Mappe und zog ein Schwarzweiß-Foto heraus, das offensichtlich gerade auf einem hauseigenen Printer ausgedruckt worden war. „Die Bundespolizei von New Jersey schickte uns das. Kommt er Ihnen bekannt vor?"

Sie zog das Foto näher an sich heran. Es war der Mann, den DeWayne Morgan genannt hatte.

„Ja“, sagte sie. „Er sieht hier allerdings erheblich jünger aus. Der Mann, den ich sah, war in seinen Fünfzigern, wenn nicht gar Sechzigern. Es muss so einiges durchgemacht haben.“

„Kann man wohl so sagen. Sein Name ist Nathaniel Morgan, siebenundfünfzig Jahre alt – reichlich alt für diese Art von Tätigkeit. Sein Vorstrafenregister geht allerdings auch bis in die graue Vorzeit zurück: Körperverletzung, versuchter Mord, fahrlässige Tötung. Für seine letzte Straftat ging er sieben Jahre lang in den Bau.“

„Wer waren die anderen beiden?“

Er schaute in die Akte und las vor: „Dante und DeWayne Coleman. Brüder. Beide haben ein gediegenes Vorstrafenregister. DeWayne, der Größere, kam erst vor zwei Monaten wieder raus: schwere Körperverletzung. Sind schon ein paar Früchtchen, die beiden.“

„Haben Sie Billy gefunden?“

Er lehnte sich zurück. „Sam kam gerade von Billys Haus zurück. Natürlich war er nicht da. Ich schickte einen Streifenwagen mit Minos McCarthy und Ed Strunk dorthin – nur für den Fall, dass er doch noch mal aufkreuzen sollte. Wovon ich allerdings nicht ausgehe. Sieht ganz so aus, als habe er seine sieben Sachen gepackt und sei ausgeflogen. Irgendeine Idee, wo er stecken könnte?“

Sie schüttelte den Kopf. „Ich hab’s auf seinem Handy sicher fünf, sechs Mal versucht. Er hat’s offensichtlich abgestellt. Ich glaube, er hat einen Bruder in Ocala …“

„Ist uns bekannt. Ich hatte umgehend im Sheriff's Office von Marion County angerufen. Die Kollegen haben den Bruder gerade besucht. Er sagt, er habe schon seit Wochen nichts mehr von Billy gehört. Nein, ich glaube ohnehin, dass er irgendwo in der Nähe einen Unterschlupf hat, den er für sicher hält. Ein leerstehendes Sommerlager vielleicht oder eine Jagdhütte."

„Würde er eine besitzen, hätte er mir davon erzählt."

„Andererseits könnte er mit dreihundertfünfzigtausend Dollar – wenn es sich denn wirklich um diese Summe handelt – ganz schön weit kommen."

Die Worte aus dem Mund des Sheriffs machten ihr mit einem Mal klar, dass sie nicht etwa träumte. Warum, fragte sie sich, hatte sie alle Warnzeichen so hartnäckig ignoriert? Warum hatte sie all die Fakten und Informationen, die man ihr auf dem Silbertablett serviert hatte, nicht zu einem plausiblen Puzzle zusammensetzen können? Oder wollen?

Und jetzt sitzt du hier. Hast du wirklich Grund, stolz auf dich zu sein?

„Wir haben eine Fahndung ausgeschrieben, die auch die Beschreibung des Trucks beinhaltet", sagte er. „Falls er nicht noch ein zweites Fahrzeug in der Hinterhand hat, sollten wir ihn bald schnappen. Ich glaube fest, dass er sich hier in der Gegend versteckt. Es macht keinen Sinn für ihn, das ganze Geld mit sich rumzuschleppen."

„Vielleicht hat er's ja bei Lee-Anne versteckt?"

„Sollte das der Fall gewesen sein, hat man ihr das Geld aber schnell abgenommen."

„Wie darf ich das verstehen?"

„Vor einer Stunde bekamen wir einen Anruf der Highway Patrol. Sie fanden ihren Wagen in Henry County. War offensichtlich von der Straße abgekommen und ins Gelände geschossen. Reichlich Blut auf dem Sitz."

„Und?"

„Sie informierten das dortige Sheriff's Office. Die Reifenspuren deuten daraufhin, dass mehrere Autos am Tatort waren. Sie hatte Koffer im Auto, die offensichtlich von einem Fremden durchwühlt wurden . Ihr Blutverlust als auch der Zustand des Autos machen es unwahrscheinlich, dass sie aus eigener Kraft den Wagen verlassen hat."

„Was bedeutet, dass jemand sie mitgenommen hat."

„Sieht ganz so aus – aber definitiv nicht in ein Krankenhaus. Die ganze Geschichte wächst uns langsam über den Kopf. Der Bundesstaatsanwalt hat bereits ein Team an den Tatort geschickt; das FBI in Tampa ist ebenfalls informiert. Ich würde mich nicht wundern, wenn man uns den Fall binnen vierundzwanzig Stunden aus der Hand nimmt. Es sei denn, wir können Billy in absehbarer Zeit aus dem Verkehr ziehen."

„Können Sie den Standort seines Handys nicht mit GPS aufspüren?"

„Bislang ohne Erfolg. Entweder er hat's ausgeschaltet oder einen Weg gefunden, die Tracking-App zu deaktivieren. Falls er es noch einmal benutzen sollte, haben wir vielleicht mehr Glück, aber bis dahin …" Er klopfte mit dem nicht angespitzten Bleistift auf den Schreibtisch.

„Elwood hat übrigens Ihre Dienstwaffe", sagte er dann.

„Er händigt sie Ihnen wieder aus, bevor Sie nach Hause fahren. Sie sollten sie aber erst einmal gründlich reinigen – steckt 'ne Menge Schmutz im Lauf."

Er berührte mit den Fingern seine Wange. „Und diese Stelle sollten sie sich auch besser mal anschauen."

Sie legte die Hand auf die entsprechende Stelle und fühlte eine klebrige Flüssigkeit. Er zog ein Papiertaschentuch aus einer Kleenex-Box und reichte es ihr. Sie benetzte es mit ein paar Tropfen aus ihrer Flasche und rieb. Es war Blut.

„Sie haben sich wirklich tapfer geschlagen", sagte er.

„Ich wüsste nicht wieso", sagte sie und wischte sich mehr Blut aus dem Gesicht. „Ich habe mir wie ein Anfänger meine Dienstwaffe abnehmen lassen. Zwei Mal sogar!"

„Aber Sie haben es in einem Stück überlebt – und das ist die Hauptsache."

„So kann man's natürlich auch sehen."

„Sieht fast so aus, als habe dieser Morgan Ihnen einen Gefallen getan, indem er die beiden Brüder aus dem Weg räumte. Hat Ihnen jedenfalls die Entscheidung abgenommen, selbst abdrücken zu müssen. Es ist nicht einfach, einen Mann zu erschießen. Kann einem das ganze Leben lang nachhängen. Man kann es mit allen möglichen Gründen rechtfertigen, aber letztlich geht es gegen die menschliche Natur. Seit dem Krieg habe ich ohne Not keinen Schuss mehr abgegeben – und dabei möchte ich es auch belassen."

Sie schaute sich das blutige Papiertaschentuch an.

„Eine Sache gibt's aber, die mir nicht in den Kopf will", fuhr er fort. „Dass Billy diesen Jungen einfach so abknallen kann. Wie kann es angehen, dass ein guter Mann – und ein guter Sheriff – so etwas tut?"

„Geld."

„Aber hat er ernsthaft geglaubt, er könne seinen Kopf aus der Schlinge ziehen? Wir reden hier von viel Geld. Er kann sich doch ausrechnen, dass ihm jemand das Geld abzujagen versucht."

„Ich bin mir nicht sicher. Vielleicht war er ja mit seinem Leben so unzufrieden, dass er es als seine große Chance begriff."

„Die Chance, sich eine Kugel einzufangen?"

„Vielleicht glaubte er ja, auch seine Verfolger abschütteln zu können."

Der Sheriff klopfte mit dem Bleistift auf den Schreibtisch.

„Hätte ihn eigentlich für intelligenter gehalten. Aber es stimmt schon: Geld kann einen Menschen korrumpieren. Sie wachen eines Tages auf und denken sich, dass sie mehr verdient hätten als das, was sie haben. Gehen raus und nehmen sich's einfach. Aber natürlich hat die Sache einen Haken: Sie können das Geld nie festhalten. Es zerrinnt ihnen zwischen den Fingern."

„Da kann ich nicht mitreden."

„*Geld.* Die Leute glauben, es würde all ihre Probleme lösen. Doch dann finden sie raus, wie die Welt wirklich tickt."

„Und wie tickt sie?"

„Man sollte sich zunächst einmal das Geld aus dem Kopf schlagen“, sagte er. „Schmerz ist die einzige Währung, die die Welt zusammenhält. Und jedermann zahlt seinen ganz individuellen Beitrag.“

Sie bog in die Einfahrt von JoBeth's Haus ab. Ein Streifenwagen parkte an der Seite. Clay Huff saß hinterm Steuer und trank Kaffee aus einem Fastfood-Restaurant. Er nickte ihr zu, als sie ausstieg und zur Haustür ging. Im Osten zeigten sich bereits die Vorboten des neuen Tages. Sie klopfte vorsichtig an der Tür. Andy Ryan öffnete. Er war angezogen und trug einen Holster mit einer .38er am Gürtel.

„Komm rein, Sara. Alles okay?“

„Alles okay. Wie geht's Danny?“

„Er schläft noch. Er wurde einmal wach in der Nacht und fragte nach dir, aber das war auch schon alles.“

„Weiß er, was heute Nacht passiert ist?“

„Nein.“

„Gut.“

Er schloss die Tür hinter ihr.

„Ich beziehe schnell mein Bett für dich“, sagte er. „Ich bin eh schon wach und hab den ersten Kaffee getrunken.“

„Ich will dir aber keine Unannehmlichkeiten bereiten.“

„Machst du nicht.“

„Ich schaue mir nur schnell Danny an.“

„Du weißt, wo er schläft.“

Sie ging den Korridor hinunter zu dem separaten Schlafzimmer. Die Tür war angelehnt, das Nachtlicht eingeschaltet. Sie öffnete die Tür ein wenig, bis sie ihn sah. Er schlief auf der Seite, hatte ein Kissen umarmt und atmete kaum hörbar. Alles an ihm wirkte zerbrechlich.

Es war ein Jugendschlafzimmer, das einmal von Jo-Beth's Bruder genutzt worden war, jetzt aber leer stand. Nach der Scheidung der Eltern war er mit seiner Mutter nach Gainesville gezogen. Der kleine Danny schien in dem Bett geradezu zu verschwinden.

Eines Tages – und schneller, als du's erwartest – wird er ein Teenager sein, dessen Leben nicht mehr von Krankenhäusern, Ärzten und Therapien beherrscht wird. Mit Gottes Hilfe wird dieses endlose Leiden nur noch eine schlechte Erinnerung sein. Irgendwann wird er das Haus verlassen und sein eigenes Leben in Angriff nehmen. Er wird ein Mann sein, während du alt und grau bist. Und allein.

Vorsichtig schloss sie die Tür hinter sich, setzte sich auf einen Stuhl und zog die verschmutzten Sneakers und Socken aus, dann auch Hose und Sweatshirt. Sie ließ nur ihr T-Shirt an, kletterte ins Bett und legte einen Arm um ihn. Er bewegte sich etwas und murmelte ein paar unverständliche Worte.

Sie legte ihren Kopf auf das Kissen, hörte ihn neben sich atmen und fiel in einen tiefen, traumlosen Schlaf.

26

Am nächsten Nachmittag war die Kaltfront abgezogen. Sara setzte sich in ihren Blazer, fuhr zur Country Road 23 und parkte auf dem Seitenstreifen. Der strahlend blaue

Himmel war mit kleinen weißen Wölkchen gespickt, die Zuckerrohrhalme wiegten beschwingt in der Brise.

Warum sie gerade hierhergekommen war, hätte sie selbst nicht erklären können. Sie stieg aus und ging zum Rand der Böschung, die sie nur allzu gut kannte. Vom Teddy war ebenso wenig zu sehen wie von dem dazugehörigen Kreuz. Vielleicht war ja ein Reinigungstrupp vorbeigekommen und hatte die letzten Relikte der Tragödie aus der Welt geräumt. Sie nahm ihre Sonnenbrille ab, steckte sie in den Kragen ihres Pullovers und ließ ihren Blick durch die Umgebung gleiten: auf der einen Seite der Sumpf, auf der anderen die Zuckerrohrfelder, im Hintergrund die Ruinen der Highfield-Raffinerie. Billys Vater hatte dort gearbeitet – und dessen Vater ebenso. Die Raffinerie hatte vor fünfzehn Jahren ihre Tore geschlossen, weil sie mit den billigeren Produktionsstätten in Lateinamerika nicht konkurrieren konnte. Das leere Gebäude rottete seitdem still vor sich hin.

Die Luft wurde langsam kühler und die Sonne wanderte zum Horizont. Ihre linke Schulter schmerzte noch immer – und auch das Klingeln im rechten Ohr war noch nicht völlig abgeklungen. Sie ging zurück zum Blazer, holte sich zwei Schmerztabletten aus dem Handschuhfach und spülte sie mit einem Schluck aus der Wasserflasche herunter. Sie hatte sich bereits gesetzt, die Tür aber noch offengelassen. Noch einmal schaute sie zu der Raffinerie hinüber, die bereits in einem dunklen Schatten versank.

Sie hing ihre Sonnenbrille auf den Rückspiegel, holte ihr Handy aus dem Hüftgurt und rief JoBeth an.

„Und – wie kommt ihr beiden heute zurecht?"

„Prima. Wir sehen gerade zusammen fern, aber ich wollte bald mit dem Abendessen anfangen. Sind Hotdogs okay?"

„Klar, Danny kann gar nicht genug davon kriegen. Steht der Streifenwagen noch vor der Tür?"

„Ja. Es gab bereits einen Schichtwechsel. Soll ich dem neuen Mann vielleicht eine Kleinigkeit zum Essen herausbringen?"

„Wäre nicht die schlechteste Idee."

„Wann kommst du nach Hause?"

„Zwanzig Minuten, höchstens eine halbe Stunde." Sie schaute auf die verfallene Raffinerie herüber. „Aber wenn Danny hungrig ist, fangt ohne mich an."

„Sicher?"

„Absolut. Aber ich ruf nochmal an, wenn ich auf dem Weg bin."

Vielleicht kann's ja nicht schaden, sich die Ruine mal etwas näher anzuschauen. Zumindest können wir dann ein potenzielles Versteck von der Liste nehmen.

Würde sie den Sheriff benachrichtigen, käme er wahrscheinlich in voller Mannschaftsstärke angerückt. Sechs Streifenwagen mindestens. Angesichts der späten Stunde wären sogar Überstunden für alle Beteiligten fällig. Wie belämmert würde sie dastehen, wenn sie der Truppe erklären müsste, dass der ganze Aufwand für die Katz war. Man würde sie fragen, warum sie die Raffinerie nicht allein in Augenschein genommen habe. Wenn sie etwas Verdächtiges bemerkt hätte, wäre immer noch Zeit gewesen, Verstärkung zu rufen und im Wagen zu warten. Doch ohne Grund die ganze Mannschaft antanzen zu lassen – das sei nun wirklich krasse Verschwendung.

Du bist nun mal vor Ort. Du brauchst gerade mal fünf Minuten, um einen Blick hineinzuwerfen und nach Hause zu fahren.

Sie klappte das Handy zu, warf es auf den Beifahrersitz und startete den Motor.

Als es dunkel wurde, verstaute Morgan seine sieben Sachen im Monte Carlo und traf die letzten Vorbereitungen. Er saß auf dem Bett, nahm das Magazin aus der Beretta, füllte es auf und schob es wieder hinein. Er überprüfte auch die Walther, drückte eine Patrone in die Kammer und spannte den Hahn.

Flynn hatte ihn am Nachmittag angerufen und Ort und Zeit der Geldübergabe mitgeteilt. Sollte es eine Falle sein, wollte er auf alle Eventualitäten vorbereitet sein. Wenn das Geld nicht an Ort und Stelle war, würde er Flynn zwingen, ihn zu dem Versteck zu bringen. So oder so: Vor Mitternacht wollte er wieder im Auto sitzen und sich auf die Fahrt Richtung Norden machen.

Er zog das rechte Hosenbein hoch und steckte die Walther in die elastische Stütze am Fußgelenk, die er sich in einer Drogerie besorgt hatte. Die Pistole saß fest an seinem Bein, war aber mit einem Griff erreichbar. Er ließ die Hose herunter.

Als er wieder aufstand, traf ihn der Blitz aus heiterem Himmel. Er torkelte ins Badezimmer und konnte gerade noch die Hose herunterreißen. Als er sich über die Stirn wischte, war sie bereits völlig verschwitzt.

Morgan blieb auf der Toilette, bis die Krämpfe nachließen und sich seine Muskulatur langsam entspannte. Er säuberte sich, drückte auf die Spülung und trank Wasser aus dem Waschbecken. Den Gedanken an eine Vicodin verwarf er gleich wieder: Er musste heute Abend absolut frisch sein. Der Schmerz würde ihm helfen, wach und voll fokussiert zu bleiben.

Nach einer Weile schaltete er im Badezimmer das Licht aus. Er zog seinen Anorak und die Handschuhe an, nahm sich ein Handtuch und wischte über alle Gegenstände, die er möglicherweise mit den Fingern berührt hatte. Dann nahm er die Beretta vom Bett und verließ das Zimmer zum letzten Mal.

Sara bog auf die firmeneigene Zufahrt zur Raffinerie und rumpelte über die alte Metallbrücke, die den Kanal überquerte. Das Hauptgebäude hatte drei Stockwerke und lag ein Stück von der Zufahrt entfernt. Überall morsches Holz, geplatzte Scheiben, riesige Löcher in den abgeschrägten Dächern. Sie fuhr langsam, da die Straße löchrig und ausgewaschen war.

Um das gesamte Gelände befand sich ein Maschendrahtzaun, der an einigen Stellen aber löchrig oder gar umgefallen war. Auf dem eisernen Eingangsportal waren die Initialen HF montiert – ähnlich den Brandzeichen, wie sie die Cowboys im Wilden Westen benutzten. Gleich hinter dem Tor sah sie ein Gelände, das früher vermutlich als Fuhrpark genutzt wurde, inzwischen aber mit Gestrüpp überwachsen war. Der Weg führte noch weiter zu einer Handvoll kleinerer Gebäude – besseren Schuppen eigentlich –, deren Fenster mit Sperrholz vernagelt waren. Gut möglich, dass hier einmal Arbeiter untergebracht waren. Hatten die Schuppen je einen besseren Anstrich gehabt, war er längst Opfer von Wind und Wetter geworden.

Sie parkte den Blazer und stieg aus. Das Portal wurde durch mehrere Ketten und ein fettes Vorhängeschloss gesichert, das zwar verrostet war, aber noch immer seine Funktion erfüllte. Sie stieg wieder ein, fuhr weiter zu den Schuppen und stellte den Wagen dort ab. Als sie das Gelände betrat, zog sie am Velcro-Verschluss ihrer Hüfttasche und holte die Glock heraus.

Drei identisch gebaute Schuppen, Seite an Seite, das Sperrholz auf den Fenstern noch immer intakt. Auch die Türen waren vernagelt. Sie rüttelte einmal, doch sie bewegten sich nicht.

Sie ging auf die Rückseite und sah, dass es hier keine Fenster gab. Ein Stück weiter befand sich ein kleiner Traktorschuppen, dessen Schiebetür geschlossen war. Sie schaute auf den Boden und sah keinerlei Reifenspuren – als habe man den Lehmboden säuberlich geglättet.

Es war fast dunkel inzwischen. Sie ging zu dem Schuppen und stieß die Tür zur Seite. Sie quietschte und öffnete sich eine Handbreit. Innen sah sie den Schimmer eines glänzenden Metalls, das möglicherweise eine silberne Stoßstange war. Ein Truck!

„Hey Sara", sagte Billys Stimme hinter ihr.

Sie rührte sich nicht, doch ihre Hand klammerte sich fest um den Griff der Glock.

„Du hättest nicht herkommen sollen", sagte er.

Sie versuchte zu schlucken, schaffte es aber nicht.

„Der Sheriff ist auf dem Weg", würgte sie endlich heraus.

„Glaube ich nicht. Wenn er wirklich käme, hättest du auf ihn gewartet – oder nicht? Oder vielleicht auch nicht – so unberechenbar, wie du inzwischen drauf bist. Ist aber eigentlich auch egal. Dreh dich um, aber immer schön langsam. Verstanden?"

Sie drehte sich und sah den Colt Python .357 mit der ventilierten Laufschiene. Sie hatte den legendären Revolver bereits früher gesehen – wenn sie zusammen mit Billy auf dem Schießstand war. Diesmal aber richtete er die Waffe direkt auf ihr Gesicht. Sie bewegte sich nicht, hatte die Glock aber noch immer in der Hand.

Sie schauten sich gegenseitig an. Er trug Jeans, Boots und ein Flanellhemd. Die dunklen Kreise unter seinen Augen ließen auf akuten Schlafmangel schließen.

„Mein Fehler, dass ich dich immer unterschätzt habe", sagte er. „Was aber nichts daran ändert, dass du jetzt besser deine Waffe fallen lassen solltest."

Sie schüttelte den Kopf. „Kann ich nicht machen."

Er hob den Revolver ein wenig und zielte auf ihre Stirn. Sie schaute direkt in die große dunkle Mündung. *Tief einatmen! Denken!*

„Ich habe nichts zu verlieren, Sara. Nicht mehr."

Als sie keine Anstalten machte, legte er seinen Daumen auf den Hahn der Python und zog ihn zurück. Das kalte mechanische Klicken gab seiner Drohung eine neue Dimension.

„Lass sie fallen“, sagte er. „Denk an Danny.“

Sie schaute vom Revolver in seine Augen und öffnete die Hand. Die Glock fiel zu Boden.

„Und jetzt geh ein paar Schritte zurück“, sagte er. „Halt! Genug.“

Er kam nach vorne, den Colt noch immer auf sie gerichtet, bückte sich und nahm die Glock in die Hand.

„Wäre es denkbar, dass du noch eine Reservewaffe trägst?“

„Nein.“

„Warum ziehst du nicht einfach mal deine Hosenbeine hoch – eins nach dem anderen.“

Sie tat, wie ihr befohlen, ließ ihn dabei aber nicht aus den Augen.

„Okay“, sagte er, „wir werden nun einen kleinen Spaziergang unternehmen – du vorneweg. Ich sage dir, wohin wir gehen.“

„Mir wäre wohler, wenn du vorher den Hahn deines Revolvers entspannen könntest.“

„Durch die Bäume dort drüben. Los geht's!“

Als sie an eine Stelle des Drahtzaunes kam, der eingerissen war und fast flach auf dem Boden lag, hielt sie an. „Es ist zu dunkel“, sagte sie. „Ich kann beim besten Willen nicht sehen, wie ich hier durchkommen soll.“

„Das schaffst du schon. Pass nur auf, wohin tu trittst.

Es gibt ein paar Spitzen und Kanten. Und noch was, Sara: Den Gedanken, von hier aus fliehen zu können, solltest du umgehend vergessen. Ich möchte dich nicht verletzen, aber wenn du mich dazu zwingst, werd ich's tun."

Sie hob ein Bein, um es über den Maschendraht zu heben, setzte es auf der anderen Seite ab – und wiederholte dann die Prozedur mit dem anderen Bein. Sie ging ein paar Schritte nach vorne, hielt an und wartete, bis Billy ebenfalls durch das Loch geklettert war.

„Nach rechts."

Sie passierten Bäume, deren Äste ihr in der Dunkelheit ins Gesicht schlugen, und kamen dann auf einen offenen Platz, der sich hinter der Raffinerie befand. Die Laderampe existierte noch, doch ein zweistöckiges Gerüst aus Schächten und Fließbändern war völlig demoliert. Auf der Rückseite des Gebäudes gab es eine Flucht mit zahlreichen Fenstern, deren Scheiben aber fast vollständig eingeschlagen waren.

„Geradeaus", sagte er, „durch die Tür."

Sie sah eine Metalltür, die an verrosteten Scharnieren hing, und zögerte.

„Ich kann dich nicht hier frei herumlaufen lassen, Sara. Geh gefälligst rein." Sie hörte, wie er näher an sie herantrat.

Sie streckte den Arm aus, legte die Hand aufs kalte Metall und drückte. Die Scharniere protestierten kreischend, taten dann aber doch ihren Dienst. Die Tür gab den Blick frei in völlige Dunkelheit.

Beim ersten Anlauf hatte Morgan die Raffinerie nicht gefunden. Er gab keine Beleuchtung hier draußen – nur einen Kanal und Zuckerrohrfelder auf der einen Seite der Straße, Sumpf auf der anderen. Als er an die Kreuzung mit dem gelben Warnlicht kam, wusste er, dass er bereits zu weit gefahren war. Er lenkte den Wagen auf die Böschung, wendete und fuhr auf dem gleichen Weg zurück – diesmal aber mit ausgestellten Scheinwerfern. Er ließ sein Fenster herunter und hoffte, vielleicht auf diese Weise einen Wegweiser zu finden.

Der Mond saß nur knapp über dem Horizont, war aber hell genug, um ihn die dunklen Umrisse der Raffinerie ahnen zu lassen. Er ging vom Gas, sah die Brücke und die Zufahrt, die Flynn erwähnt hatte.

Er folgte der Abzweigung und kam – wie erwartet – zu einer weiteren Brücke. Im Schritttempo rumpelte der schwere Monte Carlo über die ächzende Metallkonstruktion und fuhr weiter – hinein ins Dunkel der Nacht.

27

Sie hörte, wie Billy ihr in den Raum folgte und einen Riegel vor die Tür schob. Er berührte sie auf dem Rücken und schob sie vorwärts. „Geh weiter“, sagte er. In der Dunkelheit waren nur noch ihre Konturen erkennbar.

Dann ein Geräusch zu ihrer Rechten. Sie sah, wie er mit einem Streichholz eine alte Öllampe anzündete. Er stellte die Lampe auf eine umgekippte Kiste und drehte so lange am Docht, bis er die gewünschte Helligkeit erzeugte. Die Python hatte er noch immer in der Hand, während die Glock in seinem Gürtel steckte.

Sie befanden sich in einem großen Raum mit hoher Decke. Die geometrisch angeordneten Löcher auf dem Zementboden ließen vermuten, dass hier früher einmal Equipment gestanden hatte. Die Überreste einer undefinierbaren Maschine lagen noch immer in der Ecke. Auf der Vorderseite des Raums gab es riesige, geschlossene Schiebetüren und eine kleinere Tür an der Seite. Eine eiserne Treppe führte hinauf zu einem Steg im ersten Stock. Durch die Löcher in der Decke konnte sie die ersten Sterne entdecken.

„Was soll ich jetzt mit dir anfangen, Sara? Du hast das seltene Talent, Situationen nur noch weiter zu verkomplizieren."

Er entspannte den Hahn seiner Python und deute auf ihre Gurttasche. „Ist dein Handy da drin?"

Sie schüttelte den Kopf.

„Bist du sicher?"

„Es liegt im Blazer."

Etwas flatterte unter dem Dach. Sie schaute hoch.

„Tauben", sagte er. „Fledermäuse gibt's hier auch. Habe letzte Nacht kaum ein Auge zugetan."

Ihre Augen hatten sich langsam an die Lichtverhältnisse gewöhnt. Sie sah Müll und zerbrochene Flaschen auf dem Boden, grelle Graffiti an den Wänden und einen verrußten Flecken, der offensichtlich durch einen Brand verursacht worden war.

„Gemütliches Heim, nicht wahr?", sagte er. „Geh die Treppe da hoch."

„Warum?"

„Geh einfach. Wir haben nicht mehr viel Zeit."

Die Stufen waren mit Rost und Taubendreck übersät. Sie ging langsam hoch und hörte seine Schritte hinter sich. Er hatte die Lampe unten stehengelassen, doch ihr Schein reichte aus, um die Stufen der Treppe erkennen zu können. In ihrem Nacken bildete sich langsam Schweiß.

„Oben nach links", sagte er.

Sie erreichte den Steg und sah eine offene Tür.

„Geh rein", sagte er, „ich bin direkt hinter dir."

Sie ging hinein und hörte, wie ein weiteres Streichholz gezündet wurde. Er hielt es an den Docht einer dicken Kerze und stellte sie auf den Boden.

Es war ein länglicher, leerer Raum, in dem keine Maschinen mehr standen, die diversen Anschlüsse und Rohre aber noch immer aus der Wand ragten. Ein einziges großes Fenster – die Scheiben zur Hälfte zerstört – ging zur Vorderseite hinaus und ließ blasses Mondlicht ins Zimmer.

Auf einer Holzpalette, die neben dem Fenster auf dem Fußboden stand, lag ein ausgerollter Schlafsack, eine Bushmaster AR-15 und ein oliv-farbiger Seesack. In der Ecke sah sie einen kleinen Camping-Kocher und einen Pappkarton mit Lebensmitteln.

„Geh da rüber", sagte er, „aber halt dich nicht in der Nähe des Fensters auf. Setz dich besser hierhin."

Sie setzte sich auf den Boden, lehnte sich gegen die

Wand und harrte der Dinge. In ihrer Reichweite stand eine schwarze Sporttasche aus Nylon.

Er ging zum Fenster und schaute hinaus. „Ich sah dich von hier aus kommen", sagte er. „Wirklich überrascht war ich eigentlich nicht. Ich weiß ja, dass du nie so schnell aufgibst."

Er legte die Python auf die Fensterbank und nahm die Bushmaster in die Hand. Er schaute noch einmal nach draußen und benutzte den Kolben des Gewehrs, um die letzten Glasscheiben auszuschlagen.

„Zumindest habe ich hier oben den Überblick, wenn es zum Kampf kommen sollte", sagte er. „Ist ja auch schon was."

Er setzte sich auf den Schlafsack, legte das Gewehr auf seinen Schoß und schaute sie an. „Ich bin oft als Kind hergekommen", sagte er. „Hab ich dir je davon erzählt?"

„Nein."

„Mein Vater war zweiter Vorarbeiter – bis zu seinem Unfall. Meine Mutter und ich kamen oft her, um ihm den Mittagstisch zu bringen. Ich hasste den Dreck und den höllischen Lärm und konnte es nicht erwarten, bis wir wieder draußen waren. Die Maschinen hier liefen vierundzwanzig Stunden am Tag, sieben Tage die Woche. Man konnte geradezu spüren, wie sich der Scheiß in den Lungen festsetzte."

Er zog die Kerze näher an sich heran und drückte das Magazin aus dem Kolben. Sie schaute erst zu ihm und dann zu der Python, die noch immer auf der Fensterbank lag.

„Jeden Tag musste ich daran denken, dass ich nicht so enden wollte wie mein Vater. Hier zu arbeiten war die Hölle."

Er griff in den Seesack und fischte zunächst ein weiteres Magazin heraus, dann eine Rolle mit Isolierband. Ein Windhauch wehte durchs Fenster und brachte die Kerze zum Flackern. Sie beobachtete, wie er sich kurze Streifen vom Isolierband abriss und die beiden Magazine so zusammenklebte, dass ihre offenen Enden in die entgegengesetzte Richtung zeigten.

„Wen erwartest du denn?", fragte sie.

„Einen Mann. Schon bald."

Er presste das Magazin zurück in den Kolben.

Bleib ruhig und locker. Lass ihn nicht wissen, dass dir vor Angst die Beine schlottern.

„Billy, was hier abläuft, ist doch der helle Wahnsinn."

„Da magst du recht haben."

„Lee-Anne ..."

„Ich weiß. Er hat's mir gesagt."

„Wer?"

„Einer der Männer, die an der Tat beteiligt waren. Aber wirklich sicher bin ich mir nicht." Er überprüfte den Bolzen, legte das Gewehr auf seinen Schoß und wischte sich mit dem Ärmel den Schweiß von der Stirn. „Jesus, es ist ganz schön heiß hier."

„Dieser Wahnsinn muss nicht endlos weitergehen", sagte sie.

„Deine warmen Worte kommen zu spät. Wieviel hast du Hammond eigentlich erzählt?"

„Alles."

„Na super."

Draußen war es so dunkel geworden, dass der Mond umso heller zu leuchten schien. Er schaute auf seine Uhr.

„Noch eine Stunde bis zur verabredeten Zeit", sagte er. „Wobei ich fast wetten möchte, dass er schon weitaus früher hier aufkreuzt. Vielleicht hat er ja auch noch ein paar Leute im Schlepptau."

„Was für Leute?"

„Nun ja, die Leute, denen das Geld einmal gehört hat. Oder die Leute, die sich das Geld jetzt unter den Nagel reißen wollen. Ist mir inzwischen aber auch egal. Als ich mein Zeltlager hier aufschlug, ahnte ich nicht, dass sich die ganze Aktion so lange hinziehen würde. Es war fast so was wie eine Erlösung, als mich der Mann endlich anrief."

Sie musste an Danny denken, der wahrscheinlich gerade mit JoBeth zu Abend aß und sich wunderte, wo seine Mutter wohl wieder geblieben war.

Du musst jetzt klar und analytisch denken. Du musst alles tun, um hier lebend rauszukommen.

„Kommen sie hierhin?"

„Zumindest einer von ihnen. Er schlug mir einen Deal vor – und ich stimmte zu."

„Was für ein Deal?"

„Ich behalte eine Kleinigkeit für mich und gebe ihm den Rest. Ob das seine wahre Absicht ist, steht auf einem anderen Blatt. Wie dem auch sei: Ich bin bereit."

„Billy, das ist doch wahnsinnig. Wir müssen hier so schnell wie möglich raus."

„Ich hab schon einen Menschen umgebracht. Macht es wirklich einen Unterschied, ob ich noch ein paar mehr umlege?"

„Wir können jetzt hier rausgehen und den ganzen Wahnsinn hinter uns lassen."

„Ich geh nicht ins Gefängnis, Sara. Das weißt du ganz genau."

„Wir können mit dem Sheriff sprechen."

„Und du glaubst, das würde irgendetwas ändern? Wir reden hier nicht von einer Schlägerei. Ich hab den Jungen *umgebracht.* Ich sagte ihm, er solle runter zum Sumpf und sich dann umdrehen. Und als er es tat – und er war so verstört, dass er sich fast in die Hose machte –, schoss ich ihm in die Brust. Und dann noch zwei Schüsse mehr, um ganz sicher zu gehen."

Sie sagte nichts.

„Er hatte nicht die leiseste Ahnung, was da ablief – selbst nach dem ersten Schuss. Er bekam überhaupt nichts mit."

„Wenn du weiter wartest, wirst du nicht lebend hier rauskommen, Billy. Deine einzige Chance besteht darin, dich zu stellen."

„In einem Punkt hast du recht: Die Leute, die hinter dem Geld her sind, lassen sich nicht so einfach abschütteln. Das sind Zombies, die immer wieder zurückkommen. Selbst wenn ich heute mit dem Geld türme, werden sie mich weiter jagen. Und aus diesem Grunde werde ich heute den Schlussstrich unter dieses Kapitel ziehen – so oder so. Das ist meine einzige Chance."

„So darfst du nicht denken. So wirst du dein Problem nicht lösen."

„Tut mir leid, Sara, dass du das alles aus nächster Nähe miterleben musst, aber inzwischen habe ich keine Optionen mehr. Und das bedeutet: Wenn sie das Geld haben wollen, müssen sie's mir aus den Händen reißen."

Der Flecken Mondschein auf dem Fußboden wurde immer größer.

„Es ist nicht zu spät", sagte sie. „Wir können jetzt zu meinem Wagen gehen und verschwinden, bevor sie hier eintreffen. Wir können den Sheriff anrufen. Er wird sich deine Version der Ereignisse mit offenen Ohren anhören."

„Du willst immer nur mein Bestes, Sara. Ist es nicht so? Du versuchst immer, mich auf den Pfad der Tugend zu führen, mich von allen Dummheiten fernzuhalten. Und nie komme ich dir einen einzigen Schritt entgegen. Letztlich habe ich die ganze Zeit gegen dich angekämpft."

Er zeigte auf die Sporttasche.

„Da", sagte er, „mach sie mal auf und schau dir an, wofür sich die Leute den Kopf einschlagen."

„Ich will's gar nicht sehen."

„Doch, solltest du aber. Darum dreht sich doch alles in dieser Welt – oder etwa nicht?"

Sie zog die Tasche näher an sich heran, hatte ihre Augen aber noch immer auf ihn gerichtet.

„Nun mach schon."

Sie zog so langsam am Reißverschluss, als wäre die Tasche voll giftiger Schlangen. Als die beiden Seiten auseinanderklappten, sah sie die Dollar-Stapel, die in transparentem

Plastik verpackt und päckchenweise aufeinandergestapelt waren. Der Stapel obenauf bestand aus Hunderter-Noten.

„Ganz schön abgefahren", sagte er. „Diese Jungs verdienen das ganze Geld im Handumdrehen – und sie verdienen's, indem sie den Kids auf der Straße pures Gift verkaufen."

„Und das gab dir das Recht, es ihnen abzunehmen?"

„Es gehört dem, dem's in die Hände fällt. Weißt du, was ich spontan dachte, als ich das Geld zum ersten Mal sah? *Das ist mein Freifahrtschein in eine bessere Zukunft. Das ist genug Geld, um hier rauszukommen und irgendwo neu anzufangen. War wohl nicht gerade meine beste Idee.*"

„Es war Lee-Anne, oder nicht? Sie hat dir das in den Kopf gesetzt."

„Spielt jetzt auch keine Rolle mehr."

„Vor Gericht würde es eine erhebliche Rolle spielen."

„Hör auf mit dem Scheiß, Sara." Er griff in den Seesack und holte ein Paar Handschellen heraus.

„Vergiss es", sagte sie. „Die Dinger kommen mir nicht an die Hand."

Er warf sie ihr zu und verfolgte, wie sie geräuschvoll vor ihren Füßen landeten. „Nun mach nicht alles noch komplizierter, als es eh schon ist", sagte er. „Wir haben keine Zeit zu verlieren."

„Dann erschieß mich doch. Hier und jetzt. Die Handschellen kannst du vergessen."

„Das ist doch nicht dein Ernst."

„Du wirst schon sehen, wie ernst es mir ist."

Er legte die Bushmaster auf den Boden, holte die Glock

aus dem Gürtel, legte sie daneben – und stürzte sich ohne jede Vorwarnung auf sie. Sie trat wild um sich, wurde durch sein Gewicht aber gegen den Boden gepresst. Mit den Handballen stemmte sie seinen Kiefer nach oben und bohrte die Fingernägel in seine Wangen, konnte aber nicht verhindern, dass er ihr mit der Linken an die Gurgel fuhr.

Sie schnappte nach Luft und versuchte gleichzeitig, ihm ein Knie in die Weichteile zu rammen. Als er seinen Körper in eine andere Stellung brachte, bekam sie die rechte Hand frei, presste ihre Finger zur Faust und schlug so hart gegen seine Schläfe, wie es irgendwie ging.

Sein Gesicht, von ihrem eigenen nur Zentimeter entfernt, war inzwischen rot angelaufen. Die Venen und Muskel in seinem Nacken schienen platzen zu wollen, seine gefletschten Zähne entblößten den Oberkiefer. Sie konnte ihn riechen, seinen Schweiß und den Geruch von verbranntem Holz, aber auch eine undefinierbare Ausdünstung, die sie als übelriechend und abstoßend empfand. An den Rändern ihres Gesichtsfeldes machten sich unscharfe Flecken breit, die sich zunehmend verstärkten. Mein Gott, ich verliere das Bewusstsein.

„Hör auf damit, Sara! Verdammt noch mal. Hör endlich auf, mit mir zu kämpfen."

Sie traf ihn erneut, diesmal mit einem kurzen Haken gegen das Kinn, sah dann aber aus ihren Augenwinkeln, wie er seine rechte Hand erhob. Wie in Zeitlupe kam die Faust herunter – doch ihrem Versuch, das Gesicht noch rechtzeitig zur Seite zu drehen, war wenig Erfolg beschieden.

Ihr Kopf wurde zurückgeschleudert und schlug auf den

Fußboden. Für einen Moment schien sich ihre Wahrnehmung in Wellen aufzulösen – so wie die heiße Luft über einem Feuer. Billys Gesicht verschwamm vor ihren Augen. Ihre Arme erschlafften.

Sie hatte zwar das Gefühl, vom Gewicht seines Körpers nicht mehr erdrückt zu werden, registrierte aber auch vage, dass sich ein metallischer Gegenstand um ihr Handgelenk legte und zuschnappte. Er zerrte sie an den ausgestreckten Armen über den Boden. Ein weiteres Schloss schnappte zu. Sekunden später saß er wieder an seinem Platz neben dem Fenster und atmete schwer.

Sie schaute zur Decke und schnappte nach Luft. Ihr Gesicht war geschwollen und schmerzte.

„*Gottverdammtnochmal,* Sara!"

Der Raum um sie herum stabilisierte sich langsam. Sie berührte ihr Gesicht: kein Blut, aber die Schwellungen waren bereits mit den Fingern fühlbar. Sie blickte nach rechts und sah, wie die zweite Handschelle um ein L-förmiges Kupferrohr gelegt war, das aus der Wand kam und im Fußboden verschwand. Sie zog einmal kurz, doch nichts rührte sich.

Er war seinerseits damit beschäftigt, die Spuren zu untersuchen, die ihre Finger in seinem Gesicht hinterlassen hatten. Er schaute grimmig auf seine blutigen Fingerspitzen und griff zu der Glock.

„Das Einfachste wäre, dich an Ort und Stelle abzuknallen", sagte er. „Das Einfachste – und das Intelligenteste auch: In jedem Fall wäre eine unbekannte Größe weniger im Spiel. Das ist dir doch hoffentlich klar. Und am Ende des Tages würde sich die Welt immer noch weiterdrehen – zumindest für mich."

Sie schmeckte Blut in ihrem Mund, drehte sich zur Seite und spuckte.

Er stand langsam auf und schaute zum Fenster hinaus. Gegen das Mondlicht war sein Körper nur noch als schwarze Kontur erkennbar.

„Du hättest nicht allein kommen dürfen, Sara", sagte er, ohne sich umzudrehen. „Um ehrlich zu sein: Du wärst besser überhaupt nicht gekommen."

28

Er war vielleicht hundert Meter auf der Zufahrt gefahren, als Morgan den Motor abstellte. In der Entfernung erkannte er die Raffinerie oder das, was von seiner Position aus zu sehen war: Mondlicht auf gebrochenem Glas, riesige Löcher im Dachgeschoss.

Er stieg aus, die Beretta in seiner Hand. Von hier aus waren es etwa achthundert Meter Luftlinie zur Raffinerie – wenn man gewillt war, einen Weg durch wild wucherndes Gestrüpp zu finden. Er hörte das schwappende Wasser vom nahen Kanal und die Geräusche, die für einen nächtlichen Wald in diesem Landstrich typisch sind.

Er ging zunächst einmal weiter die Straße hinauf. Der Wind hatte inzwischen gedreht und trieb ihm den sumpfigen Sulfur-Geruch in die Nase. Und noch etwas anderes: Zigarettenrauch.

Er hielt an und wartete eine Weile, um seine Augen an die Dunkelheit zu gewöhnen. Er sah einen Umriss vor sich, einen Wagen – und eine Person hinter dem Steuer. Er sah die Glut der Zigarette, als der Besitzer an ihr zog – und die Funken auf dem Boden, als er sie durchs offene Fenster schnippte.

Er hielt seinen Atem an. Ein Moskito landete in seinem Nacken. Er rührte sich nicht.

Er zählte bis Zehn und ging dann langsam näher. Es war eine viertürige Limousine, möglicherweise ein Lexus. Er schlich sich geräuschlos auf der Fahrerseite nach vorne. Der Mann hinterm Steuer hatte Dreadlocks und trug das gleiche Halstuch, das er bereits mehrfach gesehen hatte. Die Frau musste vor ihrem Tod doch noch geplappert haben. Jedenfalls waren ihm die Haiti-Jungs zuvorgekommen.

Mit der Beretta in der Linken, holte er zum Schlag aus. Durch das weit geöffnete Fenster traf er ihn voll aufs Nasenbein. Sein Kopf schnappte zurück, als sei das Genick gebrochen. Morgan schlug ein zweites Mal zu, öffnete die Tür, zerrte ihn heraus und warf ihn auf den Boden. Er drückte sein Gesicht in den Dreck und traf ihn mit der Beretta noch zweimal am Hinterkopf.

Da die Innenbeleuchtung noch brannte, drückte er mit der Schulter schnell noch die Tür zu und rollte den Mann dann auf den Rücken. Es war eher ein Junge, der dem Teenager-Alter noch nicht entwachsen war. Seine Augen waren halb geöffnet, die Nase definitiv gebrochen. In seinen Locken schimmerten winzige Diamanten.

Morgan zog ihm die Automatik aus dem Gürtel, warf

sie in die Büsche und wischte mit dem Halstuch das Blut von seiner Beretta ab. Er steckte die Pistole in seinen Gürtel, griff den Jungen an den Handgelenken und zerrte ihn ins Unterholz.

Er wartete eine Weile, lauschte in die Dunkelheit, ging zum Lexus zurück und öffnete die Tür. Als sich die Innenbeleuchtung einschaltete, sah er auf dem Beifahrersitz eine AK-47 mit Dunkelholzschaft und dem Ladestreifen in Bananenform. Er holte sie heraus, machte sich kurz mit ihr vertraut und zog den Bolzen zurück, um eine Patrone zu laden. Der Wahlschalter war auf halbautomatisch eingestellt.

Er berührte die Kühlerhaube des Wagens. Selbst durch seinen Handschuh konnte er fühlen, dass die Maschine noch immer warm war. Allzu lange konnte er noch nicht hier gestanden haben.

Er ging vorsichtig auf dem Weg weiter.

Billy warf einen Blick aus dem Fenster und schien alarmiert zu sein. Umgehend bückte er sich, griff das Gewehr und blies die Kerze aus.

„Was ist los?“, fragte Sara.

„Hab was gehört. Glaub ich jedenfalls. Sei still jetzt.“

Eine Wolke schob sich vor den Mond – und der Raum versank endgültig in Dunkelheit.

Morgan wartete, bis die Wolke vorbeigezogen war. Mit dem Mondschein im Rücken setzte er seine Pirsch durchs Unterholz fort. Zweige klatschten ihm ins Gesicht. Die

AK in seiner Hand schien von Minute zu Minute schwerer zu werden. Zweimal fragte er sich, ob er sie nicht lieber zurücklassen solle. Da er die Anzahl seiner Widersacher nicht kannte, wollte er den Vorteil aber nicht ohne Not aus der Hand geben.

Seine Schweißdrüsen machten Überstunden und zogen die Moskitos magisch an. Als sich sein Fuß in einer Wurzel verfing, knallte er der Länge nach hin. Er verharrte in der Position, lauschte, zählte diesmal sogar bis Sechzig und rappelte sich wieder hoch.

Die Raffinerie rückte in greifbare Nähe. Er nutzte sie als Kompass und stoppte in regelmäßigen Abständen, um sich neu zu orientieren. Als er wieder auf den Zufahrtsweg stieß, sah er zu seiner Linken einige Schuppen und den Umriss eines Wagens, der davor abgestellt war.

Er überquerte die Straße und folgte einem Maschendrahtzaun bis zur Rückseite des Gebäudes. Durch die Bäume konnte er erkennen, dass im Inneren der Raffinerie ein Licht brennen musste.

Er fand eine Stelle, wo der Zaun halb umgeknickt war. Er setzte einen Fuß darauf, drückte ihn weiter herunter und horchte in die Nacht. Alles blieb still. Er stieg mit beiden Füßen auf das Gitter, drückte es bis auf den Boden und kam auf der anderen Seite wieder heil herunter. Der Zaun federte leicht zurück.

Sara studierte den Metallsteg, der hinter der geöffneten Tür zu sehen war. Sie konnte das Flackern der Öllampe sehen, die Billy im Erdgeschoss angezündet hatte.

Ihr Kopf schmerzte noch immer – vor allem an der Stelle, wo er auf den Boden geschlagen war –, doch ihre Sehkraft hatte sich weitgehend normalisiert. Billy hatte ihr den Rücken zugewandt und fixierte weiterhin das Gelände vor dem Gebäude. Den Lauf der Bushmaster hatte er inzwischen aufs Fensterbrett gelegt.

Sie schaute sich erneut das Kupferrohr an. Es hatte einen Durchmesser von knapp acht Zentimetern; eine beidseitig aufgeschraubte Winkelmanschette hielt das horizontale und vertikale Rohr zusammen. Die Vermutung schien durchaus berechtigt, dass eine derartige Manschette inzwischen alt und ausgeleiert sein musste. Sollte sie dieses Verbindungsstück lockern können, könnte sie vielleicht auch eins der beiden Rohre herauslösen. Danach wäre es ein Leichtes, die Handschelle vom Rohr abzuziehen.

Sie schaute zu Billy, der noch immer angestrengt aus dem Fenster starrte. Wenn sie sich tatsächlich befreien könnte, wenn sie die Treppe hinunter zum Ausgang liefe – würde er ihr dann in den Rücken schießen?

Wenn du schnell genug bist, wird er überhaupt keine Zeit haben, noch einen Schuss abzugeben.

Am Fenster hatte Billy den Gewehrkolben gegen seine Schulter gedrückt und den Finger um den Abzug gelegt. Es gab irgendetwas da draußen, das er ins Visier genommen hatte.

Als er den Schutz der Bäume verließ und zum offenen Areal hinter dem Gebäude kam, sah Morgan sie sofort: vier Männer, die allesamt Gesichtsmasken trugen und in einer

Gruppe zusammenstanden. Sie empfingen wohl gerade Anweisungen ihres Anführers und kommunizierten nur mit Handzeichen. Der Anführer und ein weiterer Mann hatten Gewehre, die unschwer als AKs identifizierbar waren. Über ihren Köpfen sah Morgan einen fahlen Lichtschein, der durch die rückwärtigen Fenster drang. *Kein Zweifel,* dachte er. *Hier bin ich goldrichtig. Hier gibt's Geld. Mein Geld.*

Die Gruppe teilte sich auf. Der Anführer und ein anderer Mann gingen zur Vorderseite des Gebäudes, einer links, einer rechts. Morgan konnte inzwischen auch eine unscheinbare Tür auf der Rückseite ausmachen. Die beiden verbliebenen Männer näherten sich der Tür – einer mit der AK, der andere mit einer Automatik, die er mit beiden Händen in Anschlag brachte. Sie hielten kurz vor der Tür an und warteten offensichtlich auf ein Signal.

Morgan ließ sie nicht aus den Augen. Jahre waren vergangen, seit er zum letzten Mal eine AK abgefeuert hatte. Er schob den Stutzen gegen seine Schulter, stützte mit der Linken ihren Lauf und berührte mit der Rechten den einer Pistole ähnlichen Abzug. Die beiden Männer waren gut dreißig Meter entfernt und wandten ihm ihren Rücken zu.

Mit der AK im Anschlag trat er aus dem Schutz der Bäume heraus.

29

Sara fuhr hoch, als sie die Schüsse hörte. Erstaunlicherweise kamen sie von der Rückseite der Raffinerie. Es war das trockene *knack, knack, knack* eines Maschinengewehrs.

Billy schaute zu ihr hinüber, fuhr aber gleich wieder herum, als er Geräusche *vor* dem Gebäude hörte und begann augenblicklich zu feuern. Die leeren Kupferhülsen klackerten auf den Boden. Sie hörte Schreie von draußen, die aber vom Knattern des Maschinengewehrs gleich übertönt wurden.

Er ging gerade noch rechtzeitig in Deckung, bevor die Geschosse durchs Fenster zischten und das Blech des Daches durchbohrten. Funken sprühten, als ein Querschläger nur Zentimeter neben ihrem Kopf die Wand touchierte. Danach drangen wieder mehr Schüsse und Schreie von draußen.

Billy ging in Position, verfeuerte den Rest des Magazins und ging hinter der Wand in Deckung.

„Diesmal hab ich den Bastard erwischt."

Er drückte das leere Magazin heraus, drehte es um, presste das volle wieder hinein und spähte erneut durchs Fenster.

Sara hatte die Gelegenheit genutzt, um an ihrer Handschelle zu rütteln. Sie hörte das Rattern der Rohre, rüttelte ein weiteres Mal und hatte das Gefühl, dass sich die Manschette etwas bewegt hatte. Dann wieder Schüsse und Schreie, die plötzlich so laut waren, dass sie aus dem Inneren der Raffinerie kommen mussten.

Morgan sah, wie die beiden Männer zu Boden gingen. Der Kolben der AK hatte gegen seine Schulter geschlagen, die Mündung des Laufes war unmotiviert hochgeschnellt, doch zumindest die Anzahl der Einschläge konnte sich sehen lassen. Er war beeindruckt, mit welcher Wucht die Geschosse Holz und Glas zertrümmert hatten.

Der Mann mit der Automatik, offensichtlich nicht getroffen, hatte sich zur Seite gerollt, war aufgesprungen und zur linken Seite des Gebäudes gesprintet. Morgan schwenkte den Gewehrlauf zur Seite und drückte ab. Die Blitze aus der Mündung tanzten wie Sterne vor seinen Augen. Er sah, wie die Geschosse die Holzfassade zerfetzten, hörte, wie Querschläger durch die Gegend zischten, konnte aber nicht verhindern, dass sich der Mann aus dem Staub machte.

Er drehte sich wieder um, feuerte noch einmal auf den Mann am Boden, wirbelte aber vor allem viel Staub auf. Als keine Geschosse mehr im Magazin waren, klingelten die Schüsse noch immer in seinem Ohr. Er warf die AK genervt zur Seite und zog seine Beretta.

Billy drehte sich vom Fenster zu ihr um, schaute dann auf die Tür und die Metalltreppe dahinter. Das Geschrei im Erdgeschoss war lauter geworden. Er nahm die Glock und steckte sie hinten in den Hosenbund, schob die Python vorne rechts in den Gürtel und griff zum Gewehr.

„Billy, geh da nicht raus. Mach's nicht."

Im nächsten Moment war er verschwunden.

Als Morgan zu dem Mann am Boden kam, waren weitere Vorsichtsnahmen überflüssig. Der Mann war tot. Aus alter Gewohnheit kickte er die AK zur Seite, ging weiter zur Tür und zog an der Klinke. Die Tür bewegte sich, ließ sich aber nicht öffnen.

Er hörte das Knattern eines Maschinengewehrs, dann aber auch die separaten Schüsse einer anderen Waffe. Lichtblitze in den Fenstern über ihm. Er ging zu der Laderampe und kletterte hinauf. Er sah eine weitere, kleinere Tür, die früher offensichtlich nur genutzt wurde, wenn das Rolltor daneben geschlossen war. Er drückte auf die Klinke. Verschlossen. Er richtete die Beretta auf das Schloss und drückte dreimal ab. Holz- und Metallsplitter flogen ihm um die Ohren. Als er einmal kräftig gegen die Tür trat, gab sie umgehend nach.

Inzwischen gänzlich unbeobachtet, widmete sich Sara umso intensiver dem Kupferrohr. Sie zerrte erneut an der Handschelle, auch wenn ihr Gelenk bereits aufgeschürft war, und war sich sicher, dass die Manschette deutlich lockerer auf den Rohren saß.

Aus dem Erdgeschoss hörte sie Billys Gewehr, dann Schüsse aus einer anderen Waffe. Mehrere Kugeln trafen den Metallsteg, eine weitere verirrte sich sogar bis in ihren Raum und schlug in die Decke ein. Leise rieselte Staub herunter.

Sie schob die Handschelle nach oben auf das waagerechte Rohr, legte sich flach auf den Rücken und hob ihren rechten Fuß. Im Erdgeschoss verstummte das Rattern der Bushmaster. Dann andere, separate Schüsse. Schüsse aus einer Pistole.

Sie trat zu. Die Unterseite ihrer Sneakers traf die Unterseite des horizontalen Rohrs. Einmal, zweimal. Ein kurzer Schmerz im Fußgelenk, dann aber das knirschende Geräusch von Metall, das aus einer Wand gedreht wird. Sie trat noch einmal und spürte, wie das Rohr immer lockerer wurde. Die Manschette hielt die beiden Rohre kaum noch zusammen.

Die Würfel waren bereits gefallen, als Morgan durch die Tür trat. Flynn, von einer flackernden Campinglampe beleuchtet, stand in der Mitte einer Fabrikhalle. Ein Maschinengewehr lag vor ihm, zahllose Hülsen waren über den Boden verstreut. In der rechten Hand hielt er einen überdimensionalen Revolver, den Morgan erst einmal in seinem Leben gesehen hatte – einen Colt Python. Die linke Hand presste er auf die Magengegend, die offensichtlich stark blutete. Der konzentrierte Geruch von Schießpulver stand in der Luft.

Morgan blieb im Schatten und rührte sich nicht. Er sah zwei weitere Körper auf dem Fußboden, drei, vier Meter voneinander entfernt. Einer lag mit dem Gesicht auf dem Boden, die AK knapp außerhalb seiner Reichweite. Der Anführer. Der andere hockte zusammengesunken an einer Wand, die Pistole im Schoß. Die letzten Fetzen einer Gesichtsmaske hingen von einem Kopf, der bis zur Unkenntlichkeit entstellt war. Das Licht der Öllampe hatte bereits zahlreiche Motten angezogen.

Der Anführer zuckte kurz und hustete. Flynn ging zu ihm hinüber, schien sich aber nur noch mit Mühe bewegen zu können.

Morgan war inzwischen unbemerkt die drei Stufen hinuntergestiegen, die von der Laderampe hinunter in die Halle führten.

Der Mann auf dem Boden stöhnte, als sich Flynn über ihn beugte.

„Was war das?“, fragte er, seine Stimme fremd und unartikuliert. „Ich kann dich nicht verstehen.“

Ein weiteres Stöhnen. Flynn griff mit der Linken ein Stück seines Hemdes und rollte ihn auf den Rücken. Der Mann schrie wie am Spieß. Flynn riss ihm die Maske vom Gesicht.

„Ich kann dich noch immer nicht verstehen“, sagte er und richtete den Colt direkt auf sein rechtes Auge. Der Mann schaute zu ihm hoch.

„Kolan guete …“, sagte er. *„Maman ou … Bouzin.“* Er spuckte Flynn an.

„Ist wohl nicht so gelaufen, wie du dir's vorgestellt hast“, sagte er. Und drückte ab.

Als sie den Schuss hörte, trat Sara noch einmal mit aller Macht gegen das Rohr. Das obere Rohr bog sich und sprang aus der Manschette, die umgehend auf den Boden fiel. Die beiden Rohre, ihrer Funktion beraubt, ragten schräg in den Raum. Sie schob die Handschelle problemlos über das obere Rohr und war frei. Sie rollte sich auf die Seite und war im nächsten Moment auf den Beinen.

Morgan trat aus dem Schatten heraus und richtete die Beretta auf Flynns Rücken.

„Dreh dich nicht um", sagte er. „Lass die Kanone fallen."

Flynn rührte sich nicht.

„Lass sie fallen – oder du machst deinen letzten Atemzug."

Flynn bemühte sich, gerade zu stehen. Der Arm mit dem Colt hing noch immer an seiner Seite.

„Es ist noch immer nicht zu spät", sagte Morgan. „Wenn du mir sagst, wo das Geld ist, kannst du dich ungehindert entfernen. Aber zuerst wirst du die Kanone fallen lassen."

Flynn versuchte zu lachen, konnte aber nur ein gurgelndes Husten aus sich herauswürgen. Er spuckte Blut. Und drehte sich langsam um.

Sara scannte das Zimmer: Eine Waffe war weit und breit nicht zu sehen. Sie hörte Worte von unten, Billys verunglücktes Lachen, dann Husten. Sie schaute auf die halb geöffnete Sporttasche und hob sie an ihren Trägern hoch, um ein Gefühl für ihr Gewicht zu bekommen. In der nächsten Sekunde war sie draußen auf dem Metallsteg und schaute übers Geländer auf die zwei Gestalten unter ihr: da der schwarze Mann namens Morgan, Pistole im Anschlag – dort Billy, blutend und vornübergebeugt, gerade im Begriff, sich zu Morgan umzudrehen.

Morgans Finger näherte sich dem Abzug, als er sie schreien hörte. Er schaute nach oben und sah sie auf dem

Metallsteg. Sie schwang gerade einen Gegenstand übers Geländer, der genau in seine Richtung zu fliegen schien. Instinktiv riss er seine Beretta herum.

Als sie die Tasche losließ, zerrte das Gewicht an ihren Fingern. Sie hatte genau zu zielen versucht, konnte aber nicht verhindern, dass sich die Tasche im Flug mehrfach drehte. Morgan trat einen Schritt zurück und zielte. Sara hörte den Schuss und sah, wie der Einschlag die Tasche unmerklich aus der Bahn warf. Als sie wirkungslos auf dem Boden landete, war sie sich sicher, ihre einzige Chance vertan zu haben.

Morgan verfolgte, wie die Tasche geräuschvoll vor seinen Füßen landete. Eine Staubwolke wirbelte auf, Bündel mit Geldscheinen flogen durch die Luft. Flynn stolperte zurück und hob eine Hand, um seine Augen vor dem Staub zu stützen. Als er die Geldscheine sah, zog er seine Python. Sara schrie noch *Nein,* doch die Patrone war bereits unterwegs.

Morgan traf ihn dreimal.

30

Die Schüsse fielen gleichzeitig und waren akustisch kaum zu unterscheiden. Sara sah, wie Billys Körper herumgerissen wurde. Der Colt flog in hohem Bogen aus seiner Hand. Als er zu torkeln begann und auf den Boden knallte, war sie auf der Mitte der Treppe – und bereits unten angekommen, als sie Morgans Stimme hörte.

„Bleiben Sie, wo Sie sind“, rief er und richtete seine Beretta auf sie. „Es gibt keinen Grund, auch nur einen Schritt näherzukommen.“

Sie rührte sich nicht. Nach einer Weile ließ er seine Hand sinken, ging in die Hocke, stellte die Tasche vor sich hin und warf die Geldbündel hinein, die im Flug herausgefallen waren. Sara stand weiterhin am Treppenende und sah, dass er sie nicht aus den Augen ließ. Als er fertig war, zog er den Reißverschluss notdürftig zu, griff den Tragegurt und legte ihn sich über die Schulter. Er schüttelte den Kopf.

„Wahnsinn“, sagte er nur, drehte sich um und ging hinaus.

Er nahm den gleichen Weg, den er gekommen war: die Stufen hinauf zur Laderampe, durch die zerschossene Tür, von der Rampe runter auf das Areal hinter dem Gebäude. Der Mann auf dem Boden hatte sich nicht gerührt. Morgan ging weiter zu den Bäumen.

Die Tasche war schwerer, als er erwartet hatte. Der Tragegurt schnitt in seine Schulter. Es war ein ausnehmend gutes Gefühl.

Billy atmete noch. Sie riss sein Hemd auseinander. Es war bereits mit Blut durchtränkt. Vier Eintrittswunden – drei in der Brust, eine im Bauch.

Er hustete und schaute sie an. *Stirb nicht, du gottverdammter Idiot. Untersteh dich, so in meinen Armen zu krepieren.*

„Dein Handy, Billy. Wo ist es?“

Seine Augen schienen sie fokussieren zu wollen, versagten dann aber doch ihren Dienst. Er hob die rechte Hand und deutete in ihre Richtung.

„Wo ist dein Handy?"

Sie tastete seine Jeans ab und fühlte das Rechteck in seiner rechten Hosentasche. Sie griff hinein und holte es heraus. Der Schlüssel für die Handschellen fiel gleich mit heraus. Dann klappte sie das Handy auf, aktivierte es und tippte mit blutigen Fingern die Nummer des Notrufs ein. Er streichelte ihr zärtlich übers Gesicht. Sie war überrascht, wie warm das Blut an seiner Hand war.

Auf halbem Weg durch das Wäldchen nahm er sich die Zeit, das halbleere Magazin aus der Beretta zu ziehen und es mit einem vollen zu ersetzen. Der Mond stand hoch und hell am Himmel und machte es ihm leichter, den Weg zum Wagen zu finden.

Dafür machten sich wieder die verdammten Hitzeschübe bemerkbar. Er hielt für einen Moment an, ließ das Schwindelgefühl abklingen, spürte dafür aber einen undefinierbaren Schmerz auf der rechten Seite. Er musste sich an einem Ast festhalten, um nicht das Gleichgewicht zu verlieren. Der Trageriemen rutschte ihm von der Schulter in die Armbeuge.

Er stand dort für eine Weile und atmete tief durch. Schließlich ließ er den Ast los, schob den Gurt zurück auf die Schulter und machte sich wieder auf den Weg.

Sara steckte den Schlüssel ins Schloss – und die Handschelle glitt problemlos von ihrem aufgeschürften Gelenk. Sie warf beide Schellen zur Seite und erschrak, als sie die blutigen Abdrücke in ihrer Haut sah.

Billys Augen waren geöffnet, seine Brust hob und senkte sich langsam, aber beständig. Sie hatte die Lampe von der Kiste geholt und neben ihm auf den Boden gestellt.

„Alles wird gut“, sagte sie. „Der Notarzt ist unterwegs. Sie werden dich schon wieder zusammenflicken.“

Er zwang sich zu einem Lächeln und hustete. Auf seinen Lippen bildeten sich blutige Perlen. Sie legte ihre Hand auf seine Stirn, er legte eine blutige Hand auf die ihre – und ließ sie dort ruhen.

„Alles wird gut“, sagte sie und spürte, wie sie die Feuchtigkeit in ihren Augen nicht länger zurückhalten konnte.

Sie sah, wie das Licht in seinen Augen erlosch und ein letzter Hauch über seine Lippen kam. Seine Augen waren halb geschlossen – ganz so, als habe er ohne jede Vorwarnung das Bewusstsein verloren. Seine Hand fiel leblos zur Seite. Sie wusste, dass jede Hilfe zu spät kam.

Morgan erreichte den Zufahrtsweg schneller als erwartet. Das Auto vor den Schuppen stand noch immer am gleichen Platz – und er erkannte nun, dass es der Blazer der Frau war. Er überlegte kurz, ob er ihre Reifen durchlöchern sollte, wollte aber keine Zeit verlieren. Bald würde es hier vor Polizei nur so wimmeln. Er hatte das, was er wollte.

Der Schmerz in seinem Magen war noch immer vorhanden, doch zumindest das Schwindelgefühl hatte sich verflüchtigt. Und dort, wo der Schweiß bereits getrocknet war, fühlte sich seine Haut sogar überraschend kühl an.

Er wählte wieder den Weg durchs Unterholz, hatte diesmal aber auch einen Haufen Geld zu schleppen. Zweimal musste er anhalten und den Gurt abnehmen, um die Tasche von sperrigen Ästen zu befreien. Schließlich stieß er wieder auf den Zufahrtsweg und ging ein Stück, bis er den Lexus sah. Die Fahrertür stand wieder offen, die Innenbeleuchtung war eingeschaltet. Er sah den dreadlockigen und schwer lädierten Jungen, der halb auf der Straße, halb im Wagen lag und sich bei seinem Erscheinen verzweifelt auf den Sitz hochziehen wollte. Sein Gesicht war mit Blut beschmiert. Morgan zog die Beretta.

Sara konnte die Sirenen schon von weitem hören. Sie kniete auf dem Zementboden neben ihm. Sein Kopf war zur Seite gedreht, die Lungen hatten ihre Tätigkeit eingestellt. Zweimal hatte sie ihre Finger auf seine Halsschlagader gelegt, doch den Glauben an ein Wunder längst aufgegeben.

Sie stand auf und wischte sich die blutigen Hände an ihrer Jeans ab. Die Sirenen kamen näher.

Er wird noch immer in der Umgebung sein, möglicherweise sogar gleich in der Nähe. Vielleicht wird er das Feuer eröffnen, wenn Sanitäter und Polizei hier eintreffen. Nichtsahnend, wie sie waren, könnten sie ihm ins offene Messer laufen.

Sie konnte hier warten und ihn in Ruhe entkommen lassen. Es gab keinen Grund, sich noch einmal in Lebensgefahr zu begeben. Niemand würde ihr einen Vorwurf machen.

Sie kniete sich wieder auf den Boden, schob ihre Hand unter Billys Rücken und zog behutsam die Glock aus seinem Gürtel.

Sie brauchte eine Weile, um die Eingangstür zu entriegeln und die rostigen Scharniere in Bewegung zu setzen. Als sie ins Mondlicht hinaustrat, sah sie einen maskierten Mann leblos auf dem Boden. Sicherheitshalber richtete sie die Glock auf ihn, passierte ihn aber ohne unliebsame Überraschungen. An dem eisernen Eingangsportal machte sie sich klein und kletterte durch zwei horizontale Streben. Sie stand auf der Zufahrt, die Glock in beiden Händen. Sie sah den Blazer, stellte sicher, dass sich niemand hinter dem Wagen versteckte, und entnahm den Abdrücken auf dem Boden, dass außer ihr niemand hier Spuren hinterlassen hatte.

Er hat keinen Spaziergang hierher gemacht. Irgendwo muss er seinen Wagen abgestellt haben.

Ihr Army-Rucksack lag dort, wo sie ihn zuletzt zurückgelassen hatte: auf dem Rücksitz. Sie holte die schusssichere Weste heraus, streifte sie übers Sweatshirt und straffte die Gurte.

Aus einer Entfernung hörte sie einen Schuss.

31

Morgan stieg über den leblosen Körper und ging weiter die Straße hinunter. In der Ferne hörte er Sirenen.

Als er seinen Wagen erreicht hatte, sicherte er die Beretta, steckte sie in den Gürtel, holte die Autoschlüssel aus der Tasche – und ließ sie auf den Boden fallen. Er fühlte Schweiß auf der Stirn und ein plötzliches Stechen im Magen. Er beugte sich nach vorne und griff nach den Schlüsseln, als ihn ein ausgewachsener Schwindel überfiel. Er torkelte gegen die Seite des Wagens und stützte sich auf die Kühlerhaube, um langsam wieder sein Gleichgewicht zu finden.

Bloß jetzt nicht, dachte er. *Du musst so schnell wie möglich hier raus.*

Er öffnete die Fahrertür, stellte die Tasche auf seinen Sitz und schob sie dann weiter nach rechts, als er sich hinters Steuer schwang. Er fingerte mit den Schlüsseln herum und ließ sie prompt wieder fallen: Das Gefühl in seinen Fingern schien ihn völlig verlassen zu haben. Als er den Schlüssel schließlich ins Zündschloss steckte, sprang der Motor nicht an. Erst beim zweiten Versuch konnte Morgan aufatmen.

Die Zufahrt, letztlich nicht mehr als ein Feldweg, war zu schmal, um den überdimensionierten Monte Carlo hier wenden zu wollen. Rückwärts bis zur Country Road zu fahren schien auch keine überzeugende Alternative.

Er legte die Beretta auf den Beifahrersitz, fuhr geradeaus nach vorne und passierte den Lexus. Er erinnerte sich, dass er hier eine Stelle gesehen hatte, wo der Wald am Wegrand etwas lichter gewesen war. Er lenkte den Wagen so weit nach links, dass die Büsche an der Fahrertür kratzten, drehte das Lenkrad dann scharf nach rechts und fuhr so weit es ging, setzte zurück und drückte seine hintere Stoßstange bis ins Unterholz. Er musste die Prozedur zweimal wiederholen, bis er in der richtigen Fahrtrichtung stand.

Mit abgeschaltetem Licht zwängte er sich am Lexus vorbei und hatte nur noch ein kleines Stück des Weges vor sich, bis er die reguläre Straße erreichen würde.

Sara hatte die Fenster runtergelassen und drückte aufs Gas. Mit einem Ohr verfolgte sie die Leistung ihres Motors, mit dem anderen versuchte sie die nahenden Sirenen zu lokalisieren. Die Glock lag auf dem Sitz neben ihr. Im Rückspiegel sah sie, dass sie zwei blutige Fingerabdrücke auf der Wange hatte.

Als sie sich der Brücke näherte, stieg sie auf die Bremse. Dies musste die Gegend sein, in der der letzte Schuss abgefeuert worden war. Was bedeutete, dass sich auch der geparkte Wagen gleich in der Nähe befinden musste.

Sie hätte die Abzweigung fast verpasst. Der Staub wirbelte auf, als sie mit quietschenden Reifen gerade noch die Kurve kratzte. Als sie über die kleine Kanalbrücke schoss, fiel die Glock vom Sitz auf den Boden. Sie drückte weiter aufs Gas, schaltete das Fernlicht ein und donnerte den engen Weg hinunter. Und dann sah sie den Wagen.

Morgan sah die heranbrausenden Scheinwerfer und stieg auf die Bremse. Die Nase des Monte Carlo neigte sich so abrupt nach vorne, dass die Sporttasche auf den Boden plumpste.

Er schaltete den Rückwärtsgang ein, drückte aufs Gas

und sah im Rückspiegel bereits den Lexus. Die Scheinwerfer kamen immer näher. Er spielte mit dem Gedanken, den Wagen zu verlassen, um sich zu Fuß durchzuschlagen. Mit der Tasche würde er allerdings nicht allzu weit kommen – und er hatte schon zu viel Energie in diese ganze Geschichte investiert, als dass er sich achselzuckend von der Tasche trennen wollte.

Er trat energisch auf die Bremse, griff sich seine Beretta und öffnete die Tür.

Sara sah das Gesicht hinter der Windschutzscheibe und wusste, dass er es war. Sie bremste ab, registrierte gleichzeitig aber auch, dass er den Rückwärtsgang eingelegt hatte und zurückfuhr. Als er plötzlich abrupt anhielt, tat sie das Gleiche. Der Blazer war vielleicht drei, vier Meter von seinem Kühler entfernt. Im Licht der Scheinwerfer tanzte der aufgewirbelte Staub.

Ihre Bewegungen waren spontan und folgten keinem Kalkül. Sie griff sich die Glock vom Boden, stieß die Fahrertür offen und sah, dass Morgan ebenfalls ausstieg und scheinbar zu flüchten versuchte. Doch dann überlegte er es sich anders, legte seine Arme aufs Wagendach und ging mit seiner Pistole in Position. Sara ging hinter der Tür in Deckung, nahm die Glock in beide Hände und lugte über den Rand der Tür.

„Polizei! Rühren Sie sich nicht."

Er schaute sie nur an. Die Sirenen kamen näher.

Du könntest ihn jetzt legal erschießen. Er hat eine Waffe – und er hat Billy auf dem Gewissen. Tu's einfach!

Ihr Finger krümmte sich um den Abzug, drückte aber nicht ab. Er beobachtete sie, ohne seine Waffe zu bewegen.

„Lassen Sie die Waffe fallen“, rief sie. „Jetzt!“

Als er antwortete, war seine Stimme völlig ruhig. „Hören Sie mit dem Versteckspiel auf“, sagte er. „Kommen Sie besser da raus und schlagen sie die Tür zu. Anderenfalls komme ich mit meinem Wagen nicht durch.“

Sie realisierte erst jetzt, dass das der wahre Grund war, warum er rückwärts gefahren war. Anfangs war der Weg so eng gewesen, dass er mit seinem Wagen nie am Blazer vorbeigekommen wäre. Nachdem er zurückgesetzt hatte, befanden sie sich nun aber an einer Stelle, wo er sehr wohl passieren konnte. Wäre sie früher stehengeblieben, säße er nun in der Falle.

Dumm gelaufen.

„Lassen Sie Ihre Waffe fallen“, sagte sie noch einmal.

„Ich will sie nicht erschießen. Wenn das meine Absicht wäre, hätte ich es schon mehrfach tun können. Oder hätte den Jungs aus Haiti den Vortritt gelassen. Aber nein – ich habe Sie immer laufen lassen.“

Sie stand kurz davor, ihre Fassung zu verlieren. Die Glock in ihrer Hand begann zu zittern. Sie schaute zurück Richtung Raffinerie und sah die rotierenden Lichter der Einsatzfahrzeuge, die auf die Zufahrt einbogen.

„Jetzt stehen wir uns zum letzten Mal gegenüber“, sagte er. „Nur Sie und ich. Niemand wird Sie retten. Wir können die Angelegenheit aber auch gütlich regeln – ganz ohne Schüsse. Sie müssen mir nur den Weg freimachen.“

„Kann ich nicht.“

Sie fühlte den Schweiß in ihren Augen und blinzelte, um die Schweißperlen zu vertreiben. Ihre Hand begann wieder zu zittern.

„Sie sind es mir schuldig.“

Ihre ausgestreckten Arme verkrampften sich, als würden sie ein schweres Gewicht halten. Das Gehäuse ihrer Glock klackerte unkontrolliert auf den oberen Rand der Tür.

„Tragen Sie eine Weste?“, fragte er.

Sie bekam ihre zitternden Finger wieder unter Kontrolle.

„Ja“, beantwortete er selbst seine Frage. „Sieht ganz so aus.“

Und dann – wie im Film – verfolgte sie, wie er seine Waffe leicht senkte und einen explodierenden Lichtblitz auf sie lenkte. Sie drückte gerade auf den eigenen Abzug, als sie von der Wucht des Aufpralls zu Boden gerissen wurde. Es war, als habe man mit einem Vorschlaghammer gegen ihre Brust geschlagen. Sie sah Sterne und hörte noch immer das Echo der Explosion.

Er hat auf mich geschossen.

Sie schaute zum Himmel und sah, wie ein Schatten auf den Mond fiel. Dann hörte sie, wie eine Tür ins Schloss fiel und Reifen quietschten. Sie roch die Abgase eines Autos, das direkt an ihr vorbeifuhr – vielleicht dreißig Zentimeter von ihrem Kopf entfernt. Sie konnte nicht atmen, konnte sich nicht bewegen. Sie schloss die Augen.

Danny.

Er chauffierte den Monte Carlo um den Blazer herum und gab sich Mühe, einen weiten Bogen um die Frau am Boden zu schlagen. Als er über die Metallbrücke rumpelte, fühlte er wieder den stechenden Schmerz auf der rechten Seite. Die übliche Stelle. Er legte die Beretta zur Seite und fuhr scharf rechts, als er die Straße erreichte. Die Reifen wühlten das Kiesbett auf – doch dann war er endlich auf einer vernünftigen Straße. Er hatte das Licht noch immer nicht eingeschaltet und drückte aufs Gas.

Im Rückspiegel sah er zahlreiche Ambulanzen, die eine nach deren anderen in die Zufahrt zur Raffinerie einbogen. Ihre Lichter verloren sich hinter den Bäumen.

Der Monte Carlo donnerte vorwärts. Die V8-Maschine knurrte hungrig – und das Mondlicht war ausreichend, um den Pferden freien Auslauf zu geben. Außer ihm war ohnehin niemand auf der Straße.

Wie viel von der Nacht verblieb ihm noch? Er wusste, dass er im Tageslicht nicht mehr weit käme. Er musste einen neuen Wagen knacken, die Kennzeichen austauschen und möglichst schnell auf die Interstate kommen, um dann nur noch nach Norden zu fahren. Wenn er erst einmal Florida hinter sich gelassen hatte, war schon viel gewonnen.

Er schaute zur Sporttasche und sah ein paar Glassplitter auf dem Sitz. Zum ersten Mal bemerkte er das kleine Loch in der Windschutzscheibe – direkt über dem Armaturenbrett.

Er riss sich mit den Zähnen den Handschuh von der rechten Hand und ließ ihn auf den Schoß fallen. Er zog die rechte Seite seines Anoraks hoch, weil er dort den Auslöser seines Schmerzes zu lokalisieren glaubte. Als er seine Hand auf die Stelle legte, fuhr er zusammen. Die Kleider darunter waren warm und feucht – und das Blut war bereits an seinen Beinen hinuntergelaufen. Er betastete seinen Pullover, um die Stelle zu finden, wo die Patrone wohl eingeschlagen war.

Vor ihm schoss ein hellbrauner Wagen der Florida Highway Patrol über eine Kuppe. Er sauste mit Blaulicht und Sirene direkt auf ihn zu – und schoss vorbei. Er beobachtete ihn im Rückspiegel, erwartete fast, dass er wenden und ihn verfolgen würde, doch im Nu war er hinter der nächsten Kuppe verschwunden.

Nach einer Weile ging er vom Gas und rollte mit 50 Meilen weiter. Er war sich nicht sicher, wie weit er schon gefahren war. Der Highway sah noch immer wie die Landstraße aus: Bäume auf der einen Seite, Zuckerrohr auf der anderen. Mit einem rosaroten Streifen im Osten kündigte sich der Morgen an. Das Loch in der Scheibe verursachte ein hypnotisches Pfeifen. Er verspürte plötzlich Kälte und eine tödliche Müdigkeit in seinen Knochen.

Er drückte das Handschuhfach auf und holte eine Kassette heraus: Sam Cooke. Er schob sie in den Player und ließ auf der Hülle einen blutigen Fingerabdruck zurück. Er drehte die Lautstärke auf. Sams Stimme, zärtlich und fordernd zugleich, war eine Offenbarung. *„I was born by the river …“*

Er mochte todmüde sein, konnte aber nicht umhin, von so viel menschlicher Größe beeindruckt zu sein.

Sara rollte auf ihre Knie und stützte sich mit einer Hand auf dem Boden ab. Ihr gesamter Brustkorb schmerzte. Sie sah ein winziges Loch in der Verkleidung der Tür, betastete ihre Brust an der entsprechenden Stelle und fühlte die Delle in ihrer schusssicheren Weste. Die Glock lag unter dem Blazer, war aber außer Reichweite.

Sie lehnte sich gerade gegen den Wagen, als sie etwas zu Boden fallen hörte. Sie nahm den Gegenstand in die Finger. Es war eine zum Klumpen verformte Kugel.

Sie schaute sich den Talisman noch immer ungläubig an, als die Sirenen hinter ihr aufheulten. Sie drehte sich um und sah, wie der erste Streifenwagen in die Zufahrt einbog und die Brücke passierte.

Sie stützte sich mit der Hand auf den Sitz und versuchte, die Füße unter den Körper zu bekommen. *Du kannst es. Natürlich kannst du.* Im nächsten Moment war sie am Stehen – schwankend noch, aber auf beiden Beinen. Die Kugel hatte sie noch immer in der Hand. Der Schmerz in ihrer Brust schien schwächer zu werden.

Sie schaute auf die rotierenden Lichter, hörte die Sirenen, sah hastig sich öffnende Türen und hörte ihren Namen. Die Männer zogen ihre Waffen und gingen in Deckung. Sheriff Hammond löste sich aus dem Pulk und kam auf sie zu. Sie versuchte zu lächeln. Sie wollte ihm unmissverständlich zeigen, dass alles okay sei. Sie konnte es nicht.

32

Sara, eine Decke über den Schultern, stand neben dem Notarztwagen und sah zu, wie die Leichen herausgetragen wurden. Die Sanitäter hatten vergeblich versucht, sie in ein Krankenhaus zu bringen – *noch nicht* –, und irgendwann hatte auch Hammond klein beigegeben. Bei Druck schmerzte ihre Brust noch immer, doch zumindest konnte sie inzwischen problemlos atmen.

Mehr als zehn Notarztwagen standen vor der Raffinerie; die Funkgeräte knisterten und quakten um die Wette. Die Sanitäter hatten ihr Handgelenk behandelt und einen Verband angelegt. Die Decke hatte man ihr vorsichtshalber über die Schulter gelegt, weil man einen verspäteten Schock befürchtete. Sie wusste, dass die Sorge unbegründet war, sah aber, dass ein Sanitäter immer in ihrer Nähe blieb.

Elwood kam auf sie zu.

„Irgendwelche Erkenntnisse?“, fragte sie.

„Noch nichts. Die bundesweite Fahndung läuft. New Jersey-Kennzeichen. Er wird nicht weit kommen.“

„Tut mir leid, dass ich das Kennzeichen nicht notieren konnte.“

„Sekundär, Sara. Was jetzt zählt, ist ausschließlich Ihre Gesundheit.“

Sie wurden auf Bahren herausgebracht – einer nach dem anderen, alle pietätvoll unter einer Decke – und schoben sie vorsichtig in die bereitstehenden Wagen. Als sie den vierten Toten heraustrugen, ging auch der Sheriff neben der Bahre. Sara wusste, dass es Billy war. Sie ließ ihre Decke von den Schultern gleiten. Der Sheriff trat auf die andere Seite und wollte sie abfangen. Die Sanitäter hielten an – offensichtlich unsicher, wie sie sich verhalten sollten.

Sie schaute auf die Bahre, auf der eine grobe, grüne Decke ausgebreitet war. Der Sheriff legte eine Hand auf ihre Schulter.

„Ist er schon im Leichensack?", fragte sie.

„Nein."

Sie zog die Decke von seinem Gesicht zurück. Es war leicht nach links geneigt, die Augen halb offen – ganz so, als sähe er etwas, das nur er sehen konnte.

Sie wusste, dass sie etwas empfinden sollte in dieser Situation, spürte aber nur eine große Leere. Es war, als ob jedes Gefühl aus ihrem Körper herausgesaugt worden sei.

Ein Sanitäter wollte schon einschreiten, als sie ihre Hand ausstreckte, doch Hammond gab ihm ein Zeichen. Sie legte die Finger auf seine Augenlider, drückte sie vorsichtig zu und zog die Decke wieder über sein Gesicht.

Sie trat zurück. Der Sanitäter schaute zum Sheriff. Der Sheriff nickte.

Und dann trugen sie ihn fort.

Als er seine Augen nicht länger aufhalten konnte, bog Morgan auf eine Seitenstraße ein, die sich durch einen Wald schlängelte. Die Kassette hatte bereits den Rückwärtsgang eingelegt und lief auf der anderen Seite zurück. Sam Cooke klang noch immer zärtlich und fordernd, doch die Zeit schien wie Sand durch seine Finger zu rinnen.

Die Straße mündete in einen Feldweg, der den Stoßdämpfern des Monte Carlo schwer zu schaffen machte. Er ließ das Fenster herunter, atmete die Frische der Bäume und genoss die Kühle der Morgenluft.

Als er den Wald hinter sich ließ, fand er sich plötzlich an einem Fluss wieder. Das Unterholz hatte einer Lichtung Platz gemacht, die sanft zum Wasser abfiel. Er lenkte seinen Monte Carlo unter eine Trauerweide und drehte den Zündschlüssel. Der Motor stotterte noch einmal, war dann aber stumm.

Er hat reichlich Meilen auf dem Rücken, dachte er. *Eine kleine Pause kann nicht schaden.*

Die Zweige der Weide bewegten sich im Wind und strichen über das Wagendach. Morgan hörte auf die Musik und schaute über den Fluss. Der Wind kräuselte das Wasser, das sich sonst kaum bewegte. Auf der gegenüberliegenden Seite gab es eine ähnliche Lichtung, ebenfalls mit Weiden am Ufer, obendrein aber mit Picknicktischen unter den Bäumen. So früh am Morgen war natürlich noch niemand da. Die Brise über dem Wasser schien den Duft von Blumen angenommen zu haben. Vögel zwitscherten in den Bäumen.

Sein rechter Schuh hatte sich mit Blut gefüllt, das inzwischen bereits erkaltet war. Er lehnte seinen Kopf zurück, sog die süße Luft ein und genoss die Sonne auf seinem Gesicht. Und schloss die Augen.

33

Das Telefon klingelte einmal, zweimal. Sara, ihr Handy am Ohr, wartete. Sie fragte sich bereits, ob die Nummer tatsächlich die richtige sei. Der Sheriff hatte sanften Druck auf die Telefongesellschaft ausgeübt, die daraufhin eine Liste mit allen Anrufen erstellt hatte, die auf ihrem Festnetzanschluss eingegangen waren. Er hatte ihr die Nummer weitergereicht und nicht mal nach ihren Beweggründen gefragt.

Sie saß im Wohnzimmer. Ein einziges Licht brannte. Danny schlief bereits. Die Tür stand wie immer halb offen. Es war absolut still im Haus.

Nach dem vierten Klingeln knackte es in der Leitung. Eine Frau meldete sich. „Mit wem spreche ich?"

„Sara Cross."

Es war still am anderen Ende, dann: „Woher haben Sie meine Nummer?"

„Ich wollte nur angerufen haben, um Ihnen zu danken."

Erneut Stille am anderen Ende. „Ich hatte aber nicht die Absicht, *Ihnen* zu helfen."

„Das ist mir bewusst."

„Ich tat es nur für den kleinen Jungen."

„Ich weiß. Und dafür möchte ich Ihnen danken."

„Nun, das haben Sie hiermit getan. Es gibt keinen Grund, diese Nummer noch einmal anzurufen. Haben wir uns verstanden?"

„Ja", sagte Sara. „Es gibt keinen Grund."

„Dann sind wir ja quitt", sagte Simone James und kappte die Verbindung.

Irgendetwas fehlte noch an dem Kostüm. Sie brauchte drei Versuche, um das Kopftuch professionell zu falten. Als sie endlich zufrieden war, passte es perfekt auf seinen Kopf – und bedeckte obendrein die kahlen Stellen in seinem Haar. Sie knotete die beiden Schnipsel am Hinterkopf fest und rutschte die Augenklappe ein Stück höher.

„Perfekt, Käpt'n."

Er lief über den Flur ins Badezimmer und stellte sich auf einen Stuhl, um das Resultat im Spiegel zu begutachten.

„Und?", rief sie ihm nach.

„Super!"

Sie ging zum Fenster und schaute nach draußen. Es war fast dunkel – und ein Straßenlicht nach dem anderen wurde gerade eingeschaltet. Auf der Fensterbank, neben der Schüssel mit den einzeln verpackten Süßigkeiten, flackerte eine Kerze in dem Kürbiskopf, den sie selbst ausgehöhlt hatte.

Sie hörte, wie er über den Flur zurückgerast kam.

„Nun übertreib mal nicht, mein Junge."

„Ich bin fertig!"

„Okay, aber denk dran, was ich dir gesagt habe."

Sie zog noch einmal den Gürtel stramm, an dem ein großes Plastikschwert baumelte.

„Kannst du in diesen Stiefeln wirklich gehen?"

„Und ob!"

„Und du wirst immer in meiner Nähe bleiben? Und nicht einfach loslaufen?"

Er nickte.

Sie holte eine Jacke aus dem Kleiderschrank und zog sie ihm über. Er wartete bereits an der Haustür, eine Plastiktüte mit dem Wort BEUTEGUT in der Hand.

Er drehte sich gerade zu ihr um, als es sie überkam. Sie fühlte, wie sich ihre aufgestaute Angst, die Ungewissheit und ständige Sorge mit einem Mal in Luft auflösten – als habe ein Magier mit dem Zauberstab auf den Zylinder geschlagen.

„Mom, bist du okay?"

Sie riss sich zusammen, gab den Tränen keine Chance und zog seinen Reißverschluss zu.

„Ja, mein Kleiner", sagte sie. „Ich bin okay."

Dann nahm sie seine Hand. Und ging mit ihm in die Nacht hinaus.

Danksagung

Auch wenn die Gründe und Hintergründe zu vielfältig sind, um im Einzelnen darauf einzugehen: Für ihre Hilfe und Unterstützung bedanke ich mich bei alten wie neuen Freunden – vor allem bei Mark Voglesong, John Tinseth, James O. Born, Matt Seitz sowie Brian und Donna Washburn. Und nicht zuletzt natürlich auch bei meiner Mutter Inez Stroby – die sich spät im Leben allein durchschlagen musste und trotz aller Widrigkeiten den Ball am Rollen hielt. Meine Liebe und meinen Respekt an alle.

Die amerikanische Originalausgabe erschien unter dem Titel „Gone 'Til November" bei St. Martin's Press.

Außerdem von Wallace Stroby lieferbar:
Crissa-Stone-Reihe
„Kalter Schuss ins Herz" (2015)
„Geld ist nicht genug" (2017)
„Fast ein guter Plan" (2018)
„Der Teufel will mehr" (2019)

Pendragon Verlag
gegründet 1981
www.pendragon.de

1. Auflage

Originalausgabe
Veröffentlicht im Pendragon Verlag
Günther Butkus, Bielefeld 2020

Lektorat: Günther Butkus, Jessica Tiekötter
Umschlag und Herstellung: Uta Zeißler, Bielefeld
Umschlagfoto: Marc Schäfer, unsplash
Satz: Pendragon Verlag auf Macintosh
Gesetzt aus der Adobe Garamond
ISBN 978-3-86532-674-4
Gedruckt in Deutschland